U0026403

偽物語

ニセモノガタリ

西尾維新

NISIOISIN

上

BOOK & BOX ORIGINAL DESIGN by VEIA

BOOK&BOX DESIGN
VEIA

ILLUSTRATION
VOFAN

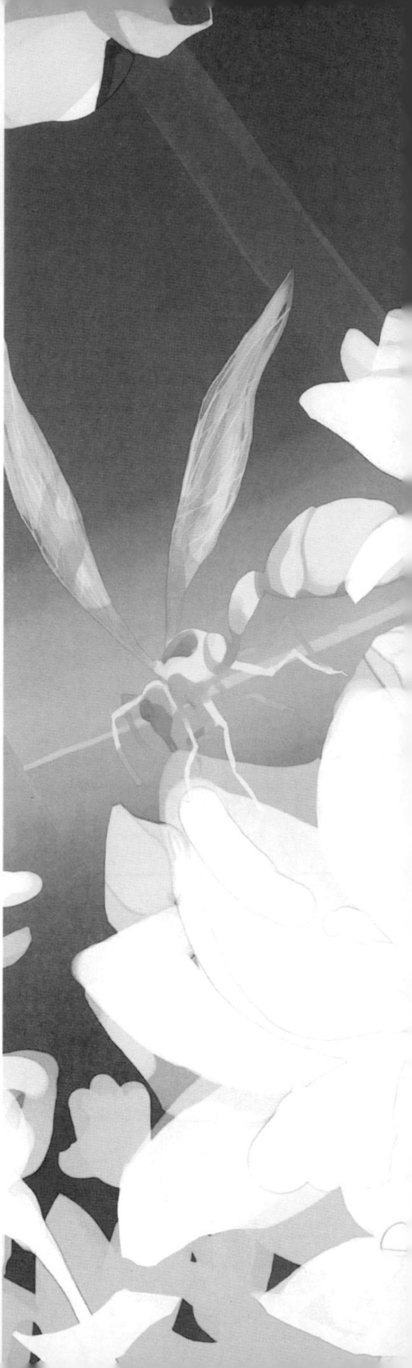

第六話

火憐・蜂

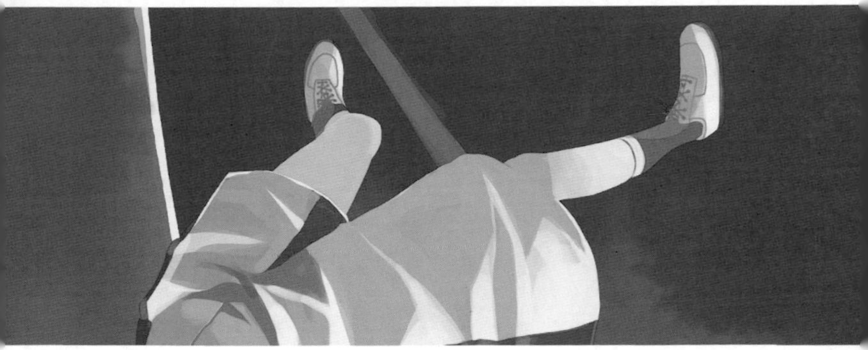

第六話 火憐・蜂

ARARAGI KAREN

信
PEACE
仁
友情
正義
愛

001

阿良良木火憐與阿良良木月火。我認為這個世上，並不會有人想知道我這兩個妹妹的事情，不過假設真的有這種特殊需求，我也絕對不會想積極聊她們兩人的事情。只要我說出理由，相信所有人都能夠認同吧。大致來說，人們大多傾向於避免對外提及自己的家務事，我當然也不例外。然而即使除去這種固有概念，她們兩人──火憐與月火也很特別。如果她們不是我的妹妹，我肯定一輩子不會和她們有所牽扯，即使真的有所牽扯，我也會百分百無視於她們這種人。這幾個月所經歷特殊又特異的體驗，令我的人際關係朝著詭異的方向有所斬獲──比方說戰場原黑儀、比方說八九寺真宵、比方說神原駿河、比方說千石撫子──若是我的能耐勉強足以和這些狠角色鬥個平分秋色，這種能耐無疑是我和那兩個妹妹住在同一個屋簷下培養而來的。

雖然這麼說，不過我之所以會這麼想，大概是基於我自卑、羨慕與乖僻的心理，我必須講明這一點才公平。和我這種過著怠惰的高中生活，並且到最後被歸類為吊車尾的傢伙不同，火憐與月火非常成材──不對，我直到高中也在眾人眼中是個成材的傢伙，所以我沒必要對於還是國中生的她們感到自卑，然而即使如此，現在的我也不得不認同她們的優秀表現。在家族聚會的場合，我肯定會聽到「她們應該是曆引以為傲的妹妹吧」這種話，她們就是這樣的妹妹。順帶一提，我沒聽親戚對妹妹說過「曆是妳們引以為傲的哥哥吧」這種話——哎，不過這是因為我這個哥哥太不長進，所以也無可奈何。

但是我想大聲疾呼。

她們雖然成績優異，卻是問題學生；她們享有聲望的同時，人格卻存在著缺陷。

身為哥哥的我已經是老毛病了，總是不小心把她們兩人講在一起，但她們當然擁有自己的個性，所以接下來就依照年紀順序說明吧。

大妹。

阿良良木火憐。

就讀國中三年級，六月底過生日之後已滿十五歲——和我的年齡差距暫時從四歲縮短為三歲。她的髮型從國小就幾乎都是綁馬尾。老實說，記得是她剛升上國中的時候吧，她曾經染過一次頭髮——該形容成很像動畫角色的顏色嗎？總之就是染成亮麗到刺眼的粉紅色。雖然至今還是搞不懂她當時的心態，但她理所當然被母親賞了耳光（我要為了母親的名譽事先聲明，到目前為止，這是我慈祥的母親第一次也是最後一次打女兒），她的頭髮當天晚上就恢復成黑色（而且是用墨汁染的）。火憐的頭髮變成刺眼粉紅色的時間，實質上只有她在臥室染髮完成直到母親返家的這幾個小時，所以很遺憾，留在學校的我（當時的我唸高一，處於可能會被歸類為吊車尾學生的緊要關頭，卻還是想要力爭上游）沒能親眼目睹她的髮型。雖然覺得可惜，但如果我比母親先看到這種髮型，朝火憐臉上打下去的人應該就是我了，所以這種事情很難下定論。不過在這種連染成褐髮的人幾乎不存在，光是把制服外套釦子打開就會被當成不良少年的偏僻鄉間小鎮，火憐卻想以這種驚世之舉迎接國中生活，這樣的她擁有什麼樣的個性，相信應該也不用多提了。

關於外型，大致來說並不可愛。

應該形容為帥氣。

要是講得太清楚，我用來當作基準的自己身高就會洩漏出來，所以只能以模糊的方式來說明，火憐的身高比我高了一點。這裡的「一點」有多高，就任憑各位自由想像了。相較於在國二就停止長高的我，火憐從國二開始不斷長高，這對於彼此來說都造成難以抹滅的芥蒂，老實說尷尬得無以復加。我必須抬頭看妹妹，世上有更勝於此的屈辱嗎？而且火憐有習武，她的姿勢非常標準，所以看起來會比實際高出五公分。包含這個原因在內，她絕對不會穿裙子，說什麼「看起來腳會太長」，平常總是穿著鬆垮的運動服上學。不過運動服穿在她身上也特別英挺帥氣。

順帶一提，她所學習的武術是空手道。她從小就是一個運動細胞發達又活潑的傢伙，但她的才華似乎最適合用在戰鬥方面，轉眼間就取得黑帶資格。我家客廳就掛著火憐身穿黑帶道服擺出勝利手勢的照片，這張照片實在太有陽剛味，簡直看不出來她是女孩子。雖然還沒到巾幗不讓鬚眉的程度，不過她眼角上揚頗具攻擊性的雙眼，也將她襯托得更加中性。如果以我的朋友舉例，神原或許是最相近的類型，要是把神原駿河對我的敬意抽掉，她或許就會成為火憐——慢著，這種舉例實在令我頭皮發麻。

再來是小妹。

阿良良木月火。

就讀國中二年級，生日在四月初，換句話說現年十四歲——和姊姊火憐不同，她的髮型會因為心情和時期頻繁改變，同樣髮型不會維持三個月，反而無法令人確認她對髮型是否有某些執著。直到前一陣子都是留長的直髮，如今卻是有層次的鮑伯頭。由於我沒興趣所以沒有詳細問過，但她似乎是某間髮廊的常客。雖然不由得認為她怎麼還是個國中生就囂張到上髮廊，但在這個時代或許就是這麼回事吧。不過以月火的狀況，她的問題並非外在，反而是內在。該怎麼說呢，火憐表裡如一，月火卻是外在背叛了內在——並不是內在背叛外在，這是重點。看似內向的下垂眼角與姊姊恰好相反，嬌小的身軀與姊姊恰好相反，頗具特色的溫吞語氣怎麼看都很有女人味，但她的內在個性比火憐更具攻擊性，而且易怒。火憐鬧出暴力事件之後，仔細調查才發現事件的起因在於月火，這樣的例子可不是只有一兩次。她易怒的等級已經能以歇斯底里形容了，這種內在與她溫和外表的差異，總是令周圍人們不知如何是好——如果要說唯一的救贖，就是她自始至終永遠只會為了他人而生氣。

說一段往事吧。這是月火國小二年級的事情。某天的下課時間，在操場踢足球的高年級學長，把球踢到她班上負責照料的向日葵花園，負責澆水的同班同學，向前來撿球的學長說了幾句，卻遭到學長惡言相向而哭了——這種事情在國小並不少見，但是月火聽到這件事就迅速展開行動，轉眼之間查出那個學長在哪一班，並且進攻那間教室（順帶一提，火憐也有同行），後來命名為「池田屋事件」的這場騷動（這個名稱沒有特別的含意，只是因為當時世間流行新撰組），直到一名高年級學生住院，該教室所有器材損毀之後才平息，而且送到病房探望的花居然是向日葵，手法非常周到。

應該說太過火了。

據說被罵哭的那名同學，後來被嚇得不敢哭了。這就是當時發生的恐怖往事。

她很喜歡和服，甚至把日式浴衣當成睡衣，這樣的她只因為「想穿和服」這個理由，在國中加入了茶道社。原本應該會因此學習到茶道精神，但是不管怎麼看，她的個性都沒有修正的傾向。哎，光是吃西瓜時灑糖就會暴怒，這種性急又古怪的宗師發揚光大的茶道，或許反而會強化她歇斯底里的性格吧。（註1）

就像這樣，明明只要有一個就棘手得應付不來的妹妹，我家居然有兩個，所以不只棘手，簡直到了棘腳棘背的程度。想到她們將來在社會闖下大禍時，我這種個性平凡至極的哥哥要採取何種反應，總是只會令我腦袋打結。這兩個妹妹就各方面而言搭配得天衣無縫，這或許才是最麻煩的地方。

註1　日本茶道大師千利休的軼事之一。

隨時想鬧事的大妹，隨處找得到鬧事藉口的小妹——使得她們被稱為「栂之木二中的火炎姊妹」。

之前聽千石說過，在國中女生之間，妹妹們似乎頗有名氣——簡稱「栂之木二中」的栂之木第二中學是私立學校，明明從這裡要轉搭公車才能到，就讀附近公立國中（我的母校）的千石，卻也會聽到她們在該校的傳聞，證明事情絕對不簡單。

雖然沒有向本人確認所以可信度不高，但火憐似乎在開學第一天，就和統治這座城鎮所有國中的老大單挑幹架並且勝利，後來就在國中生之間小有名氣——不，這絕對是假的。短短幾行文字就出現「老大、單挑、幹架」這種在二十一世紀不可能出現的字詞，所以絕對是謠言。雖然絕對是謠言，但是連這種謠言都令人信以為真，證明火憐與月火應該很有名。

栂之木二中的火炎姊妹。

阿良良木火憐在火炎姊妹擔任實戰，阿良良木月火在火炎姊妹擔任參謀，兩人就像這樣，不知道該說是在拯救世人還是矯正世間，在日常生活反覆玩著這種正義使者的遊戲。如果對她們講出這種話，當然會由火憐先說：

「哥哥，這不是遊戲。」

接著月火會說：

「哥哥，我們不是正義使者，我們就是正義。」

她們肯定會有這種反應。

我大致能理解她們想表達的意思。

但身為哥哥的我可以斷言，她們的所作所為不是那種善行，只是在宣洩體內充沛過度的活力。老是做這種事，總有一天會嘗到苦頭——我至今總是對她們如此耳提面命，但反而是我在這幾個月連續嘗到苦頭，所以我實在是沒什麼立場。因為沒有立場，所以說什麼大概都沒有說服力——哎，不過也正因如此，我可以抱著不會有人當真的輕鬆心情大聲疾呼。

她們這對火炎姊妹的行為，果然只是正義使者的遊戲。

我引以為傲的妹妹們。

妳們是無可救藥的虛偽之物——偽物。

002

對於這種毫無脈絡可循的演變，我個人深感抱歉。但是現在的我，似乎被綁架監禁了。

這是進入暑假之後十天左右，七月二十九日發生的事情——不，感覺我似乎昏迷很久，或許已經三十日了，也可能已經過了三十一日，甚至已經進入了八月。以我右手的手錶就能確認現在的日期與時間，但我雙手往後繞過鐵柱被捆綁，所以沒辦法看手錶，同樣也無法取出口袋裡的手機。不過即使如此，我並不是無法推測時間——窗外黑漆漆的，所以至少能判斷現在肯定是夜晚。只不過雖然名為窗戶，卻只有窗框沒有玻璃，即使現在是盛夏時分，這個地方也有點過於開放了。我的腳沒有被固定，所以努力一點就可以站起來，但是做這種事情似乎沒什麼意義，所以我就這麼坐在地上，反而還伸直雙腿。

原來忍野和忍——就是居住在這種地方。

我悠閒思考著這種事。

是的，監禁我的這個地方，是我早已熟悉的那棟補習班廢墟，那棟共有四層樓、垃圾和瓦礫散落得恰到好處、搖搖欲墜的建築物。如果是不熟悉這裡的人，每層樓的每間教室看來大概都一樣，但是熟悉到我這種程度就不一樣了，可以看出囚禁自己的教室是在四樓，從階梯看過來三間教室最左邊的那一間。

不過就算看得出來也無濟於事。

當然，如今忍野別說住在這棟廢墟，他甚至已經不在這座城鎮，至於忍也一樣，她的住處已經從這棟廢墟移到我的影子裡。或許她現在會有種懷念的感覺吧，不過也很難說，或許她對此漠不關心，我不知道活了五百年的吸血鬼會有什麼想法。

那麼，現在是什麼狀況？

我忍受著後腦勺傳來的陣陣疼痛（看來對方綁架我的時候，就是毆打那個部位），以不合時宜的悠閒心情思考。很意外的，人類在這種時候反而不會慌張，何況慌張也無濟於事，還不如努力試著把握現狀。

原本一直以為是被繩子之類的東西捆綁，不過固定我雙手的似乎是金屬手銬。如果只是玩具手銬，我只要使力就能扯斷——雖然我如此心想，但是手銬絲毫不為所動，在扯斷手銬之前，我的手腕可能會先斷掉。雖然手銬沒有真物或偽物之分，不過真要說的話，這副手銬無疑是真物。

「即使如此——只要使用吸血鬼的力量，應該就能輕鬆掙脫這種玩意吧。」

別說手銬，大概連鐵柱都能破壞。不，即使扯斷手腕，我所擁有的治療能力，也能在轉眼之間完全修復，以結果來說還是一樣的。

「吸血鬼嗎——」

我再度環視廢墟裡的這間教室——即使不是伸手，伸腳可及的範圍也是什麼都沒有。我確定這一點之後說出這句話。

看著無論再怎麼漆黑也能留下輪廓的，自己的影子。

「…………」

這是春假發生的事情。

我遭受吸血鬼的襲擊。

擁有金色長髮的美麗吸血鬼——吸盡我的血。

吸得乾乾淨淨。

吸到再也吸不出來。

一滴不剩——徹底吸盡。

然後，我成為了吸血鬼。

這棟補習班廢墟，是我從人類化為吸血鬼的春假期間，為了避人耳目而當成落腳處的地方。

成為吸血鬼的人，會被吸血鬼獵人或是宗教的特種部隊，或者是身為吸血鬼卻在狩獵吸血鬼的「同類殺手」拯救，不過以我的狀況，我被一名路過的大叔——忍野咩咩拯救了。

不過忍野直到最後，都不喜歡「拯救」這種強行賣人情的說法。

就這樣，我恢復為人類，金髮的美麗吸血鬼則是力量被剝奪得精光，甚至連名字也被奪去（並且以忍野忍取代被奪走的名字），最後封進我的影子之中。

這就是所謂的自作自受吧。

不只是忍，也包括我。

只是如此而已。

但我不想做出之前的那種事了——正因如此，才會存在著現在的我和現在的忍。

我無從知道忍對這件事的想法，但即使這是錯誤的做法，我也認為這是唯一的選擇。

總之，就是這麼回事。

就我個人來說，這棟補習班廢墟也有許多回憶。雖然有許多回憶，但其實都是失敗的回憶，這方面就暫且不提了。

問題在於，即使我曾經擁有吸血鬼的力量，如今也已經是往事了，這種吸血鬼屬性只像殘渣所剩無幾，要扯斷金屬手銬只是夢想中的夢想。如果我是魯邦三世，我就可以調整手腕關節，把手銬當成手套脫掉，不過我不是魯邦三世，只是平凡的高三學生，這樣的我當然做不出這種俐落的手法。

這麼說來……

這麼說來，月火不久之前曾經被綁架——說綁架有點誇張，但至少不是能用來說笑的話題。某個以戰鬥力來說敵不過火憐的敵對組織（？），絞盡腦汁思考出來的對策，是綁架月火做為人質。不要把這種少年週刊漫畫的劇情搬到現實世界！雖然我在擔心之前先行如此吐槽，但月火也不是等閒之輩，只是表面上看起來遭到綁架，實際上卻是採取懷柔策略，讓敵對組織（笑）從內部自行瓦解。

恐怖的火炎姊妹。

順帶一提，關於這段經歷……

「請哥哥不要告訴爸媽！」

姊妹曾經一起對我磕頭懇求。

不用刻意這樣懇求，我也不想對父母報告這種荒唐事，不過火憐願意陪月火一起磕頭，我覺得這是她的優點，也是她的缺點。

話說，像妳們這種花樣年華的女生，不應該隨隨便便向別人下跪磕頭。妳們就是這樣才被當成稚氣未脫。

「不過以我的狀況，應該不會只有磕頭那麼簡單吧……那兩個傢伙，會把自己的事情放在一旁逕自掉眼淚。那麼，現在是什麼狀況？」

雖然這麼說，但我其實已經有個底了——應該說我大致想像得到，自己為什麼會陷入這樣的狀態了。

應該說，就算不願意也會理解。

應該說，無從抗拒。

應該說，只能舉白旗投降。

「……唔。」

就在這個時候。

宛如在配合我清醒的這一刻，廢墟裡響起一個上樓的腳步聲。某種光芒鑽入教室門縫——這棟建築物完全斷電，所以應該是手電筒的光。而且這道光線筆直朝著監禁我的教室接近。

門打開了。

耀眼的光線令我瞬間目眩——但我很快就適應了。

站在那裡的，是我熟悉的一名女孩。

「哎呀，阿良良木，醒了嗎？」

戰場原黑儀。

戰場原黑儀她——一如往常以沒有笑意的冷酷語氣，面無表情如此說著，並且以手電筒照我。

「太好了——還以為你會死掉，我擔心死了。」

「…………」

我無言以對。

雖然有很多事情想說，但是全都無法化為言語讓我表達。即使我臉上露出類似苦笑的表情，戰場原也視若無睹，關門之後大步朝我走來。

她的腳步毫無迷惘。

對於自己的行動沒有抱持任何疑問，就是這樣的態度。

「不要緊嗎？後腦勺會痛嗎？」

戰場原把手電筒放在身旁如此詢問——這樣的關心本身令我很開心。

然而……

「戰場原。」

我繼續說道：

「解開手銬。」

「不要。」

立即回答。

思考時間完全是零。

話說……

在怒罵之前，我刻意暫時停頓，呼吸補充氧氣。

然後怒罵。

「犯人果然是妳嗎！」

「原來如此，這種指控頗為一針見血，不過前提是要有證據。」

戰場原說出這種像是推理小說解謎篇的臺詞。

在出現這句臺詞的時間點，就可以確定犯人是誰了。

「監禁地點選在這棟補習班廢墟的時候，我的直覺就這樣告訴我了！而且就我所知，會準備這種牢固手銬的人只有妳！」

「不愧是阿良良木，這番話很耐人尋味，請給我一點時間做筆記，我會在寫下一部作品的時候當參考。」

「犯人是推理作家的這種情境一點都不重要！快給我解開這副手銬！」

「不要。」

戰場原重複相同的回答。

在手電筒打光之下，她一如往常面無表情的那張臉顯得更有魄力。

好可怕。

她維持著這樣的表情，又說了一次「不要」。

「而且也辦不到。因為我扔掉鑰匙了。」

「真的？」

「鑰匙孔也灌滿補土，免得有人試圖開鎖。」

「為什麼要做這種事？」

「解毒劑也扔了。」

「我甚至還被下毒？」

真可怕。

戰場原至此終於輕聲一笑。

「解毒劑是騙你的。」

她這麼說著。

這句話令我鬆了口氣，但反過來說，她扔掉鑰匙封住鑰匙孔的事情似乎是真的，這令我備感失落。那這副手銬要怎麼拆啊……

「沒辦法了，至少解毒劑是騙我的，這方面就不過問了……」

「嗯，放心，我沒扔掉鑰匙。」

「所以有下毒嗎！」

雖然想探出上半身吐槽，但手銬卡在鐵柱上，使得我無法隨心所欲動作。雖然只是小事，不過對我這樣的人來說，會造成我很大的壓力。

「下毒也是騙你的。」

戰場原繼續說道：

「不過，如果阿良良木太不聽話，或許會成真。」

「………」

好可怕。

真的超可怕。

「輕如蝶舞，疾如蝶刺。」

「蝴蝶哪會刺人！」

「我說錯了。太好了，你成功指出我的錯誤，可以一輩子引以為傲吧？」

「這種認錯方式太新奇了吧！」

「正確的說法是蜂。」

「蜂毒──毒性很強吧……」

我嚥下一口口水，重新看向眼前的女孩──戰場原黑儀。

戰場原黑儀。

我的同班同學。

五官端正，看起來似乎很聰明，實際上也很聰明，學年成績總是名列前茅，難以親近的美麗女孩，以冰山美人而聞名。此外，這是只有少數人知道的內部消息，實際曾經接近過她的人，毫無例外都沒有好下場。

美麗的玫瑰總是帶刺。但她可不能以如此抽象的方式形容──戰場原本身就是美麗的刺。

說到外在與內在的差異，我妹妹阿良良木月火也和她不分高下，但是戰場原絕非歇斯底里，而是在冷酷之中維持著攻擊性。月火很容易火上心頭，但戰場原總是維持著低溫的應戰狀態，簡單來說就像是寫入程式的防盜機器，會朝著接近到一定距離以內的所有人發動攻擊。

比方說，我的口腔內側曾經被打入釘書針。雖然一個錯誤就會演變成重大事件，到最後卻是和平落幕，簡直是令人感到不可思議，本質上必屬錯誤的重大事件。

不過她的性格其來有自，大概在五月左右，令她變成如此的理由，已經在某個妥協點得以解決──不過很遺憾，要刪除寫入她體內的程式頗有難度，就這樣延續到現在。

「就算這樣，明明最近挺安分的——為什麼忽然把你的男朋友關在這裡？我可沒聽過這種家暴手法。」

順帶一提，戰場原正在和我交往。

我們是一對戀人。

是情侶。

以釘書機繫下良緣，這種譬喻或許挺巧妙的——不，也沒有很巧妙，何況釘書機不是用來繫的，是用來釘的。

「放心。」

戰場原如此說著。

就答案來看，她完全沒把我的話聽進去。

「放心，我會保護阿良良木。」

「…………」

好可怕。

有夠恐怖。

「你不會死，因為我會保護你。」

「不，妳用不著像是在剛才那一瞬間想到一樣，講出這種像是新世紀福音戰士的臺詞——那個……原小姐？」

原小姐。

我最近想到的，對戰場原的稱呼方式。

尚未定案。

比較像是我自己正努力推廣中。

「我餓了……而且也渴了。總之願意賞光，一起到附近吃個飯嗎？」

我的語氣不禁變得恭維，這是無可奈何的——總之以現狀來說，戰場原穩操我的生殺大權，如果一個不小心刺激到她，我真的會被她狂刺。平常的話就算了，但是這時候的戰場原不可能沒帶武器，雖然我不知道她會把哪些文具帶在身上……

「呵。」

戰場原笑了。感覺不太妙。

這肯定是所謂的嗤笑。

「餓了，渴了……簡直像是動物，平常就只是吃飽睡睡飽吃……真令人受不了，就不能生活得有點貢獻嗎？啊啊，對不起，『生活』這種字眼用在阿良良木身上，是對你要求過高了。」

「…………」

我說了什麼必須被她數落到這種程度的話嗎？

應該沒有吧？

「不過對阿良良木來說，你死掉能造福世間的程度，應該沒有人能出其右吧。俗話說虎死留皮，基於這個意義，阿良良木就像老虎一樣。」

「這也不是在誇獎我吧？」

我終究只被當成動物看待。

她以為我聽不出來？

不過……

從這種謾罵的程度來看，戰場原似乎沒有生氣或心情不好之類的……然而即使世界很大，對於總是出口傷人的戰場原，能推測她內心想法的人大概只有我，頂多再加上神原，然後就是戰場原的父親了。畢竟在旁人眼中，她是一個心情永遠好不起來的傢伙。

「不過好吧，我就特別開恩原諒你。就知道愚蠢如螻蟻的阿良良木會這麼說，所以我已經預先幫你買一些東西了。」

戰場原對愚蠢如螻蟻的我說完之後，自豪舉起沒拿手電筒的另一隻手提來的便利商店塑膠袋。

袋子是半透明的，所以隱約看得見裡頭的東西。

有寶特瓶飲料和飯糰等等。

原來如此，囚禁用的糧食。

這個意外貼心的傢伙……不，仔細想想，這種貼心挺討厭的。

「啊啊，這樣啊——那麼，總之給我水分吧，水分。」

雖然是希望鬆綁而提出進食需求，但我確實已經又餓又渴了。吸血鬼現象的後遺症，使得我頗能忍受不吃不喝的狀況，不過這也有極限。我不知道自己昏迷多久，但水分對人類而言非常重要。

戰場原從便利商店塑膠袋取出寶特瓶——是礦泉水——打開瓶蓋。既然我被綁著，當然必須由戰場原拿給我喝，但戰場原讓寶特瓶瓶口接近到幾乎碰到我嘴脣的位置，然後一下子收回去。

這傢伙……

到底還有幾種捉弄我的方法？

「想喝？」

「嗯……那當然。」

「是喔，不過我要喝掉。」

她咕嚕咕嚕開始喝水。

怎麼回事，難道這種動作有什麼訣竅嗎？即使拿起寶特瓶對嘴喝，戰場原看起來也完全不粗俗，反而很得體。

「噗哈，嗯，很好喝。」

「…………」

「你那張垂涎欲滴的臉是怎樣？沒人說過要給你喝吧？」

從這句話看來，她是為了讓口渴的我看她喝水的樣子，才特地買礦泉水來到這裡，但她可以做出這種事嗎？

不過，她有可能做得出這種事。

「呵呵，還是你以為我會用嘴餵給你喝？討厭，阿良良木，你好下流。」

「在這種狀況，大概只有神原會有這種想法。」

「是嗎？不過，像是上次和阿良良木舌吻的時候……」

「不要在這種狀況提到舌吻啦！」

我放聲大吼。

不，雖然並不是隔牆有耳，但這種事並不是想到就可以提的話題。

男生是一種脆弱的生物。

「不過好吧，如果你說無論如何都要喝，那就給你喝。」

「……我無論如何都要喝。」

「哈！這個男的就沒有尊嚴這種玩意嗎？只為了喝水就說出這種寡廉鮮恥的話……你還是去死吧？如果要我講出這種話，我寧願咬舌自盡！」

她看起來真開心……

好久沒看到如此充滿活力的戰場原了……她果然最近都在勉強自己安分嗎……

「好吧，既然你都這麼說了，看在你可憐到令我不忍卒睹的份上，我就基於同情分一點水給你吧。給我好好道謝啊，這隻喝水鳥。」

「喝水鳥是一種永動機關，並不是罵人的壞話吧……」

「呵呵……」

戰場原露出更具惡意的笑容拿起寶特瓶，把沒拿寶特瓶的手沾溼。這是在做什麼……不對，這個惡意集合體接下來會做的事情，我已經完全預料得到了。

戰場原把她以礦泉水滴溼的手指，伸到我的嘴邊。

「給我舔。」

她扔下這句話。

「怎麼了？你口渴了吧？那就伸出你的舌頭，像長頸鹿一樣骯髒舔水吧。」

「…………」

長頸鹿也不是什麼罵人的壞話……不過只要是從這傢伙的嘴裡說出來，每字每句聽起來都像是壞話，真是不可思議。

「我說，戰場原……」

「怎麼了？阿良良木真的口渴了吧？還是說那是假的？如果說謊，就需要好好管教一下了——」

「我會舔我要舔請讓我舔！」

在這種狀況進行管教，太誇張了。

我聽話像是長頸鹿一樣（但我不知道長頸鹿是怎樣），朝戰場原的手指伸長脖子，然後伸出舌頭。

「啊啊，太丟臉了，這就是淒慘的極致。平常只是喝個水並不會做到這種程度，阿良良木肯定打從一開始，就是想像這樣舔遍女生手指的變態。」

謾罵攻勢永無止盡。

戰場原的活力與潑辣已經完全恢復了。

總之先不提這件事，因為舔遍戰場原的手指，我乾渴的喉嚨總算得到滋潤。

那麼……

「阿良良木，剛才那一幕，美妙得想讓我設定成手機畫面。」

「是嗎……那太好了。那麼，接下來我想吃個飯糰。」

「好吧，今天的我難得很有度量。」

那當然，畢竟把我整成這樣了，當然會多點度量。

「要吃哪種口味？」

「都可以。」

「真敷衍。難道阿良良木喜歡吃麵包？」

「並沒有特別喜歡……何況就我所見，妳沒買麵包吧？」

「對，只有飯糰。」

「我不會刻意要求現在沒有的東西。」

「如果沒麵包，端零食過來不就好了？」

「這種統治太高壓了！」

肯定會立刻引發革命。

以日本的狀況，就是名為「一揆」的百姓抗爭。

「我在呵護之中長大，所以不懂世事。」

「我覺得這是不懂世事之前的問題。」

「因為，我是由蝴蝶和蜜蜂呵護長大的。」

「那妳應該是花吧？」

像這樣隨口閒聊時，戰場原將飯糰包裝拆得乾乾淨淨，然後忽然把整顆飯糰塞進我的嘴。

「唔咕！唔！」

我噎到了。

甚至無法好好呼吸。

「這是在做什麼！」

我忍不住向戰場原抱怨。

「沒有啦，如果要我對你說『啊～』餵你吃，我會不好意思。」

「那也不要忽然塞過來啊！咕呼！噎、噎到喉嚨了……水、水！我要水！整瓶給我！」

「咦……不行啦，這樣不就變成間接接吻了？」

「已經被我舔遍手指的傢伙，居然在這種時候害羞！」

最後，戰場原給我水了。

但她也是粗魯把瓶口塞過來。雖然噎在喉嚨的飯粒得以灌進肚子，相對卻害我差點淹死。在陸地上淹死，太離譜了。

「哎呀哎呀，吃得整個地上都是。阿良良木真是個沒用的孩子。」

戰場原以冷酷平靜的語氣如此說著。

妳啊，差不多快要超越惡言謾罵的領域了。

如果日本不再有言論自由，這個女人肯定第一個被抓。

「那麼，我也要用餐了……今天沒什麼時間，只能買便利商店的東西吃，不過別擔心，阿良良木，明天我會好好做便當過來給你吃。」

「…………」

「怎麼了，對我親手做的飯菜不滿嗎？我自認廚藝天天都有在進步。」
不，我的不滿來自於這種監禁生活似乎是長期計畫。原本以為是在玩什麼遊戲，所以才會陪她玩到現在，但我實在看不出戰場原有什麼目的。
嗯？
啊啊，原來如此。
目的——顯而易見。
——放心。
——我會保護阿良良木。
保護嗎……
她這番話，應該是認真的。
想到這裡——我也無法不留情面了。
不過與其說是溫柔，這應該歸類在撒嬌才對。
或許是因為後腦勺遭受重擊，記憶實在模糊不清——但我逐漸回想起來了。
保護。
戰場原這句話的意思。
以及演變成現狀的來龍去脈。
「不過戰場原，居然朝著後腦勺打一記就讓我昏迷，妳的手法真是高明。我之前聽妹妹說過，要把人打昏似乎比想像的來得困難。」

「我沒有說是一記打昏你的。」

「啊、是嗎？」

「因為你一直沒昏，所以打了二十記。」

「出人命也不奇怪吧！」

太誇張了。

慢著。

說到誇張，我還想確認另一件事。

其實我並不想確認。

但我非得確認。

「……順帶一提，戰場原，假設妳會做飯菜給我吃，這真的非常令我感恩，不過，關於大小便的事情，如果我要上廁所怎麼辦？」

我提出這個詢問。

難以啟齒的詢問。

然而戰場原依舊冷酷，眉頭都不動一下，一副準備周全的模樣，從便利商店塑膠袋取出成人紙尿布。

「……原、原小姐？應該、不會吧？這是所謂的惡作劇道具吧？妳果然走在時代的尖端……」

「不用擔心。如果是阿良良木，我願意幫你換尿布。」

戰場原如此說著。

面無表情，非常乾脆地說著。

「阿良良木，你不知道嗎？我深愛著你。深愛到即使你全身沾滿穢物，我也會毫不猶豫擁抱你。從呼吸到排泄，我會幫忙管理你全身上下，包含大腦在內的每個部位。」

…………

好沉重的愛情！

003

試著整理這場恐怖綁架監禁事件的來龍去脈吧。是的，為此應該要從——七月二十九日的早上開始回想比較妥當。

說到這次的暑假，我為了洗刷吊車尾的汙名決定考大學，所以無暇玩樂。學年成績名列前茅的戰場原，以及學年成績第一的羽川，每天輪流教導我唸書——雖然每天都過得很辛苦，不過仔細想想，有幸每天處於這種優渥環境的人，除了我應該沒有第二人了。

應該說，任何人在這樣的兩人教導之下，成績都不可能沒有進步。

出乎意料，糖果與鞭子的高明運用。

不，比較像是蜂蜜和狼牙棒。

依照進度表，雙數日是戰場原負責，單數日是羽川負責（週日無條件放假），不過對方當然有自己的行程，這種狀況就是以對方為優先，在七月二十九日，負責本日教學的羽川說：

「阿良良木，對不起！今天我有一件非得要處理的事情！我一定會找機會補償你！具體來說大概在後天！」

就這樣，我今天落得輕鬆。

雖說如此，因為是我請羽川擔任家教，所以她並不需要這麼愧疚……

羽川依然是一個過於善良的傢伙。

順帶一提，她所說「非得要處理」的事情，似乎與她的父母有關。這不是可以擅自介入的事情，所以我刻意沒有多問。我自認願意為羽川做任何事，但如果以狀況來說算是最恰當的處置，那麼「不做任何事」應該也要列入「任何事」的範圍之內。

總之因為這樣，我今天閒下來了。

不，其實我也可以自己用功，但羽川說偶爾應該休息一下——雖然戰場原從來沒說過這種話，不過以這種場合，我決定接受羽川的建議。

任何人應該都會這麼做。

抱持慶賀的心情迎接兩天連假吧。

雖說是兩天連假，其實明天已經有預定行程了，總之今天就去一趟久違的書店吧。不過如此心想的我，還是把今天的課題做完。下樓到客廳一看，爸媽已經出門上班（我們家是雙薪家庭，週六照常上班），身穿浴衣的月火仰躺在沙發上，以上下顛倒的角度看電視。身穿浴衣又躺得這麼不檢點，該敞開的地方都敞開了，尤其胸口更是不得了，但她毫不在意。反正在穿著舉止這方面，我也沒什麼資格說別人，而且又不是在外頭這麼做，所以也用不著干涉。

「啊，哥哥，書唸完了？」

月火關掉電視（似乎不是因為好看而看）轉向這裡。眼角下垂的雙眼令她看起來有些惺忪，不過以時段來看，這應該不是想睡的表情。

「今天的家教請假？」

「嗯。」

不過，我在戰場原負責的日子會到戰場原家，在羽川負責的日子會到圖書館唸書，所以家教這種說法並不正確。

其實也可以去上補習班或是就讀預備學校，不過很遺憾我沒能說服家長，令我覺得平常的表現非常重要。

如今只能努力挽回了。

「我總有一天也要唸書考大學嗎，好討厭……」

「因為妳們不需要考高中。」

她們的學校是國中直升高中。

而且在考國中的時候，火憐與月火都沒有特別準備就考上了……非常懂得考試的訣竅。

「就算要考，也是很久以後的事情吧？現在還不用煩惱這種事吧？」

「話是這麼說沒錯，不過看到哥哥忽然提起幹勁，就會稍微這麼想了。」

「那真是抱歉啊……慢著，咦？那個傢伙呢？」

「哪個傢伙？」

「大隻的妹妹。」

「火憐出門了。」

「真稀奇。」

稀奇的不是火憐出門。

火憐出門，月火卻像這樣懶散躺在家裡的沙發上，這才是令我覺得稀奇的原因——火炎姊妹總是共同行動，而且火憐與月火分頭行動的時候，大多都是因為介入某些麻煩事。

「拜託妳們別惹麻煩啊。」
「真是的，我們沒有要打什麼主意啦——哥哥老是這樣，永遠把我和火憐當成小孩子，真是愛操心。」
「我不是操心，是對妳們沒信心。」
「還不是一樣？」
「不，操心與信心，兩者之間有著明顯的差異。」
「這只是言語上的……呼。」
「話不要只講到一半！」
她講話也太敷衍了。
不過，這個話題確實沒什麼大不了的。
回歸正題吧。
「所以，大隻的妹妹去哪裡了？」
「就說不是惹麻煩了，反倒是要去解決麻煩。」
「這就是我所說的惹麻煩。」
「是嗎？」
「在這個麻煩成為別人的心理創傷之前，快點給我從實招來。妳就向我打小報告，接受名為叛徒的榮耀吧。無論是什麼狀況，只要早點知道都可以思考對策。」

「真是的，哥哥，國中生打架你不要管啦，這樣很遜耶。所謂的打架，就某方面來說是很不錯的溝通方式，不覺得最近不懂打架方式的人太多了嗎？」

「慢著，聽妳這樣講，會覺得這樣似乎是對的……」

「打架沒有錯，不知道正確打架方式才是錯的。」

月火得寸進尺，講得一副博學多聞的模樣。

瞧她得意成那個樣子。

「不，可是妳們的打架，幾乎可以肯定會伴隨著暴力吧？我認為這絕對不是正確的打架方式……」

「這只是以眼還眼，以牙還牙。」

「那是紀元前的思考方式，妳以為現在進入二十幾世紀是為了什麼？」

正確來說是二十一世紀。

「那麼就是以牙還眼，以鈍器還牙？」

「三倍奉還嗎！」

「哎喲～！吵死了！」

生氣了。

轉眼就生氣了。

剛才的得意表情飛到九霄雲外。

「不知道不知道！我什麼都不知道！大隻的小隻的中隻的全都不知道！」

「……我可沒有中隻的妹妹。」

真是的……

就是因為這樣，就算擔心妳們也只是白擔心。

總之，火炎姊妹基本上是以別人的煩惱或困擾做為原動力，不會貿然洩漏正在執行的任務內容。就像我也不會貿然干涉陌生人的隱私。

哎，不管了。

等到她們應付不來，應該就會找我商量吧。

但是拜託不要再鬧出綁架騷動了。

「真是的……我並沒有要求妳們成為大人，不過妳們也稍微文靜一點吧。」

「我可不想被哥哥這麼說～！」

月火說完之後，就將手邊的遙控器扔了過來。危險，這傢伙在做什麼？由於也不能躲開，所以我努力接住遙控器放回桌上。

不過真要說的話，要她們文靜比較難以如願。

畢竟任何人只要年紀到了，就會成為大人。

雖然這麼說，但如果像千石那麼文靜也是問題。

如果火憐與月火能有千石十分之一的文靜，千石能有火憐與月火十分之一的活潑，我覺得對彼此來說都會剛剛好。

不過在這個世界上，這種計算不可能成真。

沒辦法隨心所欲。

「唔……對了，就是千石。」

我想到今天可以做什麼了。

應該說，回想起來了。

今天不去書店了。這麼說來，我和千石約定要去她家玩，卻延誤到現在都沒履行承諾。

千石撫子。

她是月火小學時代的同學，是月火會邀請到家裡玩的朋友之一——當時的我和月火（及火憐）同房，所以雖然學年不同，但我們也彼此認識。後來月火讀私立中學，所以就沒有繼續往來了，不過前幾天，我在某個意外的狀況，再度見到千石。

意外的狀況。

也就是與怪異有關的狀況。

總之，這方面的問題已經算是解決了，當時千石再度來到家裡玩，這是我精心設計，要讓她與月火重逢的計畫。

就我這個哥哥看來，火憐與月火的個性大有問題，不過很神奇的，這種個性在同輩之間似乎很受歡迎，所以她們很擅長成為眾人之間的焦點——該說擅長待人接物嗎，這是一種我無法理解的神祕領導技能。即使對方是久違的小學朋友，這個技能似乎也順利發動，月火與千石和樂融融玩得很開心。

當天千石回家的時候，她說「下次請來撫子家玩」，我則是點頭答應。

仔細想想，從那天到現在已經好久了。雖然絕對不是忘記，不過這段期間也發生很多事，而且我也開始認真準備考大學了。

要說虧欠也挺像的。

不過既然這樣，今天就是個好機會，打個電話給她吧。

千石完全就是鄉下學生，沒有自己的手機，所以得打電話到她家。我從口袋取出手機，千石家的電話號碼已經存在裡面了。

這麼說來，好久沒用手機打電話了。

雖然還是上午，但千石肯定已經起床了吧。

「您……您好！這裡素千俗家！」

由於是家裡電話，我一直以為會是家人接聽，結果劈頭就是千石本人接電話。話說千石，妳講話和八九寺一樣口齒不清。

咦？難道剛睡醒？

真意外。

我不認為妳會以暑假為理由睡到中午的說。

「曆哥哥，好久不見……怎麼了？」

不過，千石接下來的詢問就講得很清楚了。咦？我還沒講話，她怎麼會知道——

不，就算不是手機，電話也已經有來電顯示功能了。

「沒有啦，抱歉忽然提這件事，不過我之前承諾過會到千石家玩吧？想說今天方不方便這樣。」

「咦、咦咦？」

千石感到驚訝。

應該說驚訝過頭了。

好奇怪，之前明明有說好的。

她該不會忘記了吧？

「如果今天忽然過去會不方便——」

「不！今天、今天、今天！甚至是除了今天以外都不行！」

千石第一次展現如此強硬的態度。

話說回來，原來妳喊得出這麼響亮的聲音。

「這樣啊，如果除了今天以外都不行，那就只有今天了……方便現在過去嗎？」

「嗯，甚至是除了現在以外都不行！」

真的嗎？

她行程到底多滿？

最近的國中生好辛苦……我家的妹妹們只會把寶貴的青春用在愚蠢的正義使者遊戲，真想讓她們向千石看齊。

不只十分之一。

「那我現在過去。」

我說完之後結束通話。

然後轉身看向月火。

月火又把剛才關掉的電視打開了。她轉到午間綜藝節目的頻道，正在興致盎然看著綜藝新聞。雖然裝出一副不問世事的模樣，但她基本上會趕流行。真希望她也能對我發揮一下領導技能。

「喂，就是這麼回事了。」

「嗯？咦？什麼事？」

「原來妳沒在聽？」

「沒偷聽別人講電話也被罵，這樣我會很為難。」

「啊～」

說得也是。

她這番話很中肯。

「我剛才打電話給千石了。」

「你要去小千家，對吧？」

「妳明明有在聽吧？」

「路上小心～～看家的工作交給我吧。」

月火搖了搖手。

連看都不看我一眼。

「不，不對，妳也要去。」

「啊？」

月火頗感意外轉過頭來。

「既然是去千石家，妳當然也要去吧？」

「……不過聽剛才的那通電話，我原本認定哥哥是要自己一個人去。而且我覺得小千肯定也這麼認為。」

「是嗎？沒這回事吧？」

但我是以「月火也會一起去」為前提。

這麼說來，我剛才有提到嗎？

「哎，這方面不重要就是了。不過哥哥，我去了應該會礙事，所以哥哥自己去吧，而且這樣小千也會比較開心。」
「怎麼回事，既然是去找千石，妳怎麼可能會礙事？反正妳有空閒吧？」
「空間的話應該有。」
「不准偷改成看起來很像的另一個字，以為我絕對不會發現嗎？」
「啊～～我想起來了，我今天有社團活動。」
「記得妳參加的茶道社，直到夏天結束都全面禁止活動吧？」
這是他們在文化祭舉辦和服走秀的懲處。順帶一提，這個美妙計畫的提案人，就是我面前這個女國中生。雖然她當然應該負起所有責任，但我個人認為，附議的社員們（及顧問老師）也大有問題。
「自主練習啦，自主練習。」
「住嘴，妳這個扮裝狂。所謂的時尚，可不是穿起來合適就好。」
「覺得牛仔褲加連帽上衣就能上街的哥哥，沒資格跟我聊流行時尚這種話題！」
「哎，確實沒錯……不過真搞不懂，妳為什麼莫名客氣成這樣？」
「總・而・言・之！」
生氣了──
月火以怒氣即將爆發的態度說道：
「我不會去妨礙朋友的戀情，我可沒有那麼不知趣。即使是無法實現的戀情也一樣。」

「啊？過來？千石不是用這種粗魯的命令句啊？她和妳們姊妹不一樣，是一個很禮貌的女孩。」（註2）

「其實我從國小就發現了，不過該怎麼說，明明只有見過幾次面，該說她專情還是怎樣……也不想想都經過幾年了……我實在學不來，而且也不想學。」

「嗯？」

「話說哥哥，哥哥相信男女之間的友情嗎？」

「那當然。」

如果是不久之前，我大概會回答「我連同性之間的友情都不相信」，但現在的我可以立即作答。

「我和千石就是很好的朋友。」

「這樣啊，那麼這樣就行了。總之路上小心。」

「…………」

唔，真頑固。

看來繼續邀她也無濟於事。

「知道了啦，那我就自己去，拜託妳看家了。等到大隻的回來幫我轉達，我有話要

註2　日文「戀情」和「過來」同音。

跟她說。」

雖然應該白費工夫，但還是得姑且叮嚀火憐一聲。

「那我出門了。」

「我還要問一件事。」

「嗯？」

「哥哥，最近你很少和火憐打鬧了，為什麼？」

這……

她的詢問方向令我意外。

這傢伙……原來在想這種事？

我猶豫是否要問她為什麼在這時候問這個問題，不過或許月火從之前就一直想問了。

我的語氣不由得變得像是在打馬虎眼。

「……沒有啦，因為那個傢伙最近功力突飛猛進，甚至像是聽得到她戰力提升的音效，我和她打架都會輸。雖然她身高超越我，我的力氣應該還是比她大，但我實在敵不過認真學武的她。」

「就算火憐是這個原因好了，像我剛才歇斯底里的時候，哥哥也是很乾脆就讓步了，感覺就像是異常懂事。」

「唔……這是因為……」

「如果是以前，哥哥肯定會猛掐我的脖子。」

「我可沒做到那種程度！」

不。

並不是……沒有做過。

好像做過一兩次……還是三四次……

「沒有啦，以我們的角度來解釋，就是哥哥越來越能包容我們的任性，感覺挺不錯的，不過該怎麼說，太明顯了。」

月火像是在模仿火憐，講話講不到重點。難得看她這副德行。

「不可以擅自變成大人喔，這樣會很無聊。」

任何人只要年紀到了，就會成為大人。

我實在無法在這種氣氛說出這句話。

004

即使如此，我當然也不能說真話。「其實我在妳們不知道的時候變成吸血鬼了，雖然勉強恢復為人類，但還是留下一些後遺症，雖然只是有可能，但要是和妳們打鬧，搞不好一個不小心就要了妳們的命，所以我現在盡量避免和妳們起爭執。」——我不知道到底要用什麼表情說出這番話。

不過，這正是令我更加擔心的原因。

現在的我，以及躲在我影子裡的吸血鬼——忍野忍，我們的關係易懂又難懂，複雜而簡單。我依然是忍的眷屬暨廝役，不過忍要是沒有我就活不下去也死不了，在吸血鬼或是怪異的範疇，都已經落為不上不下的存在。

直截了當來說，即使是現在，我也可以餵血給忍而化為半吸血鬼，忍也一樣，只要攝取我的血，就可以稍微恢復吸血鬼的力量。反過來說，除非是餵血給忍之後的短暫期間，否則我體內的後遺症，頂多就是只有勝於常人的治癒能力——所以不用擔心，我和火憐打鬧並不會出問題，而且正如我剛才對月火說的，火憐已經開始認真鑽研格鬥技，正常狀況和她對打應該會是我輸。然而，即使如此……

即使如此，我還是知悉了。

知悉戰鬥。

知悉鬥爭。

不是競爭——是戰爭。

不是互毆——是廝殺。

我知悉了戰爭與廝殺。

知悉之後——我實在無法和至今一樣地和妹妹們爭吵。

直到今天被問到為止，我都盡量不去思考這件事，但我內心某處一直在思考。

——太明顯了。

——不可以擅自變成大人喔。

——這樣會很無聊。

火憐曾經對我說過相反的事情。

哥哥就是因為這樣——所以總是沒辦法成為大人。

結果，火憐說得比較正確。

我的內在並未改變。

只不過——我知悉了。

其實以月火的立場，她應該不可能是想被我掐脖子——雖然不是學她講話，但是正確的打架方式肯定存在。

我思考著這樣的事情。

總之，我打扮成造訪朋友家也不失禮數的模樣（即使如此，但月火說得沒錯，我的穿著到最後就只是牛仔褲加連帽上衣），然後踏出家門。

其實千石家挺近的。第一次送她回家的時候，甚至因為離我家很近而嚇了一跳。

不過仔細想想，既然就讀同一間公立國小，這也是理所當然的事情——不用騎腳踏車，走路十分鐘就可以抵達她家。

雖然並不是因為很近就不可以騎腳踏車，不過想說對方應該也要做些準備，所以我決定慢慢走過去。

就在我前往的途中。

我看見一個熟悉的背影。

與其說背影，應該說背包。

「那不是八九寺嗎？」

嬌小的身體，大大的背包。

綁著雙馬尾，看起來頗為嬌蠻的側臉，確實是八九寺真宵。

小學五年級的女孩。

忘記是哪一天了，我看到她迷路困惑的模樣而主動搭話，這就是我們認識的契機。現在她住在另一個城鎮，但是經常在這附近閒晃。不過對方畢竟是小學生，沒有方法可以確實聯絡上她，所以如果想要見八九寺，只能像這樣期待巧遇的機會。我和羽川已經把她當成吉兆，認為見到她的日子就會有好事發生。我自己也是進入暑假之後第一次見到她——慢著，好像真的很久不見了？

唔～～唔～～唔～……

畢竟已經和千石約好了……

何況到頭來，我並不是很喜歡那個嬌蠻的小學生……不對，老實說應該是討厭，超討厭她。我們的交情沒有好到主動朝對方打招呼，即使撞個正著而四目相對，我都想把她當空氣！

不過這麼說吧，身為年長的高中生，以這種態度應付小學生也太沒器量了。即使討厭對方也願意進行溝通，這才是獨當一面的男人吧？就以對待幼童理所當然應有的態度，稍微應付她一下吧。不，見到她真的完全不會令我高興，但好歹也要做出這種樣子，這才是最底限的禮儀吧？

呼，我也太寵她了。

我以前所未有的速度起跑，衝刺到八九寺的身後，使勁力氣抱緊她的身體。

「八九寺～！小ㄚ頭，我想死妳了！」

「呀啊～！」

忽然被人從身後緊抱，少女八九寺放聲尖叫。我不以為意猛親她柔軟的臉頰。

「啊啊，真是的，這陣子完全沒看到妳，想說妳不知道妳會跑到哪裡去，害我擔心死了。啊啊真是的，所以再讓我繼續摸摸抱抱舔舔吧！」

「呀啊～！呀啊～！呀啊～！」

「喂！別掙扎！這樣內褲會不好脫吧！」

「呀啊啊啊啊啊啊啊啊啊啊啊啊啊！」

八九寺繼續放聲尖叫。

「嘎！嘎！嘎！」

「好痛！妳這傢伙做什麼啊！」

會痛是我活該。

這傢伙會這麼做，當然也是因為我。

抱歉，我錯了，我真的愛死這個傢伙了。

八九寺在我手上留下一輩子都可能不會消失的齒痕，終於逃離我的魔掌（？）拉開距離。

「呼嚇～！」

並且發出吼聲。

她進入野性模式了。

「等、等一下！八九寺，看清楚！是我！」

以這種狀況，即使她看清楚是我也於事無補，所以我只是說說看罷了，不過八九寺野性化之後泛出鮮紅警戒色的雙眼（這根本不是人了），逐漸恢復為原本的顏色（為求謹慎補充一下，原本的顏色並非藍色）。

「……啊……」

此時。

八九寺收起戰意，確認是我之後說道：

「這不是阿良良木……讀子小姐嗎？」（註3）

「這答案已經很接近了，令人覺得非常惋惜，不過八九寺，不要把我叫成在神保町擁有一棟裝滿書本的大樓，任職於大英帝國圖書館特工部的紙術士大姊。我的名字叫做阿良良木曆。」

話說妳都能正確又流暢說出我的姓氏了，不用勉強自己在講名字的時候吃螺絲。

不過就像這樣，我和八九寺相處的時候，我可以在任何時候，以我喜歡的方式對八九寺進行性騷擾，八九寺也可以在任何時候，以她喜歡的方式講錯我的姓名，我們締結了這樣的紳士同盟。

「請稍等一下，阿良良木哥哥！我強烈感受到這種同盟和日美親善條約一樣不平等！」

「是嗎？但我覺得很平等啊？」

「還有，阿良良木哥哥的性騷擾行徑，最近真的已經逼近到犯罪等級了！我的貞操大概會在下次真的面臨危機！」

這是八九寺真宵打從內心的訴求。

不過，我心裡並不是沒有底。

註3　曆的發音（koyomi）重新排列組合就變成讀子（yomiko），為作品「R.O.D」角色名。

應該說早就有底了。

為什麼我只有在面對八九寺的時候無法壓抑自己？

「說這什麼話，那種程度的擁抱問候，在美國稀鬆平常。」

「哪有人的擁抱問候是從後面偷偷抱過來！」

「總是侷限在這種既定的框架裡，這就是這個國家不長進的地方。」

「阿良良木哥哥，你怎麼從剛才就站在這種外國人的立場講話！……還有，阿良良木哥哥，雖然阿良良木哥哥應該只是想親臉頰，可是剛才有好幾次稍微碰到我的嘴角了！」

「真的嗎？這就抱歉了！」

我終究沒有那種意思！

真是不幸的意外！

「真是的，老是被阿良良木哥哥揉胸部，害我覺得最近胸部變得更大了。那個迷信或許出乎意料是真的。」

「咦？妳有在成長？」

「沒禮貌！」

八九寺的雙馬尾筆直指向天際。

她能夠以自己的意志操縱頭髮？

這是什麼構造？

「沒有啦，可是妳的價值不就是在於不會成長嗎？」

「請不要說這種蠢話。下次再講出這種話，我要向羽川姊姊告狀。」

「唔……這樣會令我很困擾了。」

我打從心底希望她別這麼做。

最近羽川和八九寺的交情很好，好到令我困擾。

這對我來說，真的是很棘手的同盟。

就某種意義來說，這個同盟也可以說是受害者協會。

「不過，先不提這件事。阿良良木哥哥，你今天是出門辦事嗎？」

八九寺一下子就切換心情如此詢問。

這傢伙在這方面很乾脆。

過於乾脆到令我擔心的程度。

「啊～～與其說是辦事……」

「要尋找阿良良木後宮的新團員？」

「我沒有成立這種詭異集團！」

「第一屆團員忍野先生畢業了，要填補這個空缺應該挺辛苦吧。」

「假設真的有阿良良木後宮這種集團，為什麼忍野會被當成前任團員！那個傢伙只是個夏威夷衫大叔！」

「要是增加太多團員，劇情會變得難以進展，所以請小心喔！」

八九寺話中有話如此說著。

同時，這番話也很現實。

即使後宮之類只是隨口說說，不過人類總是無法平等對待所有人。站在某人的陣營，就等於是沒站在某人的陣營；成為某人的同伴，就代表成為某人的敵人。

正義的使者。

絕對不會成為正義以外的使者。

也會與正義以外的人為敵。

其中沒有任何必須偽裝的要素。

歸根究柢，所謂的正義……

對所有人來說——是叛徒。

「也對，我就接受妳這番忠告吧。」

「是的，請接受吧。不過只要沒有影響到我的地位，要增加多少新團員，我都不會在意。」

「為什麼妳會把自己講得像是老鳥一樣！」

話說在前面！

正式團員只有忍和羽川（驚爆發言）！

「妳這種傢伙，頂多只被當成『今天的特別來賓』。」

「是喔，這樣啊，既然這樣，阿良良木哥哥，請把節目主持得好一點。」

「居然被數落了？」

被來賓數落的主持人！

肯定會一蹶不振！

「沒有啦，總之我之前有提過千石的事情嗎？她是我的老朋友，今天我要到她家玩。」

「喔喔……」

八九寺點了點頭。

這名少女聆聽時的反應，依然令我如此舒暢。

「不過該怎麼說，看你一副面有難色的樣子。」

「有嗎？」

「有。以英文來說就是 rotation。」

「為什麼我會被排入先發投手陣容？」

正確的說法是 low tension。

哎，畢竟我直到剛才，都在想一些沉重的心事。

對於住在同一個屋簷下的家人有所隱瞞，怎麼想都不是什麼愉快的事情。

「但我不認為我有煩惱到寫在臉上。我的表情這麼難看？」

「對。就像是某部沒被改編成動畫，還用這個話題自我嘲諷的作品，一個不小心卻忽然被改編成動畫，你的表情就給我這種尷尬的感覺。」

「我的表情並沒有這麼具體！」

「沒關係的，就算是已經改編成動畫，也不表示理應完結的作品非得要繼續寫下去不可。」

「妳在說什麼？」

真是的。

這傢伙偶爾會講出超越次元的事情。

「預定之外的喜訊會造成心情低落，這一點我可以理解，不過只要踏入新的領域肯定會有收穫。」

「慢著，我沒在煩惱這種事，用不著這樣安慰……」

話說回來，忍野之前好像很執著於動畫化這三個字。雖然完全聽不懂他在說什麼，不過如果是那個傢伙，或許就能和八九寺來一場建設性的對談。

唔，這麼說來，八九寺無論是直接還是間接，應該都沒有和忍野交談過吧？

雖然並不是因為回想起忍野這個人，但我不經意試著配合八九寺的話題。

「妳說收穫……比方說會是什麼？」

「一語道破，就是錢。」

八九寺一語道破。

這一語也說得太犀利了。

「……不對，應該還有其他的收穫吧？」

「啥？」

八九寺露出極度瞧不起人的表情。

那是宛如在蔑視我的皺眉表情——喂喂喂，這是小學生應該有的表情嗎？

「這個世界除了錢，還有什麼東西嗎？」

「有啊！比方說……愛！」

「什麼？愛？啊啊，對對對，我知道，那玩意之前便利商店有賣。」

「居然有賣？就在便利商店賣？」

「對，售價兩百九十八圓。」

「好便宜！」（註4）

「人類只是把錢從這裡移動到那裡的交通工具吧？」

「妳的人生到底發生了什麼事！隨時都可以來找我商量啊？」

註4　西友販售的超低價便當，以「便宜就是愛」為口號。

「不過阿良良木哥哥，請仔細想想吧。富翁A說『這個世界金錢至上！』，富翁B說『這個世界並不是只有錢！』，如果真要選一邊，A先生應該比較能爭取到好感吧？」

「不准舉這種強迫二選一的例子！」

我兩種都不想選！

「不提錢的事情，阿良良木哥哥，我非常期待喔，不知道在片尾曲的時候，我們會跳什麼樣的舞。」

「已經把跳舞當前提了？」

「希望能像貓眼片尾曲那樣性感撩人。」

「只要有剪影就行？」

不過……

這個小學生的知識真復古。

即使是名留歷史的名作，這時代未滿二十歲的人，一般來說不會知道貓眼的片尾曲動畫是什麼樣子。

「我不是要說這個，八九寺。對了，其實跟妳說也無妨，我不是有吸血鬼的屬性嗎？」

「原來有這回事？」

「妳為什麼會忘記這麼重要的設定！」

她驚訝的表情好逼真。

不像是裝出來的。

「我一直以為你只是個喜歡拉麵的哥哥。」

「我第一次聽到我喜歡拉麵這個設定！」

「記得你對全國各種類的泡麵瞭如指掌，我說得沒錯吧？」

「居然還徵詢我的意見！」

擁有這種知識也太悲哀了。

至少也讓我走訪各地的美味拉麵店吧。

「曾經品嘗過所有在地特產拉麵的男人，阿良良木曆……記得以目前來說，第一名的泡麵是夕張哈蜜瓜拉麵？」

「終究不可能有這種泡麵吧！」

哎。

不過土產店偶爾會賣一些難以置信的怪玩意，所以我無法斷言就是了……

「唔嗯……」

八九寺雙手抱胸。

露出有些嚴肅的表情。

「原來如此，修羅羅木哥哥。」

「雖然這名字帥氣過頭害我想改姓，不過八九寺，我之前已經強調過很多次了，我的姓氏是阿良良木。」

「抱歉，我口誤。」

「不對，妳是故意的……」

「我狗誤。」

「還說不是故意的！」

「附近有全家嗎？」

「不要隨口問我便利商店在哪裡！」（註5）

是愛嗎？

是要去買愛嗎？

兩百九十八圓的愛！

「原來如此，阿良良木哥哥。」

八九寺改口說著。

不再嚴肅，而是面不改色。

「吸血鬼。聽你這麼說，我就有印象了。不過這又怎麼了？」

註5　日文的「我口誤」（kamimashita）與「附近有全家」（famimamita）音近。

「沒有啦，就算是家人，這種事情也不方便明講，但我覺得或許沒辦法一直隱瞞下去，畢竟即使已經恢復成人類，無論如何還是造成了一些影響。」

「我覺得沒必要老實說出來。即使對方是自己的家人，自己藏一兩個祕密也是理所當然的。」

「八九寺……」

對喔。

我身邊的人們，家裡大多都有一本難唸的經。相較之下，我的煩惱有可能只會成為無心之言。

「何況要是共同擁有祕密，對方難免會遭受波及。或許阿良良木哥哥說出來會比較舒坦，不過到時候留下不好回憶的，會是哥哥的家人耶？」

「唔……妳說得很中肯。」

「到頭來，如果家裡的長子說出吸血鬼或是怪異這種荒唐的夢話，我會立刻把他抓進醫院關起來。」

「太中肯了！」

唔～……

哎，這也是有可能的。

雖然並沒有關進醫院，不過以戰場原的狀況，是把怪異當成「疾病」來處理，至少家人是如此認知的。至於神原那邊，受到怪異的影響至今，她的左手還沒有恢復正常……她在這部分是怎麼處理的？我不認為光是綁上繃帶，就能夠瞞騙共同居住的家人。

「現在阿良良木哥哥需要的……沒錯！就是繼續保密的勇氣！」

「喔喔！說得真好！」

「不過我只是用勇氣這兩個字調味，把這句話營造得積極一點而已，其實就只有保密兩個字。」

「講得太明了吧！」

「只要在最後加上勇氣這兩個字，大部分的話語都會變得樂觀積極。」

「哪有這種事……國語的構造可沒有這麼單純，八九寺，不准小看歷經幾千年形成至今的溝通工具。」

「要試試看嗎？」

「試試看吧。如果妳能講到讓我認同，我就倒立給妳看。」

「倒立？」

「對。這是更勝於跪地磕頭的姿勢。相對的，如果妳沒辦法讓我認同，妳就要在這裡倒立……以妳現在的裙子造型！在我滿意之前，妳要在眾目睽睽之下露出妳的兒童內褲！」

怎麼樣！

即使說得這麼帥氣，但要是內容沒救也帥氣不起來！

聽到了吧！這就是國語！

「好吧，我接受你的挑戰。」

「哼，妳只有膽量值得我嘉許。」

「阿良良木哥哥，撲火的不死鳥就是指你這種人。」

「慢著，我可沒這麼帥氣吧？」

「那麼……」

八九寺咳了一聲。

畫蛇添足的演出。

「先從初級開始……對戀人說謊的勇氣。」

「唔……」

有一套。

明明只是對戀人說謊，不過光是加上勇氣這兩個字，聽起來就像是善意的謊言——明明沒有人這麼說過。

「背叛同伴的勇氣。」

「什麼……」

好厲害。

明明以結果來說是背叛同伴，卻給人一種藉此保護同伴的印象——明明沒有人這麼說過。

「成為加害者的勇氣。」

「唔唔唔……」

我不由得沉吟。

明明只是造成他人困擾，感覺卻像是看到一位自願扮黑臉的男子漢典範——明明沒有人這麼說過。

「性騷擾的勇氣。」

「混……混帳……」

我完全屈居劣勢。

即使性騷擾是卑劣至極的犯罪行為，卻像是基於某個完全不同的目的，是為了完成這個明確的目的，逼不得已背下這個黑鍋——明明沒有人這麼說過！

「懶散度日的勇氣。」

「居……居然來這招……」

無路可退了。

明明只是渾渾噩噩浪費時間，卻宛如刻意置身於這樣的際遇，基於大義而在貧窮中掙扎——明明沒有人，真的沒有人這麼說過！

可、可是！

現在的我不能認輸！

「認輸的勇氣。」

「……我認輸！」

啊啊！

因為聽起來太帥氣，我不小心附和認輸了！

明明實際上就只是認輸而已！

國語真簡單！

順帶一提，勇氣的英文是brave！

「好啦，阿良良木哥哥，請做出更勝於跪地磕頭的姿勢吧。」

「好吧——這是倒立的勇氣。」

我倒立了。

在自家附近。

如果被火憐或月火看到我這副模樣，我真的無從辯解……不，應該沒這回事。先不提月火，火憐從小學生時代就經常倒立上學，成為路上同學們的笑柄。雖然她堅稱這是在鍛鍊手臂，不過受到鍛鍊的應該是我的羞恥心。

「唔哇～……看到長這麼大的人倒立，真是令我不敢領教。就到此為止吧。」

「……………」

「慢著，阿良良木哥哥，我說到此為止吧。」

「……………」

「阿良良木哥哥，請到此為止吧，反而是旁觀的我開始不好意思了，為什麼要像是遵守已故好友的約定，堅持倒立到現在還不放棄？」

「沒有啦，該怎麼說……」

我開口了。

就這麼以倒立姿勢，看著上方的八九寺。

「雖然很遺憾看不到妳倒立的樣子，不過我覺得以結果來說，我倒立之後的這個角度，應該也看得到妳的內褲。」

這場比賽。

我從一開始就立於不敗之地。

「呀嗚？」

少女八九寺害羞臉紅之後採取的行動不是「按住裙子」，而是「踢我的臉」。毫不猶豫俐落施展的下段踢，以最完美的角度命中我的臉。下段踢命中臉部的光景可不是隨處見得到的。

「阿良良木哥哥！你是變態！」

「接受變態汙名的勇氣！」

「唔哇、好帥氣！帥氣到讓我覺得只是內褲的話應該讓你看個夠！被我踢還能繼續倒立的這一點尤其厲害！」

真是驚人的平衡感。

我自己都佩服我自己。

「沒想到我會被我自己開發的技術所苦……太諷刺了！」

「哈哈哈！八九寺，妳太安於現狀了！妳的絕招到最後是在我手中完成！」

「居、居然有這種事……我或許犯下無法挽回的錯誤，我讓怪物降世了……！」

「不過我剛才說妳穿兒童內褲，我要為這一點道歉。沒想到八九寺居然是穿那種網紋黑內褲。」

「啊？說這什麼話，請看清楚一點！請不要這樣啦，會破壞我的形象！我可是因應大眾需求穿兒童內褲耶！上面還有兔子先生！」

「我看不到兔子先生。如果想給我看，就擺個更方便讓我看的姿勢吧。」

「這、這樣嗎？」

總之，要是真的在鄰居之間傳開也不太好，所以我就這麼轉移重心讓雙腳著地。

哎呀哎呀，手髒掉了。

我啪啪輕拍雙手。

或許真正髒掉的是我的心，但是內心的髒汙無從拍起。

「所以八九寺，剛才說到哪裡？」

「說到阿良良木哥哥非常喜歡內褲。」

「不，並沒有到喜歡的程度，妳去問羽川就知道。」

「……………」

八九寺難得沒有應和。

難道她已經向羽川打聽到什麼了？

如果真是如此，我的人生就陷入天大的危機了。

受害者協會，果然是個棘手的組織。

必須盡快思考對策才行。

「對了對了……關於怪異的事情最好保密，記得剛才是聊到這個吧？」

「是的。」

「總之，我確實也不想被關進醫院，即使不死的特性只剩下渣滓，也可能會成為很好的研究材料。」

「如果醫院只是把阿良良木哥哥當成腦袋令人同情的傢伙，我其實無所謂。」

八九寺說出這種過分的開場白之後說道：

「認知到怪異，就會牽扯到怪異——就是如此。只是遭受波及就算了——要是源頭在於對方，反而會是阿良良木哥哥遭受波及。」

認知到怪異，就會牽扯到怪異。

這應該是忍野曾經說過的話。

只要曾經與怪異有所交集，就會容易被拖進怪異的世界，受到怪異吸引並無從逃避——

包括被貓迷惑的羽川。

包括遇到螃蟹的戰場原。

包括迷失如蝸牛的八九寺。

包括向猴子許願的神原。

包括被蛇束縛的千石。

當然。

曾經被鬼襲擊的我更不用說。

我們是那個世界的半個居民。

就像是有一隻腳已經踏進棺材——而且這可不只是譬喻而已。

既然如此。

是否應該主動告知——否。

如果是為了對方著想。

如果是為了火憐與月火著想。

「乾脆包含要背負的風險在內，把所有事情一五一十說清楚，讓自己的家人也抱持堅定的決心，其實這也是另一種方法。不過這種做法再怎麼樣也太冒險了。」

「也對，風險終究太高了，而且也不會因為這樣而獲得多好的報酬，既然這樣就應該腳踏實地，採取 low risk low return 的方法比較好。」

「loli risk loli return？這就令人嚇一跳了，原來阿良良木哥哥打算腳踏實地貫徹這麼驚人的主義。」

「並沒有！」

這丫頭無論如何都想把我塑造成蘿莉控。

完全不對。

我完全沒有蘿莉控的特質。

何況我實際上的女朋友是戰場原，她絲毫沒有蘿莉要素。

真要說的話，那傢伙是精神年齡大於實際年齡的成熟型女孩。

「不對，所以你們那是偽裝情侶吧？」

「哪有這種事！偽裝情侶是怎樣，這種用語太新奇了吧！」

「阿良良木哥哥其實是蘿莉控所以喜歡我，而且戰場原姊姊其實是百合所以喜歡神原姊姊。」

「唔哇、這種事不能成真！我不要想像這種事！」

我確實喜歡妳，不過後半的玩笑就開大了！那對聖殿組合最近真的走得很近啊！

簡直是在彌補這段期間的空白！

「總之先不提這件事，rolling 阿良良木哥哥。」

「不要幫我加這種好笑的稱號！而且 rolling 這個字和蘿莉控完全無關！」

「雖然這麼說，不過阿良良木哥哥要是搬出來自己住，肯定會住在 flooring 的房間吧？」

「在這個時代如果想自己住，大部分的房間都會是 flooring 吧！」

「捕魚的時候，會採用 trawling 的方法。」

「我聽不懂 trawling 是什麼意思！」

這傢伙英文單字學得真多！

這什麼小學生啊！

八九寺輕輕呼出一口氣。

似乎是要稍做停頓。

「跟你說喔，克拉拉木哥哥。」

「這是差一個字就天差地遠的很好例子，不過八九寺，不要把我叫成以輪椅代步，

可能會在阿爾卑斯山的少女鼓勵之下站起來的大小姐，克拉拉木哥哥站不起來的。我的名字叫做阿良良木曆。」（註6）

「抱歉，我口誤。」

「不對，妳是故意的……」

「我狗誤。」

「還說不是故意的！」

「開鎖狂。」

「妳又在奇怪到嚇人的地方著地了吧！」（註7）

別說口誤，我只覺得這樣太神了！

妳的國語！

「跟你說喔，阿良良木哥哥。」

八九寺如此說著。

重新來過。

「所謂的怪異——就是後臺。」

「後臺？」

註6　「阿良良木」和「克拉拉木」日文發音只差一個字。

註7　日文的「口誤」與「開鎖狂」音近。阿良良木的反應源自遊戲「所羅門之鑰」。

「一般來說，只要欣賞舞臺上的表演就行——這是所謂的現實。不過即使如此，偶爾還是有人想偷看後臺，亂講一些不識趣的話。」

「…………」

「不知道的話，還是別知道比較好。何況要是看過後臺的人認定自己已經解開整個世界的架構，這就誤會得太過分了——得知怪異的存在，反而只會令不知道的事情變得更多。」

「……這樣啊。」

該怎麼說。

這傢伙講話也變得有模有樣了。

以前的她，明明連怪異的細節都不太懂——不對，這傢伙不太懂的，或許只有她自己的事情。

而且。

既然她說不知道——那她就什麼都不知道。

有些話是因此才說得出口的。

那麼……

我——也應該這麼做吧。

「總之，不需要想得太複雜吧？現在覺得無比煩惱的事情，過了一百年就可以一笑置之了。」

「也太久了吧！」

我那時候應該入土為安了！

已經死了！

「是的，換句話說，生前的煩惱會在死後被當成笑柄。」

「太慘了！」

「畢竟俗話說得好，傳聞已傳七十五人。」（註8）

「這麼多人知道了？」

「畢竟現代有網路，有七十五人知道，就等於全世界都知道了。」

「我問了不該問的問題！」

「既然是再怎麼煩惱也沒有結論的事情，就代表這是用不著煩惱的事情。現在的阿良良木哥哥，就像是煩惱『我平常的聲音，好像動畫角色的聲音耶～』的配音員。」

「確實，不應該抱持這種毫無意義的煩惱……」

「暫時換個話題，阿良良木哥哥，『感謝各位讀者寄來的支持信！我每封都有仔細看過！』的漫畫家，以及『感謝各位讀者在網誌寫的感想！我每篇都有（搜尋出來）仔細看過！』的漫畫家，兩人的行為明明一樣，為什麼給人的印象差這麼多？」

註8　原文為「傳聞只傳七十五日」，意指謠言傳不久。

「容我斬除現代社會的黑暗面！」

不。

並不是這麼誇張的事情。

「所以，阿良良木哥哥。」

八九寺說道：

「阿良良木哥哥，只要在家人萬一很不幸踏入後臺的時候——在這種時候悄悄引導他們就行了，在這之前什麼都別做，這就是正確答案。」

「……這樣啊。」

什麼都不做——也是選項之一。

說得也是。

「真要說的話，就是不要讓自己特別在意。」

「嗯，或許吧。」

或許還是應該和妹妹們維持在相互打鬧的程度。我並沒有成為月火心目中的那種大人。

只是稍微窺見了後臺。

所以——我們彼此依然還是沒長大的小孩。

「對。真要說的話，就是不要讓自己特別在意『妹妹』。」

「不要強調妹妹這兩個字！聽起來會變成不同的意思！」

所以我才會一直用「家人」統稱啊！

原來早就被看穿了！

「……呃，聊太久了。」

我正要去千石家。

差不多該走了。

「抱歉，八九寺，把妳攔下來這麼久，妳也是正要去某個地方吧？」

「啊啊、不，並不是那麼回事。我只是永遠在迷路而已。」

「哪有這種事……」

「真要說的話，我是一邊想著『阿良良木哥哥的家是在這附近嗎～～最近都沒見到耶～～說不定見得到他～？』這種事，然後一邊散步。」

「這樣啊。」

天啊。

她講得好窩心。

「好乖好乖，八九寺，從下次開始，妳要是先看到我，我准妳主動過來抱我。」

「不，我沒有那種想法，請不要誤會了。坦白說，阿良良木哥哥完全不是我喜歡的類型。」

「我被小學生甩了！」

好大的打擊！

無比沉重的衝擊！

她明明不是傲嬌，卻請我不要誤會！

「……順便問一下，妳喜歡哪種類型？」

「仙人這種類型會令我臉紅心跳。」

「再怎麼喜歡年長的對象，也要有個限度吧！」

至少得再活幾個世紀才有資格！

門檻好高！

「好奇怪……妳明明和我經歷各種冒險，共同出生入死至今的說。」

「所以又怎麼了？」

「知道吊橋效應嗎？」

「知道。要是兩人在吊橋獨處，即使並不會討厭對方，也會忍不住想把對方推下去。就是這樣的心理學理論吧？」

「並不是這麼恐怖的事情！」

不過，她說的這種心理學煞有其事。

在車站月臺等電車的時候，會莫名想要把前面的人撞出去，類似這樣的衝動。

與吊橋效應完全相反。

「而且到頭來，我並沒有和阿良良木哥哥經歷各種冒險，共同出生入死至今的經驗。」

「說這什麼話，我的阿邦式刀殺法，不是拯救過妳好幾次嗎？」（註9）

「阿良良木哥哥，原來你是阿邦的徒弟？」

「沒錯，雖然是勇者，卻用了殺法這兩個字。」

「我完全沒記憶。」

「啊啊，我差點忘了。記得妳在冒險的尾聲，為了保護我導致頭部受到外傷，就這樣喪失記憶了。」

「結局這麼令人感動？」

「就是這樣。妳在醫院病床清醒之後，妳第一句話是這麼說的。」

「『這裡是哪裡，我是誰？』這樣嗎？」

「『高中是哪裡，我私立？』這樣。」（註10）

「我即使失憶依然是學歷社會的俘虜！」

「即使妳忘了我，我也絕對不會忘了妳。」

註9　源自漫畫作品，《達伊的大冒險》，臺譯《神龍之謎》。

註10　「這裡」與「高中」音近，「我是誰」與「我私立」音近。

「所、所以在打出片尾工作人員名單的時候，畫面上就是全心全意照顧我的阿良良木哥哥吧！」

「不，最後以我和妳妹妹結婚劃下句點。」

「我完全被遺忘了！」

「不對！妳永遠都在我的心裡！」

「我應該在醫院吧！」

確實如此。

何況八九寺沒有妹妹。

她是獨生女。

「好吧，總有一天，我要成為讓妳迷戀的男人，到時候妳向我告白也已經來不及了。」

「會來不及嗎？」

「不，抱歉我太逞強了，我會永遠等妳，所以即使在我死前也好，請向我告白。」

我的態度好丟臉。

完全沒有讓她迷戀的要素。

「那麼，改天見。」

「好的，下次再見吧。」

「八九寺。」

即使知道這樣很不知趣。

我在道別之後，又問了一個問題。

忍不住，開口詢問。

或許不該問這個問題，但我還是忍不住。

「妳……不會不見吧？」

「啊？」

聽到我的詢問，八九寺歪過腦袋。

一副真的很詫異的模樣。

「沒有啦，那個——之前一陣子沒看到妳，我真的很擔心。畢竟忍野也不知道跑去哪裡了，想說妳會不會也像他那樣，在某天消失不見——」

不。

這應該要看八九寺的狀況。

對於八九寺來說，這樣或許是一件好事——以八九寺的家庭狀況來說，或許她應該這麼做。

可是，該怎麼說……

即使如此，我還是問了。

「嘻嘻！」

八九寺笑了。

似乎笑得很開心。

小孩子應有的笑容。

「平常總是只為別人著想的阿良良木哥哥，居然會為自己著想而提出要求，能夠讓你這麼做的人，除了我之外，頂多只有忍姊姊吧？」

「唔……」

「唔唔……」

「阿良良木哥哥果然是 rolling。」

我對她的結論深感遺憾。

何況忍已經五百歲了。

她不是蘿莉，甚至已經是老太婆了。

「我真的覺得很榮幸。」

「八九寺——」

「阿良良木哥哥，我也要問一個問題。如果今後我又陷入危險無比的困境，到時候可以請你拯救我嗎？」

拯救。

忍野厭惡至極的話語。

然而，我——

我覺得，我果然受到他的拯救。

而且……

我也希望能像他一樣，拯救別人。

「我會拯救，這不是理所當然嗎？」

我毫不考慮如此回答。

「我不會把拯救妳的機會讓給別人。」

「也可以找你商量事情？」

「應該說，如果妳沒有找我商量，我會生氣。」

「很像阿良良木哥哥會說的話。」

八九寺以像是要岔開話題的這番話，接受了我的答案。

她的笑容，看起來有些虛幻。

「我不再迷路之後依然位於這座城鎮，這件事肯定有某種意義。在明白其中的意義之前，我不會消失的。」

明明是關於自己的事情——八九寺卻以一副事不關己的態度，講得像是陌生人的事情。

就某方面的意義來說，確實是陌生人的事情。
自己不瞭解的自己，是最陌生的人。
「有某種意義嗎——」
「是的。所以即使沒有改編成動畫，依然會有續集。」
「…………」
她又開始講這種莫名其妙的話了。
我真的聽不懂。
「何況以上次的結尾來說，完全沒有交代我的後續吧？阿良良木哥哥後來繼續去找忍姊姊，但我到底去了哪裡？」
「妳問我我問誰……妳去了哪裡也只有妳知道，反正應該又迷路了吧？」
唔～……
這麼說來，這傢伙沒有出現在終章。
主持果然是一門深奧的學問。
晚點要開檢討會。
「不過，八九寺，如果會害得妳不見，那我寧願沒有續集。妳繼續待在這座城鎮的意義，就當作是不解之謎吧。」
「講得真窩心耶。總之，即使我真的會在將來消失……」

接著。

八九寺宛如是在說給自己聽。

「到時候，我一定會前來知會阿良良木哥哥。」

「……這樣啊。」

這句話似曾相識。

我回憶著沒留下隻字片語就離去的那個人——但還是點了點頭。

「這樣啊，那請妳務必這麼做。」

「會的，因為我很怕你對我生氣。」

八九寺再度像是要岔開話題般說著。

而且收起笑容。

005

說到國二學生千石撫子的最明顯特徵，我認為其一是她過於文靜的個性，其二就是瀏海。留長的瀏海沒有分邊，就像灌籃高手的流川楓一樣任其低垂，看起來有點像是保護雙眼的護盾。千石是從瀏海之間的縫隙觀看外界，但是從外界幾乎看不見她的雙眼。總之，她這種特別的髮型，甚至營造出一種異樣的氣氛，不過基本上這是來自於她的怕生屬性，真要說的話也是無可奈何。

這麼說來，千石出門的時候大多會戴帽子，不過以一般人的觀點，帽子似乎隱喻內心之牆。連忍野都以靦腆妹來稱呼千石，不過到了她那種等級，與其說是怕生或靦腆，幾乎已經達到不相信人類的程度了。

站在類似哥哥的立場，我很擔心她的未來。

她這樣要如何處世？

我思考著這樣的事情，按下千石家的門鈴（順帶一提，千石家是普通的兩層樓民宅，不像戰場原住在老舊公寓，也不像神原住在大到誇張的日式宅邸，就是平凡的住家），當她開門迎接的時候，我嚇了一跳。

不，嚇一跳這三個字，不足以形容我的心情。

應該說，驚愕。

驚愕不已。

千石收起瀏海了。

她以可愛的粉紅色（不是刺眼的粉紅色，是柔和的粉紅色）髮箍，把瀏海和兩側的頭髮往後收。

可以清楚看見她的雙眼。

應該說，可以清楚看見她的臉。

原來這個傢伙長這樣……

雖然正如預料——但她的臉蛋比我想像的還要可愛。她明明就像是我的妹妹，卻令我有點臉紅心跳。

總是微微低著頭的她，像是把這天當成特別的日子，抬頭挺胸出面迎接我。

總覺得她的臉頰看起來微微泛紅。

她這麼希望我來玩？

「……千石，你在家裡都是這樣？」

「呃……那個……」

回答得吞吞吐吐。

啊啊，千石還是老樣子。我放心了。

原本我甚至以為眼前的她是另一個人，不過光是問個問題就慌張成這副德行，令我確定她就是千石。

「這、這樣是指，怎麼樣……」

「沒有啦，就是妳的瀏海。」

「瀏、瀏海？這……這是什麼意思……」

千石裝傻了，真可怕。

慢著，她自己不可能不知道吧？

「並、並、並不是，不是因為曆哥哥第一次來家裡玩，所以才鼓足勇氣做了什麼事，撫子並沒有那樣。」

「這樣啊……」

哎。

既然她自己這麼說了，應該就是這樣吧。

或許她在家裡，都會理所當然戴上髮箍——將千石細嫩雪白的大腿展露在外的短裙、可愛的細肩帶背心、以及披在上半身的開襟上衣，肯定都是她平常在家裡穿的便服。畢竟即將進入八月，如今已經是盛夏時期了。

危險危險，我差點誤以為千石是為了我而精心梳妝打扮出面迎接。我不應該有這種想法，搞得像是千石把我當作異性看待似的。

荒唐荒唐。

完全不可能。

「請進，曆哥哥，快進來快進來。」

「啊啊、嗯……咦？」

我在門口脫鞋的時候，察覺到一件事。

門口完全沒有外出鞋。

這雙學校指定用鞋，應該是千石的吧？

除此之外，應該還有她父母的鞋子才對……

「……千石，你爸媽呢？」

「我爸媽週六也要上班。」

「是喔，那就和我家一樣了……所以才會是千石接電話嗎？」

慢著。

父母不在，家裡只有一個女兒，那我真的可以貿然登門拜訪嗎？我一直認定千石的父母在家……糟糕，果然應該硬是帶月火過來才對，不，現在還來得及，其實我應該擇日再來吧？

在我如此心想的時候。

喀嚓。

喀嚓。

千石把大門鎖起來了。

兩道鎖全部鎖上。

甚至還掛上防盜鍊。

嗯，千石的防盜觀念似乎很完善……那就沒問題了。這應該代表著我受到她的信賴。

我必須回應她的信賴。

這是年長者的義務。

「撫子的房間在二樓，所以要上樓。」

「啊啊，小孩的房間大多會在樓上。」

「已經準備好了。」

「這樣啊……」

我依照她的指示上樓。

千石的房間大約三坪大，完全就是一般國中女生的房間。房間各處（從壁紙到窗簾到門把套）洋溢著草莓般的女孩氣息，呼吸的空氣是甜的。該怎麼說，和我妹妹們的房間相差甚遠。

唔。

不過只有那個衣櫥，沒有令我感受到草莓般的女孩氣息。

反而，該怎麼形容……

「千石，那個衣櫥……」

「不能開。」

千石以明確……應該說強硬的堅定語氣如此說著。感覺從我說「那個衣櫥」的「個」這個字就回應，還沒把「那個衣櫥」的「櫥」這個字說完，千石就先把話說完了。

「即使是曆哥哥，要是打開那裡，我也不會放過你。」

「…………」

沒想到千石的字典裡，居然會有「不會放過你」這種字眼，我好驚訝……到別人家裡果然會有意外的收穫。

喀喳。

看我完全進入房內之後，隨後進房的千石鎖上房門。不愧是進入青春期的女孩房間，房門已經裝鎖了……慢著，咦？

玄關大門就算了，但我完全不懂她為什麼要把這個房間上鎖。

總覺得我被關進來了？

不不不，怎麼可能。

千石不可能做出這種事。

她沒道理這麼做。

肯定是習慣成自然才上鎖……怕生又害羞的千石，平常就養成上鎖的習慣，這不是什麼值得驚訝的事情。

放在地毯上的托盤，已經擺著飲料與零食了。原來如此，這就是千石所說的「準備」。

真可愛。

「那麼，曆哥哥——請坐那裡。」

「妳說的那裡是指床上？可以嗎？」

「嗯。除了坐床上以外都不行。」

「…………」

千石沒有選項這樣的概念嗎？

經常聽她說「除了怎樣以外都不行」這種話。

難道是刪去法主義的忠實信徒……我第一次聽說這種主義。

我坐在床上，千石則是坐在書桌（可調整桌面高度的老字號品牌）前面的旋轉椅。

「唔、呼，這個房間，有點熱耶。」

千石說完之後，脫下身上的開襟上衣。

緩緩脫下。

慢著，這個房間是妳的房間吧？

「如果會熱，把牆壁那臺空調打開不就行了……」

「不、不可以啦！曆哥哥無論地球變成怎樣都不管嗎？」

地球被當作人質了。

這人質超有分量。

「二氧化碳導致地球暖化，這是很嚴重的問題……光是碳被氧化就已經很嚴重了，還是兩倍的碳被氧化耶！」

「這、這樣啊……」

聽她的說明，就知道她完全不懂箇中機制。

不過實際來說，地球暖化的原因似乎尚未查明。有可能是冰河時期的相對現象，而且也還沒證實與二氧化碳有直接關係。

「何、何況，曆哥哥，古時候沒有空調這種東西……俗話說得好，滅卻心頭火金鈴。」（註11）

「能夠用火焰創造生命，真是先進的鍊金術……」

這已經是神的領域了吧？

超厲害的。

「曆、曆哥哥如果熱的話，要不要把連帽上衣脫掉？」

「嗯？我嗎？」

「就算不熱，曆哥哥除了脫掉那件連帽上衣以外都不行。」

「除了脫掉以外都不行……」

這顆星球真可怕。

神原大概會欣喜若狂吧。

不過既然她已經是國中生了，難免會注意環保之類的問題，身為「哥哥」的我，這

註11　原為「滅卻心頭火自涼」，日文「涼」與昆蟲的「金鈴子」音近。

時候應該配合她才是正確的態度。何況我確實有點熱……老實說直到剛才，我都覺得這個房間不只沒開冷氣，甚至像是開了暖氣。

我的連帽上衣裡面，是一件露出上臂的無袖背心。千石穿的是細肩帶背心，感覺我們就像是露出上臂的搭檔。

不過先不說我，千石居然在男生面前不以為意穿得這麼清涼，令我認為她依然是個小孩子。

「那麼，曆哥哥，先喝個飲料吧……不過只有一個杯子。」

「為什麼只有一個杯子！」

準備這麼周全，卻在這種地方出紕漏，到底是怎麼回事！

「用、用同一個杯子應該沒關係吧——因為撫子和曆哥哥情同兄妹。」

「這……哎，我不在意就是了……」

現在去廚房多拿一個杯子的選項不存在嗎？不，千石沒有選項的概念。她肯定會說「除了用同一個杯子以外都不行」。

不過為什麼呢，總覺得我像是一隻被囚禁的小動物……明明千石比較像小動物才對。

總之我喝了一口飲料。

隱約有酒精的味道。

「……千石，這應該不是酒吧？」
「不，不是。」
千石搖了搖頭。
「只是普通的可樂。」
「嗯，喝起來的味道確實是可樂。」
「不過是強碳酸可樂。」
「居然還有在賣？」
強碳酸可樂。
傳說能以碳酸令人醉的恐怖飲料。
這麼說來，她準備的零食也都是巧克力酒糖，簡直像是要讓客人醉到不省人事的搭配。
好恐怖的陣容。
不過這當然只是一種巧合，要國中生熟悉待客之道才叫做強人所難，所以我決定不要抱怨，當成今天有機會嘗鮮就行了。
「房間裡沒有電視嗎？」
「嗯，我很少看電視，因為對眼睛不好。」
「…………」

既然這樣，妳平常的瀏海到底是怎麼回事？

吐槽點過於明顯，反而令我難以吐槽。

或許是因為想把瀏海留長，千石才會比別人更加注意視力保健。

「那妳也很少玩電視遊樂器嗎？不過現在即使沒有電視，也可以用掌上型遊樂器玩遊戲了。」

「嗯，我很少玩……只有稍微玩一些有名的遊戲。」

「這樣啊。妳說的有名遊戲，比方說是哪種遊戲？」

「像是特攻神諜。」

「啊～啊～」

「ＭＳＸ２的版本。」（註12）

「啊啊？」

她玩ＭＳＸ２？

這時代居然有這種國中生？

這個女孩依然如此令人驚奇。

「主機放在一樓客廳……如果曆哥哥真的要玩，雖然不在預定計畫之內，不過要玩嗎？」

註12　特攻神諜（Metal Gear）最初是ＭＳＸ２的遊戲。

「不，到別人家作客卻玩單人遊戲，這樣太離譜了……」

「不然的話，也有POPILA2 。」（註13）

「妳說POPILA2？」

就沒有PS2嗎？

「總之千石，妳剛才有提到預定計畫，意思是妳在這方面有所準備嗎？」

「嗯。」

千石取出兩根免洗筷。

其中一根的尖端塗成紅色。

「來玩國王遊戲吧。」

「…………」

那個……要從哪裡開始說明？

傷腦筋。

「千石……到頭來，妳知道國王遊戲是什麼樣的遊戲嗎？和撲克牌的老K完全無關喔？」

「我知道，就像是船長命令那樣的遊戲吧？」

「唔～……」

註13　一種接電視就能玩音樂遊戲的早期遊樂器。

雖不中亦不遠矣。

她說的是英國叫做 Simon says 的遊戲，類似「老師說」。

「國王的命令，是接待的。」（註14）

「太政治化了吧！」

千石不知道是裝傻還是怎樣，說出這種莫名其妙的話，總之我先吐槽再說。

我看向免洗筷。

「我沒實際玩過，所以也不太清楚，不過千石，國王遊戲應該不是兩個人就能玩的遊戲。」

「為什麼？」

千石歪過腦袋。

「無論是下令或是接受命令，撫子都很願意。」

「呃、總之，還是別玩國王遊戲吧。」

看來她應該還一無所知。

看到如此純真的她就令我很舒坦，但有時會煩惱於如何應對。真是的，感覺自己就像是被問到「小孩哪裡來」的媽媽。

大概是沒能按照預定計畫吧，千石露出有些困惑的表情，但她沒有因而沮喪，而

註14　日文「接待」與「絕對」音近。

是把免洗筷放到一旁說道：

「那麼曆哥哥，來玩人生遊戲吧。」

她做出這樣的提議。

「人生遊戲嗎，嗯，好啊。」

「人生的命令，是絕對的。」

「好沉重！」

千石表示遊戲放在和室倉庫，所以暫時離開房間。

「雖然不可以打開衣櫥，不過除此之外都沒關係，像是看看那邊的相簿。」

她這麼說。

為什麼要讓我看相簿？

我摸不著頭緒。

千石過了好一段時間才回來——感覺她好像看到書櫃裡的相簿沒被動過而失望，嗯，應該是我多心了。

順帶一提，並排在她書櫃裡的書很有個性。連一本漫畫都沒有，幾乎都是岩波文庫的古典文學，不像是國中生的書櫃，甚至像是令人認為她平常都在看這種書，藉以表現自己成熟的一面。可能會有人不經意誤解，認為千石是為了在我這個客人面前充門面，把父親書房裡的書搬過來展示。

……不過我記得，這個傢伙看過很多漫畫。

她知道鬥球兒彈平最後一集的內容耶。

不過，好久沒有玩人生遊戲了。

記得小時候，我曾經不知道期票的用法而花了一番工夫。

「啊、對喔，我們是不是以前曾經在我家玩過人生遊戲？」

「嗯，我記得。」

「這樣啊。」

「何況我從來沒有忘記過。」

「…………」

確實，千石會把往事記得清清楚楚，哪像我，對於以前的千石已經沒什麼印象了……只記得她是一個總是低著頭的女孩。

我轉動輪盤。

雖然這也是人越多越好玩的遊戲，不過說到底就是類似大富翁的遊戲，轉動輪盤讓車子外型的棋子前進，心情隨著遇到的事件而起伏，頗能帶動氣氛。

感覺像是回到了童年。

不過，該怎麼說……

千石會把整個上半身彎下去接近地毯上的棋盤，所以細肩帶背心的內側若隱若現，令我眼神不知道該往哪裡擺。何況她原本就坐在我的正對面，短裙底下的春光隨時都可能外洩。

真是的。

雖然是小孩子，但如果對方不是千石，我或許就會受到誘惑了。她的姿勢就是危險到令我有這種誤解。我一直深深覺得，千石總是把自己身上應該保護的部位搞錯了……咦？記得我上次這麼想的時候，千石是選擇以瀏海遮掩「應該保護的部位」吧？但她今天連瀏海都收起來了。

？

搞不懂。

而且，她細肩帶背心裡面沒穿內衣。

這麼說來，細肩帶背心本身好像就算是內衣……這方面我不清楚。因為我家裡的妹妹們，無論是大隻的還是小隻的，都與這種漂亮時尚的便服無緣。

不是運動服就是和服。

總之再怎麼樣，曆哥哥看到千石的身體，也不會冒出非分之想。千石，妳要慶幸我是一名紳士。

「啊……走到結婚的格子了。曆哥哥，幫我拿棒子。」

「好。」

「……如果要結婚，撫子想和曆哥哥結婚。」

「嗯？咦、現在的人生遊戲，已經可以讓玩家相互結婚了？」

我知道這個遊戲的時候，還沒有這種系統。

「嗯……不，沒有這樣的系統，不過，我是說理想的對象。」

「這樣啊……」

啊啊。

這麼說來，火憐與月火以前也對我說過「長大之後要和哥哥結婚」這種話。

好懷念。

總之，千石終究已經沒有這麼孩子氣了，所以她剛才說的那番話，應該像是口頭上取悅我吧。

「口頭取悅？」

聽到我這麼說，千石露出詫異的表情。

「……用嘴巴服務的意思嗎？」

「完全不對！」

「雖然會不好意思，不過如果曆哥哥需要這種服務……」

「沒有沒有沒有沒有沒有！」

這樣哪叫做哥哥！

只是個變態吧！

「對了……曆哥哥，我之前就想過一件事。」

「嗯？什麼事？」

「曆哥哥這樣的稱呼，感覺有點幼稚。因為曆哥哥並不是撫子真正的哥哥。」

「……………」

印象裡，我曾經和神原聊過同樣的話題。

記得當時並沒有什麼好的結果。

雖然我有一種很不好的預感，不過現在要轉移話題也很突兀，就暫時順其自然聊下去吧。

不過以我的立場，千石至今也和以前一樣叫我「曆哥哥」，我已經打從心底感到開心了。

「總之，想換稱呼的話就隨便妳吧。妳想要怎麼叫我？」

聽到我這個問題，千石就像是從很久以前就決定好答案般說道：

「曆。」

「……………」

…………

什麼嘛。

沒什麼嘛。

只是純粹以名字稱呼罷了。

完全沒有突兀之處。

根本就不用考量到這是結婚話題之後聊到的事情，天啊，我的不祥預感最近開始落空了。有一段時間的命中率誇稱百分百的說。

「嗯，我不在意。」

「那、那麼……」

不可思議的是，千石不知為何羞紅臉頰，一副很不好意思的樣子（不過，收起瀏海的千石，表情豐富得出乎意料）。

「……曆。」

她如此說著。

這個怪傢伙。

「我說啊，撫子……」

「撫、撫子！」

千石的臉變得更紅了。

就像是遭受到劇烈的打擊。

「曆，然後撫子……哇、哇、啊哇哇……」

「咦？」

這也只是單純以名字稱呼吧？

總覺得從剛才開始，我們的國語就完全沒有交集。

改天應該請國語專家八九寺指導一下。

「總之不提這個——千石，最近有發生什麼奇怪的事情嗎？」

「咦？什、什麼意思？」

「沒有啦，想說有沒有又發生上次那種事……」

老實說，看到千石現在的清涼穿著，令我回想起這件事。之前我久違數年再度見到千石的時候，雖然不是絕對，但是不方便做出這種清涼的打扮——

是怪異害的。

以及，人類害的。

依照忍野的說法，千石的狀況和我、羽川、戰場原或八九寺不同，似乎不能概括而論——然而即使如此，如今的她肯定也變得容易招引怪異。

然而過度在意，反而容易出現百密一疏的狀況。

所以應該確認一下她的近況。

「不……撫子，並沒有。」

「這樣啊。」

「不過……」

此時，千石表情一沉。

「那種奇怪的『咒語』，好像還是很流行。」

「在千石的學校？」

「是的，但不只是我的學校，是在所有國中生之間流行。」

千石說到這裡猶豫片刻。

接著像是下定決心說道：

「良良她們，大概正在做某些事。」

「…………」

順帶一提，她所說的「良良」是月火國小時代的綽號——取「阿良良木」中間的「良良」兩個字。既然她是說良良「她們」，那她說的應該是包含火憐在內的火炎姊妹。

正在做某些事。

正在做某些事。

正在做某些事！

模稜兩可，可以導出各種可能性，令人忐忑不安的話語……正在做某些事！

不，拜託……什麼都別做啊！

「之前我向良良說了——她問我之前蛇的事情……但我當然不能據實以告，所以講得有點含糊……但她好像請別人幫忙，調查到各式各樣的情報。」

「……各式各樣？」

好想知道詳情！

但也不想知道！

這麼說來，記得今天火憐出門不在家……難道就是因為這件事？哎，既然是國中生之間的問題，那對火炎姊妹當然不可能沒有行動……

「換句話說——應該就是和那個『咒語』有關。不過到頭來，那玩意正確來說，只是一種毫無根據的詛咒儀式吧？以千石的狀況，反而是千石的應對方式有問題罷了。」

應對方式有問題。

她的應對方式——過於正確，所以有問題。

記得是這樣沒錯。

如果要說得更加正確，這是號稱傳說中之傳說的吸血鬼，鐵血、熱血、冷血的吸血鬼忍野忍來到這座城鎮——造成的弊害。

反過來說。

在這些問題已經解決的現在，國中生之間流行的「咒語」，肯定已經沒有任何效力了。

「嗯。」

千石點頭回應。

「怪異貨真價實形成那種明顯形體的狀況，就只有發生在撫子身上。應該吧。」

「既然這樣……」

「不過，良良她們並不是把『咒語』的結果視為問題——到頭來，良良她們應該不相信怪異的存在……我是這麼認為的。」

「哎……說得也是。」

那兩個傢伙挺現實的。

雖然怕鬼，卻不相信鬼真正存在。

她們就處於這樣的立場。

「她們真正視為問題的，反倒是最近這種毫無根據之詭異『咒語』盛行的狀況——想要查出是誰讓這種玩意流行起來。」

「…………」

她們要找出「咒語」的根源？

我妹妹居然這麼異想天開。

何況一般來說，這種事根本不可能吧？

「這應該不是某人帶動流行……而且就算找到根源，『咒語』盛行的責任也不在於那個人吧？」

俗話說「傳聞只傳七十五日」。

第一人與最後一人簡直毫無關連。

幾乎就像是傳話遊戲。

「這方面就是良良……應該說火炎姊妹的作風了，良良她們似乎早就認定，這是『某人』基於『某個目的』讓『咒語』流行起來的……」

「……確實很像她們的作風。」

真是的。

看來，果然需要和火憐好好談一談——雖然置之不理也無妨，但是這個案件已經包括「千石撫子」這個實例了，所以狀況更加敏感。

一個不小心的話……

可能會有一隻腳踏進棺材。

只是一隻腳還好——但有可能兩隻腳都踏進去。

甚至會像我一樣，連腦袋都栽了進去——

「曆……曆哥哥？」

大概是因為我忽然沉默吧。

千石恢復為原本的稱呼方式——呼喚我。

我回過神並抬起頭來。

千石擔心地看著我——像是隨時會哭出來似的。大概是以為自己說的話刺痛我的心，因而感到自責吧。

她真是個好孩子。

如果千石真的是我妹妹該有多好。我如此心想。

如果千石真的是我妹妹，我絕對不會和她吵架打鬧吧。

「我沒事。千石，妳放心。」

我繼續說道。

「還有，該怎麼說，千石，妳維持這樣會比較好。」

「…………？」

「沒有啦，我是說瀏海。外出也這樣不是很好嗎？」

「因、因為，這樣會不好意思……」

大概是要代替瀏海，千石以雙手掩面。

「不、不過，既然曆哥哥要求這麼做……撫子會努力。」

「嗯，努力是一件好事。」

我點了點頭。

守護他人的成長挺不錯的。

可以的話，我希望能守護她到最後。

「話說回來，人生遊戲玩得差不多了，千石，接下來要玩什麼？」

「扭扭樂。」

「是喔，這我就沒聽過了。是什麼樣的遊戲？教我玩吧。」

「嗯，撫子來教吧……用身體。」

「哈哈哈，真令我期待。」

不過話說回來……

千石收起瀏海而顯露出來的雙眼，似乎偶爾散發著某種完全不適合她，宛如響尾蛇的閃亮視線，這真的只是我多心嗎？

006

其實原本預定會在千石家待到傍晚，孰料千石的母親剛過中午就回來了，好像是在職場發生了什麼狀況。雖然發生了什麼狀況和我無關，但千石倒是慌了起來。

「曆、曆哥哥的事情是祕密，哇、哇、要被罵了，要被罵了，穿成這樣，會被當成變態……」

她完全亂了方寸。

雖然我聽不懂她為什麼說會被當成變態，不過重點在於我被她當成祕密沒告訴家人。「沒有知會」和「保密」完全是兩回事，既然這樣的話，這一幕在伯母眼中是「住在附近的陌生男性趁家裡沒大人闖入」，我不認為這方面能夠給出一個滿意的答案，所以我變成必須瞞著千石的母親，像是避免偷情被抓到般悄悄離開千石家。

幸好千石預先把我放在玄關的鞋子藏在鞋櫃……不過她準備得如此周全，就像是早已預料到這樣的可能性，令我有些在意。

嗯……

總覺得，雖然被趕出來……應該說被迫逃出來並非我的本意，令我覺得必須在事後打電話安撫千石，但是相對來說也令我莫名覺得，因為千石母親的職場發生狀況，我身為男生的某些重要部分似乎得救了……

即使是我多心，也挺奇怪的。

無論如何，我又閒下來了。

原本打算待到傍晚，要是現在返家被月火追問也很麻煩（我可不想說出提早返家的原因令她捧腹嘲笑我），反正火憐應該是天黑才回家，千石剛才提到的那件事，可以等到那時候再一起問她們姊妹……

既然這樣的話……

「其實原本是明天的行程……不過算了。」

我走到路邊，站在白天完全沒用的路燈附近，然後取出手機。

聯絡對象，是我所就讀直江津高中的學妹。

二年級的神原駿河。

神原在這時候登場了！

「希望她有空——但我實在搞不懂她私人時間是怎麼安排的。」

在鈴聲響了四次的時候……

「我是神原駿河。」

電話另一頭傳來聲音。

自報姓名的風格，還是這麼有男子氣概。

「神原駿河，主武器是加速裝置。」

「原來妳是改造人嗎？」

我完全可以接受！

以這種前提聽她的聲音，就覺得她講話很像機器人！

「嗯，這個聲音與吐槽方式，是阿良良木學長吧？」

「沒錯……」

她總是以聲音和吐槽方式來認人。

妳至今還不會用手機的通訊錄功能嗎？

「如果是我以外的人打電話給妳，妳要怎麼應對？」

「呵呵，不用擔心，阿良良木學長，到頭來知道這個號碼的人屈指可數，所有人我都能用聲音和吐槽來判斷。」

「……原來所有人都會吐妳槽？」

「嗯，因為我是總受。」

「我聽不懂這兩個字。」

哎。

雖然神原駿河是這種個性，卻是直江津高中創校以來的明星，帶領弱小的籃球社打進全國大賽，奇蹟般的運動少女。她擁有恐怖的腳力（五十米只要四秒多就跑完……聽說如此），她的腳力在球場裡發揮得淋漓盡致，令觀眾為她著迷。即使因為某些逼不得已的原因而提早辭去社長職位，至今她的人氣依然居高不下——應該也不可能隨便把手機號碼告訴別人。

這是明星的難為之處。

我應該體諒她的。

雖然這麼說，但也用不著討論這種問題。從神原不會使用通訊錄功能就知道，她不太會使用機械類的產品，應該也很少主動打電話給別人吧。

「神原，妳現在有空嗎？」

「阿良良木學長，您這個問題完全沒有意義。就我神原駿河的立場，大恩人阿良良木學長的要求，在任何事物之中處於最優先的地位。即使我正在為了拯救世界而戰，只要阿良良木學長一聲吩咐，我願意拋棄世界趕到阿良良木學長的面前。」

「…………」

依然講得如此帥氣……但我希望她能夠以世界為優先。畢竟要是世界毀滅，我也沒得活了。

「不過與其說是找妳出來，應該說是我想過去找妳。」

「嗯？什麼意思？」

「那個……神原，妳現在在家吧？」

「嗯，沒錯……啊啊，阿良良木學長，可以稍等我一下嗎？我立刻脫光。」

「為什麼！」

妳一定要全裸才能講電話嗎！

我從來沒聽過有人講電話講一半會忽然脫衣服！

「嗯？阿良良木學長，您說這什麼話？即使是透過電話，我依然是在和阿良良木學長交談耶？基於禮儀，我當然應該脫光。」

「不要講得好像我不懂基本禮儀一樣！而且妳不要動不動就想找機會脫衣服！」

不過，這是嶄新的模式。

上次我對「矗立」這兩個字感到興奮，我就開始覺得自己真的不太妙，不過神原這傢伙似乎終於踏入新境界了。

「不過阿良良木學長，要是放過這個機會沒脫衣服，我就沒辦法宣揚我是變態的事實吧？」

「原來妳想宣揚！」

「總是有人認為我只是嘴巴說說，實際上並不是那麼誇張的變態，講出這種冒失意見的傢伙絡繹不絕，心胸寬大如我到最近也終於火冒三丈了，這是我最不想聽到的評語。」

「沒有人講過這種話吧！」

還有，不要因為這種事火冒三丈！

妳應該為其他更值得生氣的事情生氣！

「沒有異性經驗卻展現變態行徑，我並不是無法理解他人質疑的心情，不過既然沒有對象，這也是無可奈何的事情，您說對吧？」

「為什麼要問我！」

「既然已經得到阿良良木學長這位同志，我覺得這種小事，已經只是時間上的問題了。」

「不要把我講得好像是妳的變態同好！」

而且好像比妳高段！

在變態這方面，我各方面完全和妳沒得比！

「總之妳不用脫了。」

「天真，看來阿良良木學長瞧不起我的速度，我已經全裸了。」

「居然全裸了！」

這也太快了吧？

啊、對喔，這傢伙夏天待在家裡都只穿著內衣褲閒晃……那她速度這麼快也情有可原，因為實際上只需要脫兩件……話說在脫光之前，她就已經處於幾乎脫光的狀態吧！

「妳的變態終於達到我應付不來的程度了，神原！」

「哎呀哎呀，怎麼會這個樣子呢，我所尊敬的阿良良木學長，居然講出這種不像您會說的話。這裡是我家，而且是我的房間耶？我要怎麼穿都是我的自由。」

「唔……」

……她說得很對。

我沒資格干涉別人家的家規。

何況阿良良木家也一樣，剛洗完澡的時候可以只穿內衣褲走動，火憐與月火（還有我）在家裡，即使不會全裸，有時候也會脫到半裸。

「確實，是我不對……妳又不是在家裡以外的地方脫個精光，抱歉我不應該責備妳。」

「不，您明白就好。即使是喜歡解脫感的我，也不可能沒事就在家裡以外的地方脫個精光——只有偶爾會。」

「居然偶爾會！」

「當然囉，比方說澡堂。」

「唔……！」

我被她耍得團團轉！

澡堂確實是家裡以外的地方！

「再來就是籃球社……」

「我不會再被騙了。妳肯定想說集訓地點的澡堂吧？」

「差一點，到集訓為止都是正確答案。一年級的夏天，由我主導企劃了一次全裸集訓。」

「給我廢社！」

「哈哈，阿良良木學長，您怎麼了？我當然是在開玩笑吧？居然會相信這種謊言，該不會阿良良木學長其實比我還下流吧？」

「妳、妳說什麼！」

何等屈辱的指摘！

混帳，老天爺，請讓這個學妹遭天譴吧！

令我驚訝的是，在我如此許願之後，神原真的立刻遭天譴了。

「嗚啊……！」

就在這個時候。

電話另一頭傳來神原的慘叫聲，還沒來得及猜想是什麼事，就傳來她身體緩緩癱倒在地的聲音。

似乎發生了什麼事情。

「……怎麼了，神原？」

「我不小心忘記關拉門……奶奶剛才經過走廊……」

「…………」

啊啊。

原來是這麼回事。

順帶一提，神原和爺爺奶奶相依為命。

她從小就在爺爺奶奶的呵護之下長大。

是爺爺奶奶的寶貝孫女。

「奶奶剛才以非常難過的眼神看我，然後沒有放慢速度，一聲不響走過去……」

「那當然囉，因為一手拉拔長大的孫女，居然光著身體講電話……」

看來家規並不允許神原在房裡全裸，完全是她自己的私規。

「嗚哇啊啊……嗚哇啊啊啊啊……我完了……今後我要怎麼面對奶奶……」

她受到沉重的打擊。

難得有機會看見這麼脆弱的神原——不，隔著電話看不到她。不過事至如此，我想要立刻過去找她。這種機會一輩子肯定只有一次。

「我說神原，抱歉妳現在受到打擊還這麼說，但我可以回到剛才的話題嗎？」

「啊……嗯。接下來我可能沒辦法講得很風趣，不過阿良良木學長，您願意接納這樣的我嗎？」

好軟弱。

不用擔心，現在的妳迷人又出色。

「今天因為一些預料之外的原因，所以我唸書應考的行程空出來了，原本約好明天幫妳整理房間，我可以提前到今天嗎？」

神原不愧是前任籃球社社長，對外各方面表現得可圈可點，但她對於自己的事情卻意外脫線（就像這次她忘記關拉門），興趣明明是自我鍛鍊，某方面卻自甘墮落，簡單來說，就是她的房間塞滿了垃圾。

她房間的散亂程度真的很誇張，崇拜她的人看見她房裡的模樣大概會昏倒。何況我第一次受邀前往她房間（約六坪大的和室）的時候就差點昏倒了。棉被沒有收，衣服亂扔，書本隨便堆疊或是散落滿地，房間角落堆滿神祕的紙箱，最令人抱頭煩惱的是房裡沒垃圾桶，垃圾沒有分類，就是只隨便塞進塑膠袋，並且扔得到處都是。

與其說散亂，不如說骯髒。

好歹把垃圾處理掉吧？我很想這麼說。

原本應該挺寬敞的房間，落得只有鋪棉被的區域可以自由行動，而且那床棉被底下也塞滿筆和筆記本之類的文具，她居然能睡在那床棉被上。

總之因為這樣，當時受邀前往她家的我，還沒坐下就著手清理她的房間，並且對自己課以一項義務，每隔半個月就要去打掃神原房間。

每個月的十五日與三十日，要打掃神原的房間。

不知道該說貼心還是守本分，神原只要半個月就能將房間恢復為原本的慘狀，能夠把房間弄亂到那種程度，也稱得上是一種才華了。要是半裸待在那種房間，說真的應該會受傷。

「啊啊……當然不介意。您協助打掃房間就已經幫了我很大的忙，我哪敢有任何意見，我隨時願意配合阿良良木學長的行程。」

她的語氣依然沒有恢復氣勢。

總之，神原答應了。

我表示立刻抵達之後結束通話——即使神原心情再怎麼低落都會迅速振作，她就是如此樂觀的傢伙，所以我得盡快趕到她家，才看得見神原沮喪的模樣。和千石家不同，神原家有點遠，如果是以腳力自豪的神原，就可以用她的四秒多衝刺法（或者是使用加速裝置）眨眼抵達，不過先不提吸血鬼時代，我現在的腳力只有平均水準，所以我得先行返家一趟，而且為了避免月火追問，我不能進入屋內，而是直接騎院子裡的菜籃腳踏車去神原家。

我以前有兩輛腳踏車，分別是上學用與私人外出用，不過私人外出用的那輛越野腳踏車因為某些意外而報廢，如今只剩下通學用的菜籃腳踏車。

購買新車的計畫尚在未定之天。

……不，倒不是因為沒有想買的款式，不過我有一種即使買了新車，肯定也會很快壞掉（或是被弄壞）的預感……

總之，盡快前往神原家吧。

分秒必爭。

我想看神原小姐軟弱的一面。

此時。

當我努力踩腳踏車踏板趕路的時候，卻有一幅不得不令我停下來的光景映入眼簾。

「…………」

民宅的圍牆上，有一個身穿運動服，倒立向前走（？）的國中生。

馬尾輕盈躍動著。
這人是我妹。
阿良良木火憐。
「…………」
不只是小學生時代上學的路上，她直到現在都會……像這樣倒立前進？
是在鍛鍊手臂嗎？
唔哇～……
八九寺說得沒錯。
都已經長這麼大了，卻在體育館以外的地方倒立，看到這一幕真的會令人完全不敢領教……
一步又一步。
火憐沒有發現我，只以臂力讓身體彈到下一道圍牆。
「喝！」
我不動聲色騎著腳踏車接近，朝她對齊的手肘輕輕施展一記金臂勾。
「唔啊、哇哇！」
我的平衡感比她好。
明明不是被下段踢命中臉部，火憐卻失去平衡從圍牆上摔落。

原本以為她會倒栽蔥落地，但她是運動細胞超群的格鬥家，短短一公尺的高度，就足以令她輕盈翻轉高眺的身體，漂亮著地成功。

因為是面向這裡著地，所以我們四目相對。

「……啊啊，原來是哥哥，我還以為是敵人。」

「原來妳有敵人？」

「身為男人，只要踏出門外一步就有七人為敵，不是這樣嗎？」

「但妳是女人吧？」

「男人會有七人為敵，女人則是有男人的七倍。」

「這樣啊……」

不過，如果這句話限定用在妳身上，那就有可能了。

我有些無可奈何說道。

「妳到底是在做什麼？妳還要繼續鍛鍊我的羞恥心多久？妳早就已經雄壯威武了吧？這把年紀還會做出那種雜耍舉動的傢伙，就我所知只有漫畫裡的早乙女亂馬，妳該不會被熱水淋到就會變男人吧？」

「呀哈，這樣敵人就會減少到七分之一，或許挺方便的。不對，應該說無聊。」

「真是的，居然在這種容易引人注目的地方做那種事……不知恥也要有個限度吧，妳應該稍微具備青春期少女該有的意識，要是在街坊鄰居之間傳開怎麼辦？」

「咦？雖然搞不太懂，但我覺得哥哥好像把自己的事情拋到九霄雲外……」
「我完全沒有做這種事。」
我如此斷言。
沒錯，我沒有做任何令我內疚的事情。
「話說，如果只是倒立就算了，妳居然用這種方式走遠路，真的太離譜了吧……小學時代的體重還很輕也就算了，妳現在幾公斤？」
「不可以問淑女體重。」
火憐得意洋洋露出笑容。
「不過，我該瘦的地方都有瘦，而且肌肉沒有練得太發達，所以體重沒有增加很多。如果有人在遊樂中心倒立玩跳舞機，那個人肯定是哥哥的妹妹。」
「不，那種傢伙不是我妹妹。」
「不不不，我還比不上某個可以自己一個人玩桌上曲棍球的哥哥喔！」
「居然拿往事來說嘴……」
總之。
暫且不提。
這個話題先放在旁邊。
「妳在這種地方做什麼？」

「在進行公益活動。所謂的 volunteer。」

火憐站起來驕傲挺胸。

那張得意洋洋的表情真令我火大。

光是看到就想握拳揮下去。

「什麼 volunteer，不准得意洋洋秀英文給我聽，笨蛋。上次想講 difficult（困難）卻講成 Descartes（笛卡爾）的國中生沒資格裝聰明。」

「有什麼關係，反正笛卡爾講的話大致都很難懂。」

「確實很難懂。」

「話說哥哥，不要在外頭跟我搭話啦，我們長得這麼像，很容易被別人發現是兄妹吧？我會很害羞。」

「我也不想找妳搭話，如果不想被我搭話，就別做出令我不得不搭話的舉動。」

不過嚴格來說，我並不是向她搭話，而是對她施展金臂勾。

「不過真要說的話，能在這裡遇到妳正好，我有事情要問妳。」

「我沒有想被哥哥問的事情。」

她輕描淡寫如此說著。

火憐輕呼一聲再度倒立——我抓住她的腳往另一邊按下去，結果火憐就這麼下腰擺出拱橋姿勢。

在街上擺出拱橋姿勢也很稀奇。

她的腰撐得真高……看起來甚至像是橢圓形。

這傢伙腳也太長了。

「哥哥，你做什麼啦，這樣很危險吧？」

火憐以倒立視角向我抱怨。

這傢伙要維持這個姿勢半天應該沒問題。

「危險的應該是妳們的活動。妳正在做什麼？」

「不就說是公益活動了嗎？」

火憐就這麼倒著露出笑容。

這構圖挺有趣的。

「和哥哥無關，所以別管我們。」

「……如果真的無關，我其實可以不管妳們。」

咒語。

我不認為千石事到如今還會與這玩意有關，即使發生過實例，應該也只是湊巧造成的——

真要說的話，應該可以置之不理。

被這兩個傢伙的任性行徑拖著跑，結果受害的人只有我。至今都是這種模式。

是定理。

不過火憐似乎還沒理解這種定理。

「不會造成哥哥的困擾啦，我們又不是笨蛋。」

她如此說著。

而且讓雙手離開地面，只以頭部支撐，以得到自由的雙手比出勝利手勢。

就任何人看來，這一幕都很蠢。

「哥哥以為我是誰了？」

「我哪知道。妳是誰？」

「我是百鬼夜行殺無赦的——」

火憐壓低聲音繼續說道：

「——地獄的瘋狗，刑事司令！」（註15）

「唔哇、好帥……」

她應該是世上第一個以拱橋姿勢說出這句話的女生。

「沉穩酷帥，完美無缺。」

大概是興致來了，火憐接著說起藍刑事的招牌臺詞。

慢著，至少妳的姿勢一點都不酷。

註15　源自特攝作品「特搜戰隊」，隨後提到的藍刑事亦同。

「畢竟我是熊熊燃燒的女人。」

「燒死算了。」

不過，她能夠用這麼逗趣的姿勢說出異常帥氣的臺詞，只有這種耍寶招式，我願意給予肯定之意……

何況我完全學不來。

這是四肢發達的她，揚眉吐氣的一瞬間。

「是嗎是嗎，那我今後就把這招當成我的招牌動作吧？」

「機會難得，就稍微練習一下吧。妳試著隨便講幾句帥氣的臺詞聽聽。」

「想通過這裡得先打倒我！」

「比我預料的還有趣！」

「相反模式。你先走吧，這裡交給我！」

「啊哈哈哈哈哈哈哈哈哈！」

我捧腹大笑。

不可能會出現這種狀況。

不過，唔~~這下不妙。

我不小心和妹妹玩起來了。

聊了這麼久都沒有得到任何我想知道的情報，實在是不可思議——不過即使不用問，我也大致推測得到火憐在這附近逗留的原因。

這附近是戰場原、神原和羽川之前就讀的國中——公立清風國中的周邊區域。如果要調查國中生之間盛行的「詛咒」，這附近應該是重點調查區域。

嗯。

「喝！」

火憐從拱橋姿勢起身了。她刻意先倒立（三點倒立）之後才以雙腳站立，表演得真是精彩。

這傢伙打從骨子裡是一名表演者。

不過換個方式來說，只是個想引人注目的傢伙。

「總之，我現在有很多非得要做的事情要忙，所以哥哥如果有話要說，晚上回家再跟我和月火說吧，可以暫時放我一馬嗎？」

「…………」

嗯。

哎，畢竟我現在也和她一樣有事情要忙。

我想趕快前往神原家。

不想和妹妹在這裡耗時間。

反正我原本就想到晚上再問——而且在這種地方也沒辦法好好聊。

「真的可以不管妳們嗎？」

我姑且再問火憐一次。

「嗯，反正很快就解決了。」

「是喔……」

「而且沒人擋得住我們前進喔？」

「被人從背後暗殺吧。」

「話說回來，月火怎麼樣了？她待在家裡吧？有看到她嗎？」

「沒怎樣，她在看電視。」

不過，我不知道她現在正在做什麼。

雖然她說會負責看家，但無法保證她不會偷偷溜出去執行火炎姊妹的任務……

隨即就在這個時候，火憐運動服口袋傳出手機來電鈴聲。

是李小龍的電影「龍爭虎鬥」的主題曲。

這傢伙用的鈴聲真老套。

不過她（堅持）沒有為手機掛吊飾或是貼水鑽，這一點很有男子氣概，我以這樣的妹妹感到驕傲（但她是女生）。

順帶一提，月火的手機華麗無比。

由於火憐與月火還是國中生，所以一直都沒有手機，但父母也沒能違抗時代的潮流（說穿了是判斷「再不讓兩個女兒帶手機反而危險」），從今年暑假總算解除手機禁令，而且她們似乎沒多久就用得很順手了。

這兩個傢伙在這方面也無懈可擊。

哪像我還不太會用。

「喂，是……啊、嗯——」

即使還在和哥哥交談，火憐依然接聽電話，並且宛如要迴避我的目光背對過去。

然後輕聲交談。

她把音量壓得很低，令我聽不到對話內容。可能是得到「公益活動」的新情報，也可能只是私人電話，我連這方面都無法確認——啊，而且我也不想偷聽。

我和月火不一樣。

火憐講了一分多鐘之後結束通話。

然後轉身看向我。

她的表情有著嚴肅的神色。

英氣逼人的臉蛋。

「……嗯，哥哥。」

「啊？」

「放心，看來真的很快就能解決。」

「嗯？這樣啊……」

我只能含糊回應。

換句話說，剛才的電話果然提供了某些新情報？

「看來晚上和哥哥聊的話題，會是我今天的英勇功績了。呀哈哈！」

「沒人想聽那種玩意。得知妳直到國三都還會在市內倒立走路，是我今天最不幸的事情。」

「那我走囉！Hasta la vista！」（註16）

就這樣。

或許是要迴避我的追問，火憐硬是結束交談，從我的視界消失。

順帶一提，她是以前滾翻離開現場。

以非常驚人的氣勢，迅速翻滾而去。

該怎麼說，地上又沒有軟墊，她居然能做出那種危險動作……這和神原的運動細胞應該是不同的類型。

神原確實身手矯捷又是飛毛腿，但我不認為她做得出那種近乎雜耍的動作——不，到頭來如果是那個傢伙，應該不會想做這種有危險的動作。

這方面，或許就是格鬥技與運動競技的差異。

註16　西班牙文的「再見」。

啊啊，對了，要找神原。

得趕快去神原家才行。

總之火憐的事情先存在腦袋某處掛念，接著我再度踩著踏板前進。

007

二十分鐘後。

我抵達了平常要三十分鐘才能到，神原居住的日式宅邸。如果不是因為遇到火憐耽擱時間，或許我可以再早三分鐘抵達。

按下門牌旁邊與日式宅邸不搭的門鈴之後，應門的人是神原的奶奶，也就是剛才神原醜態（應該說變態）的目擊者。因為已經來打掃房間好幾次，所以我和神原的爺爺奶奶已經相識，但要是他們得知神原全裸講電話的對象是我，或許他們就不會允許我踏進家門一步。

——那個……

——曆小弟，駿河就麻煩你了。

神原奶奶一副滿懷歉意的樣子，對我說出這番話之後低頭致意……哎，無論在學校是明星還是什麼身分，神原在奶奶心中，應該只是一名可愛的孫女……畢竟全裸的事情暫且不提，奶奶早就知道孫女房間的慘狀了。

奶奶應該很擔心。

即使信任自己的孫女，依然很擔心。

…………

不過我都已經高三了，還被別人家的奶奶稱呼為「曆小弟」，令我有些難為情。

我和奶奶道別，前往神原的房間。

拉門關著。

神原肯定抱膝縮在房間角落。我想像著這種光景，抱持著想要嚇她一下的興奮期待，沒敲門就把門拉開。

她依然一絲不掛，就這樣光溜溜趴在棉被上。

「噗！」

神原駿河。

自己承認，他人也公認的情色女孩。

大概是因為無法以運動宣洩性慾吧，她每天超越容忍界限創下新高的各種性騷擾話語，已經足以讓我和忍、千石共同上法院按鈴控告了。

不過！

很意外的，這是我第一次看見她一絲不掛的模樣！

哎，該怎麼說，因為已經退出籃球社，所以神原從六月之後就開始留頭髮，看起來很明顯增添不少女人味，所以像這樣忽然看到她全裸就……！

不，她其實是趴著的！

可是背部線條超有魅力！

肩胛骨太美妙了！

不愧是運動健將，即使退休也勤於自我鍛鍊，肌肉緊實的肉體太美麗了！有人會把運動型美腿形容成羚羊，不過這個傢伙全身都是羚羊！

簡直是古希臘雕像！

這就是、這就是所謂的肉體之美嗎！

我從之前就察覺到她腿部的肌肉線條健美迷人，然而不只是腿部，這傢伙全身都是凶器吧！

難怪她平常就想脫，我深有同感！

這樣的胴體，不給別人欣賞是一種損失！

「…………」

不。

雖說一絲不掛，然而即使如此，只有左手的繃帶——依然包得緊緊的。

「神、神原……」

她大概是被奶奶看到裸體之後，擠出最後的力氣關上房門就精疲力盡吧。不知道該說些什麼的我，就只是開口叫她。

「嗯……阿良良木學長嗎？」

神原將埋在枕頭裡的臉抬起來。

然後——

「慢、慢著，神原！現在別翻身！要是妳現在翻身，會發生很麻煩的事情！」

主要是對我來說！

我會發生各種很麻煩的事情！

「那個……」

神原心領神會點了點頭。

「啊啊……抱歉這副醜陋的模樣傷了您的眼睛，明明是在阿良良木學長面前，真不好意思。」

「唔哇……」

居然和平常人一樣害羞了……

但神原並沒有遮掩身體，依然就這麼懶散伸直四肢放鬆。

只有把頭抬起來。

「不過，就我所知人格最高尚的阿良良木學長，居然沒敲門就忽然打開拉門，這實在不像您的作風……嗯。」

「沒有啦，那個……因為我想看看妳沮喪的樣子。」

「啊啊……如果不介意被我這種丟臉的模樣傷眼，學長想看多久都請自便。」

「…………」

「來，請盡情欣賞吧，這就是神原駿河的真正模樣……毫不做作的神原駿河。」

「不……」

不過，她說得沒錯。

毫不做作，毫無遮掩。

「該怎麼說……那個，對不起。」

我沒想到她真的沮喪到這種程度。

這記天譴太有效了。

我的願望居然招致這種結果。

「神原，是我的錯……讓我負責吧。」

「負責？」

神原以空洞混濁宛如死魚的雙眼看過來，如同機械重複我說的這兩個字。原來這個傢伙也會露出這種眼神。

「阿良良木學長，所謂的負責是什麼意思？」

「妳想想，該怎麼說，畢竟妳剛才講電話的對象是我，我覺得招致這種狀況的原因，有一半在我身上。」

但我不敢說我曾經希望她遭天譴。

對於我這番話，神原沒什麼明顯的反應。

「但我覺得沒這回事。」

她如此說著。

即使處於這種狀況，她似乎依然敢作敢當了不起。

就我所知人格最高尚的人肯定是羽川翼，不過第二名或許是神原。挺意外的。

「不過，如果阿良良木學長無論如何都要負責，我會尊重您的決定……那麼以具體來說，您想用哪種方式負責？」

「我們結婚吧。」

「噗！」

這次輪到神原驚訝了。

她再度把臉埋進枕頭。

「為……為什麼是結婚？」

「沒有啦，雖然只看到背部，但我畢竟看過妳的裸體了……」

「中間的程序省略太多了……如果依照這種埋論，阿良良木學長到底要和多少女性結婚才行啊……」

「慢著，別把話講得這麼難聽！」

這番話很難聽。

不過，是事實。

「……啊哈哈。」

啊、笑了。

雖然有氣無力，但她笑了。

「阿良良木學長。」

神原繼續說道。

「雖然這項提議很吸引我，但您用不著負責，不然戰場原學姊會對我生氣。雖然講補償也不太對，不過阿良良木學長，其實我有一事相求，您願意聽嗎？」

「儘管說，我都會聽。我今天是妳的奴隸。」

「我想穿衣服，可以請您在走廊等一下嗎？」

「……哈哈。」

我不由得笑了。

沒想到會從神原口中聽到「想穿衣服」這種字眼。

這種小小的感動，很像人類開始以雙腳直立步行的那一瞬間。

我聽話回到走廊等神原穿好衣服（該說不愧是運動少女嗎，神原穿衣服的速度非常快，沒幾分鐘就好了，脫得快穿得也快），然後終於開始打掃房間。

任務開始。

首先大致把垃圾分類，裝進大型垃圾袋拿到院子。這時候處理掉的是明顯不再使用的東西，至於不確定是否是垃圾的神祕物體，在這個階段依然保留。由於房間不是我的，所以終究要由神原判斷是否要扔掉——不過雖然這麼說，大致上還是會扔掉就是了。目前就只是保留不是留存，說穿了就類似審判時的某種程序。

神原駿河。

我不禁覺得這個傢伙很有錢，而且很浪費。總是買一些莫名其妙的東西，並且以高超的鍊金術將物體化為垃圾。

所以到最後幾乎都會丟掉。

總之，到這裡算是打底的程序。

接下來才是正式的清理整頓。

雖說神原已經穿上衣服，但也只是熱褲加上無肩帶小可愛，裸露程度和全裸沒什麼差別（難怪即使撇除運動少女這一點，她穿衣服的速度還是很快），不過即使如此，至少已經不是見不得人的模樣了。考量到神原房間的散亂程度，可以的話應該讓她穿長袖運動服（這就是火憐的便服）比較好……

然而不可思議的是，神原應該不適合運動服打扮。

因為身高不夠高？

但她穿制服進行激烈動作的樣子非常帥氣。

大概是因為整理時思考著衣服方面的事情才會注意到吧，我挖出一件埋沒在垃圾山裡，像是籃球社隊服的玩意。

背號是4號。

這是隊長的背號？

哎，我的籃球知識來源只有灌籃高手，所以不太清楚。

「神原，這是……」

「嗯？啊啊。」

順帶一提，神原人在走廊。

神原運動細胞很好，卻笨拙到不可思議的程度（她非常不會做家事。不過只要看過她房間的慘狀，其實也不需要括弧補充說明這種事了）。

這個階段讓她幫忙只會越幫越忙。神原這種位居明星階級的人，卻像這樣被我當成大麻煩，這個事實隱約激發我的興奮情緒，但我認為這不是身而為人應有的情感，所以將其封印在心裡閉口不提。

「那是籃球社的隊服。一直想說不知道跑哪裡去了，原來在那種地方。」

「這樣啊，是練習用的隊服？」

「不，那是我一年級的時候，確定晉級全國大賽時的紀念品。學長可以翻過來看看，當時的隊友有在衣服上留言吧？」

「……難道妳不懂得珍惜回憶嗎？」

「回憶永遠珍藏在我的心裡。」

「好經典的臺詞！」

但是也在這裡啊！

回憶的實體就在這裡！

這段悲傷的插曲，令我不禁想起八九寺失憶事件（不過是我亂編的）。

「不過當時妳還不是隊長吧？因為妳才一年級。但妳的背號就已經是『4』了？」

「沒有法律規定只有隊長的背號能用『4』，雖然這是不成文的慣例……不過以我的狀況，因為我是王牌球員，所以當時的隊長就把這個背號讓給我了。」

「是喔，真是一段佳話，這位隊長也很有度量。但我記得上次來打掃的時候，並沒有看到這種東西吧？」

「因為至今這件衣服都掛在社辦激勵學弟妹，我是在暑假開始之前拿回來的。」

「這樣啊……」

「我覺得以時期來說，籃球社差不多該擺脫昔日的榮耀了——我已經退出籃球社，如果我的影響力永遠持續下去，籃球社會走不出自己的未來。」

「是喔……」

即使已經退出，神原似乎也在各方面很照顧籃球社——不過她也要劃清界線到此為止了。

對於神原來說，或許這是她贖罪的方式。

因為她真的很關心籃球社。

「不過這件掛在社辦裡的隊服，我並沒有知會任何人就擅自拿回來，所以鬧到連警察都出動了。」

「結業典禮那天有警車開到學校，原來是因為這件事！」

「因為是完全犯罪，所以至今還沒查出我是犯人……」

「那這件證物怎麼辦！」

不過基本上，她只是把自己的衣服拿回家，所以沒什麼大不了的。

但如果背後有這段故事，這件衣服就丟不得了——不，並不是怕被警察發現，是因為這是重要的回憶。

「這麼說來，妳實際上場打籃球的比賽，我其實只看過一場。對了，神原，妳可以穿上這件給我看看嗎？」

「沒問題。」

對一個已經退出的球員提出這種要求，我覺得有點厚臉皮，但神原爽快答應了。她在這方面很大方。

「不過頭髮已經留長了，應該會和當時的印象差很多。」

「……妳頭髮長得有夠快。」

初次見到她的時候，她的短髮甚至比我還短，但如今已經大幅超越我了。我是因為忍在脖子留下的咬痕過於明顯，為了遮掩傷痕才想要稍微留長頭髮……但神原的頭髮已經綁得起來了。

「嗯，有嗎？」

「有。我聽說頭髮成長的速度大概是一個月一公分——但妳的那個已經增長五公分了。」

「當然囉，因為我很色。」

「居然直接講了！」

就知道妳會這麼說！

我都已經故意沒有明講了！

「對，我的色情程度具體來說，長年以來一直把 peperoncino 誤以為是官能用語。」

（註17）

「吃過就應該察覺了吧！」

「會把『家族間通話』當成『家族姦通派』。」（註18）

「……………！」

我不敢領教到說不出話來。

「啊、不對……我是把『家族間無料』當成『家族感無量』。」

「換成溫馨的講法也沒用！」

「還有，我一直把『露天溫泉』記成『露點溫泉』。」

「這不是誤解，只是妳的心願吧！現代人不會有這種想法！」

「嗯，其實我是從五秒之後的世界搭時光機而來的。」

「人類夢寐以求的技術，居然被用在這種毫無意義的地方！」

「這麼說來，我曾經把 bracelet 聽成 breath let，誤以為是『做個深呼吸！』的意思，這也是記憶猶新。」

「這跟色情無關，只是單純的誤解！」

「我在比賽的時候，希望大家能放鬆心情而講出『bracelet!』，有夠丟臉的。我永

註17　香蒜辣椒義大利麵，peron在日文有「舔」的意思。

註18　兩個詞在日文音近，以下亦同。

遠忘不了當時隊友們詫異的表情。」

「別再說了！這段往事好寫實，聽得心好痛！」

「就像把『返鄉探親中』聽成『返鄉寄生蟲』那麼痛？」

「有夠痛！」

真是的！

看來我們下輩子也會是好朋友！

「……妳也沒有再模仿戰場原了。」

「嗯？啊啊，是指瀏海嗎？」

神原穿上我遞給她的隊服，若無其事如此回答。

「那並不是刻意要模仿戰場原學姊的髮型——不，很難說。我做的事情很難說得準。」

「我並不是那個意思……」

「呵呵。總之無論如何都是往事了——阿良良木學長也不用這麼為我擔心。嗯，好了，怎麼樣，阿良良木學長？穿起來大概就是這個樣子。」

「…………」

很高興她願意穿給我看。

不過因為隊服底下是熱褲加上無肩帶管狀上衣，所以看起來變成全裸套上隊服的誘人造型。

絲毫沒有爽朗的感覺。

明明我想看的絕對不是這種造型……

雖然確實很適合她，不過卻是以這種方式適合她，怎麼會這樣？

「呵呵……」

但神原似乎沒有察覺到自己看起來是什麼模樣，就只是開心露出微笑。

「像這樣穿上隊服，就會回到當時的心情了。」

她如此說著。

「當時——是指帶隊比賽的時候？」

「不，是指全裸集訓的時候。」

「完全察覺了嘛！」

妳不是說這個企劃是開玩笑的嗎！

不准重提！

我不知道她實際上是否有回到當時的心情，但是看起來絕對不是負面回憶，神原並沒有趕快脫掉隊服的意思。

總之，我不在意。

反正又不會妨礙到打掃。

「不過神原，就算沒辦法打籃球，如果是別種運動項目，妳的左手應該也不會礙事吧？比方說足球之類的。」

「我認為完全用不到手的運動並不存在。即使是足球，用不著以守門員為例，出界之後的傳球也會用到手。」

「啊～」

「何況我也不懂越位的規則。」

在我們如此交談的時候，我從剛才隊服所在位置的正下方，發現一個意外的玩意。不，這玩意在現代應該不稀奇，不過神原房裡有這個玩意令我頗為意外。

「神原，原來妳有數位相機？」

而且是最新款式（的樣子）。

外型超輕薄。

「啊啊，那是在這陣子買的。」

神原點了點頭。

哇，真的是神原的相機——連手機都不太會用的機械白痴神原，居然買了如此高科技的產品。

「我也覺得自己不像是會買這種玩意的人。不過阿良良木學長，在這個世界上，有些照片不方便送去照相館沖洗。」

「不方便送去照相館沖洗的照片？」

「像是自拍的裸照。」

我整個人栽進垃圾山。

辛苦整理的成果又搞砸了。

「不准只為了做這種事買數位相機！這種科技對妳來說太先進了！」

「不，並不是『只為了做這種事』，我還有活用在其他地方。」

「比方說？」

「幫一年級的小貓咪們拍裸照。」

「…………」

這句話的意思，肯定是幫一年級「飼養的」小貓咪們拍照吧？何況動物沒穿衣服是理所當然的事情……對吧！

「我當然有得到對方許可，所以不違法。」

「喂喂，神原，講話要注意一下文法邏輯。妳不可能得到貓的許可，應該是向貓的飼主申請許可吧？」

「嗯？我不太喜歡這種無視於人權意識的說法，不過阿良良木學長，如果真的要用飼主這兩個字，這裡所說的飼主應該是我——」

「哎呀，我也很喜歡貓喔！」

我硬是打斷這個話題。

不，其實我非常不敢靠近貓。

我很怕貓。

「嗯，這樣啊，原來阿良良木學長喜歡貓。考量到隱私權的問題，這些照片並不能見光，但如果阿良良木學長堅持想看，您可以把那臺數位相機裡的記憶卡拿回去，我會負起全責。」

「我沒說我想看吧！」

「呵呵，您不需要害羞的說。」

神原從我手中接過數位相機，還輕聲說著「之前還想說怎麼不見了」這句話。

不過一般來說，沒有人會在家裡弄丟數位相機吧……這傢伙遺失東西的能力凌駕於人類之上。

失物語。

「對於靦腆程度不輸給千石小妹的阿良良木學長，我已經準備一個小小的驚喜了，敬請期待新學期的到來。」

「啊？驚喜？」

「提示是『一年級』和『胸部』。」

「……………」

新學期似乎會遭遇某種不太正經的驚喜。

我從現在就忐忑不安了。

接下來，我在垃圾山裡發現了漫畫。

這種打掃工作終於變得像是在挖寶了。既然有錢買數位相機，好歹也該買個書櫃吧……唔，看封面以為是漫畫，結果不是漫畫，是小說。

「眼鏡祕書與眼鏡王子。」

從書名就能輕易判斷，這是BL小說。

「……這個要丟掉。應該是可燃垃圾吧？」

「……學長，那個可萌，但不是垃圾。」（註19）

神原抓住我伸進垃圾袋的手阻止我。

這傢伙不知何時位於我身邊。

原來隊服是移動系裝備？

「即使翻爛了，也是必需品。」

「是嗎？既然是重要的書，那妳就應該好好保存才對，像這樣隨便亂扔，對作者應該也很失禮。」

剛才想扔掉這本書的我，居然會說出這種話。

註19　日文的「燃」與「萌」音同。

不過書這種東西，收藏太多也會難以處理。

「不過這種類型的小說，就我看來每本都差不多——神原在看的時候都有好好區分嗎？」

「那當然，有人說科幻小說看起來都差不多，學長這番話就和這種意見一樣沒器量。人們會把不清楚的事物都看成模稜兩可的事物，在做出正確的評價之前，必須先培養知識與教養。」

「這樣啊，雖然妳這麼說……」

這一區的垃圾有好幾本也是BL小說，我以手上的小說封面，和這些小說的封面交相比對。

「結果，小說裡的主角都是帥哥耶。」

「啊？」

「沒有啦，想說神原到最後也還是喜歡帥哥。其實妳並沒有那麼變態吧？」

「啥……？」

神原真的受到打擊了。

以動漫效果來說，光是臉上畫滿直線還不夠，還要連同背景黑白對調。

她說過這是她最不想聽到的一句話，看來是真的。

「仔細想想，在現今社會裡，會看BL小說的女生也不稀奇吧，這是健康的證據，這種程度完全只是普通而已。」

「普通？自任佛洛依德繼承人的我，居然只是普通？」

原來妳自任這種身分啊……

不過她凡事都能扯到情色，或許確實有資格繼承吧。

「不過……如果是女生，喜歡帥哥是天經地義的事情吧？這種帥哥雲集的小說，當然也會看得很開心，換句話說，這就類似偶像團體吧？」

「請、請不要舉這種淺顯易懂的例子！」

「妳並不是只會對體重超過一百五十公斤的男生心動，或是聞到老人臭就會興奮吧？」

「呃、不，這是，那個……！」

神原失常了。

很明顯不知所措。

「慢……慢著，請等一下！拜託不要講這種話！要是阿良良木學長講出這種話，那我就完了！我脫！我現在馬上脫！」

「不不不，仔細想想，在家裡衣衫不整也沒什麼大不了的，妳在外面頂多只會在澡堂脫衣服吧？自拍裸照？不，身為運動員，隨時確認肌肉狀況也是理所當然。抱歉我至今各方面都說得太過分了。」

「請不要道歉！阿良良木學長，先聽我解釋！」

「不過回想起今天的經驗，妳光是被家人看到就會沮喪，令我覺得妳喜歡脫光的程度僅止於此。如果只有聽妳的敘述，還以為妳平常在家裡總是光著身子，但妳終究只敢躲在自己房間，在這個小小的世界耍威風。這就是我的結論。」

欺負後輩。

很有運動社團的風格。

「就像妳自己剛才在電話說的，我該不會比妳還下流吧？」

「嗚、嗚哇啊啊啊！」

神原的眼睛轉啊轉的。

完全陷入混亂狀態。

就像是中了混亂魔法。

「不、不對，只是這個區域剛好都是這種小說，更深層也有重口味的ＢＬ，我當然知道ＢＬ不是只有帥哥類型！學長，請趕快找吧！」

「喂喂，神原，妳現在非得要找的東西，並不是妳真正的自我——」

之前曾經盛行尋找自我的風潮，在我說出挑戰這種風潮的意見時……

我被神原推倒了。

好巧不巧，就這麼躺在棉被上。

「既、既然這樣，就只能以實際行動——證明我的清白！」

即使除去左手的要素，我的力量也遠不及神原。

鍛鍊方式差太多了。

手腳被斜向固定，完全無法動彈。

「阿良良木學長，請您就範吧！」

「什麼就範！」

「有什麼關係呢，又不是什麼黃花大閨女了！」

「我是男的，當然不是黃花大閨女！」

「放心，只有一開始會痛！很快就會舒服的！」

「呀啊～！」

「呵呵，阿良良木學長的身體挺不錯嘛——我很喜歡這種肌肉！摸起來真舒服！」

「呀啊～！呀啊～！呀啊～！」

「喂！別掙扎！這樣內褲會不好脫！」

「呀啊啊啊啊啊啊啊啊啊啊！」

我發誓。

今後發現八九寺的時候，無論情緒處於何種狀態，我絕對不會一見面就撲上去做出性騷擾的行徑。

008

技能發動：進入下一章節就重設場景的技能。

剛才沒有發生任何事。

「大致有個樣子了。」

我如此說著。

總之，神原駿河六坪大的房間，已經整理到看得出有六坪大的地步了。

接下來只要把神原沒收好的東西放回原處就好，即使依然不能掉以輕心，但已經看得到終點了。

從未收過的棉被正掛在庭院晒。

此外，神原脫掉之後亂扔的衣服（包含內衣），如今也正在洗衣機裡翻滾。

「稍微休息一下吧。」

「嗯，也對。」

神原坐在榻榻米上。

隊服終究已經脫下來了。

「阿良良木學長，我去泡茶給您喝？」

「不，我並不是覺得累，喝茶之類的就免了。我只是趁著中場時間喘口氣。」

「阿良良木學長的打掃技能令人瞠目結舌。或許我是想欣賞阿良良木學長的這項技能，才會像這樣把房間弄亂。」

「這樣會造成我的困擾，拜託下不為例。」

「阿良良木學長將來會成為好老婆。」

「並不想！」

何況我也不是擅長清理，類似神原這種散亂至此的房間，無論由誰來打掃，看起來都像是很會清理的樣子，畢竟原本實在是慘不忍睹。

「我都想娶學長了。」

「不，我可不希望妳成為我的老公……」

「您不是說要和我結婚嗎？」

「是我娶妳，不是妳娶我。何況無論是哪種狀況，妳都會被戰場原殺掉。」

不對。

被殺的應該是我。

「……不過，阿良良木學長，雖然我覺得阿良良木學長和戰場原學姊很登對，但我覺得您最後會和羽川學姊結婚。」

「不准講這種可怕的事情！」

「然後我是情婦，千石小妹是三號？」

「唔……」

好討厭的未來藍圖。

明明不可能，我卻不寒而慄。

到時候，我的摯愛肯定會是八九寺。

恐怖的阿良良木後宮。

「沒、沒那回事……我將來會和戰場原結婚。」

「學長現在對我講這種心目中的求婚臺詞，我也不知道怎麼回應……不過阿良良木學長，老實說……」

神原繼續說著。

而且露出和戰場原再續前緣培養出來的，黑神原的表情。

「如果我認真要求，您應該沒辦法完全拒絕吧？」

「妳是說……結婚？」

「不，是當情婦。」

「我會拒絕！」

應該吧！

不，但不是絕對！

「阿良良木學長的溫柔，很容易令女生有機可乘，我這番話是希望您要小心這一點。總之目前我沒別的意思，我很喜歡現在的關係，所以不打算刻意破壞，但如果阿良良木學長做出傷害戰場原學姊的事情，我肯定也會順勢採取行動。」

「…………」

但妳原本是最想破壞我倆關係的人。

妳是漫畫初期出現的敵人嗎？

立刻會成為同伴的那種傢伙。

「……而且仔細想想，要是我和羽川結婚，羽川應該也會被戰場原殺掉吧？這可不行。我沒說過嗎？我把羽川視為我最重要的恩人。」

「嗯～？不、羽川學姊……」

神原說到這裡含糊其詞。

「依照羽川學姊和戰場原學姊的關係——我覺得不需要擔心這種事。」

「嗯？為什麼？」

「沒有啦，因為她們有她們獨自的世界——雖然我個人不希望這樣，不過既然她們雙方都接受了，至少我就沒有資格插嘴。」

「嗯？這樣啊……」

聽不太懂她這番話的含意。

但也無妨。

「啊、對了，神原，要不要在休息時間玩這個？」

我把清理垃圾時找到，已經整理好的一盒花札放在神原面前。發現這副牌的時候，我就打算等等和神原一起玩而回收保存起來，可以說是本次挖寶過程中，實質上唯一的一份戰利品。順帶一提，出現在同一區的鷲巢麻將牌，我決定當作沒看到。（註20）

「嗯？」

不過神原接過我遞出的花札盒歪過腦袋。

「這是什麼？紙牌？」

「……不，要說紙牌也沒錯啦……不過這是妳房間裡的東西，妳怎麼會不知道？」

「啊啊，花札嗎……這麼說來，房裡確實有這個玩意。」

神原打開盒子取出牌，翻開好幾張牌。

「可是我不懂規則。」

她如此說著。

「我只是看到百貨公司有賣，心血來潮就買下來了。把每張牌的圖看過一次之後，就再也沒有打開過。」

「什麼嘛，原來是這樣……那就沒辦法玩了，原本想說可以久違地玩一下……」

註20　漫畫「鬥牌傳說」的麻將種類，各花色的四張牌有三張是透明的。

該怎麼說呢……

花札完全變成冷門遊戲了。

或許是世界最冷門的紙牌遊戲。

居然會輸給UNO……

花札比人生遊戲還要古老，這也是沒辦法的事情。

「不，阿良良木學長，並不會沒辦法玩，只要您教我當然就能玩了。雖然我看起來是這個樣子，但我很擅長記比賽規則。」

「是喔，不過花札的規則很複雜……」

「沒問題。有人會把『兩次運球』誤以為是同時運兩顆球，請不要把我和這種人相提並論。」

「…………」

抱歉，我以前也搞錯過。

總之，記得神原的功課似乎也不錯。

那就試試看吧。

既然只有兩人玩，那就是玩「來來」。

「松樹、梅花、櫻花、紫藤、菖蒲、牡丹、萩、芒草、菊花、楓葉、柳樹、泡桐，十二種圖樣各有四張牌——總之看圖片來記應該比較快。」

簡單說明之後，總之先玩再說。

再怎麼講得口沫橫飛，還是邊玩邊學比較記得住。應該說只要記得所有牌型，再來就只能以實戰鍛鍊了。

「這種遊戲，阿良良木學長是在哪裡學會的？」

「嗯～～記得是鄉下奶奶家吧。我莫名喜歡這種花札的手感，小小的很可愛。不過最近真的沒人肯陪我玩了。」

「啊啊。」

神原大幅點了點頭。

視線也落在榻榻米上。

「因為阿良良木學長沒什麼朋友……抱歉我問了不該問的問題。」

「不對！不是那個意思！我的意思是我找不到會玩的人！」

不。

我確實也沒什麼朋友。

「如果是同性朋友，應該連一個都沒有吧？」

「妳講得真過分！」

「忍野先生也已經離開了……今後我要幻想阿良良木學長和誰配對？前途真是多災多難。」

「如果會被妳拿來幻想，我寧願沒有同性朋友。」

總之先戰十個回合。

附帶解說的模擬戰。

知道規則的我當然是順利拿下十連勝，此時神原似乎也大致熟悉規則了。

看過手上的八張牌之後，先思考自己想湊出什麼牌型。比賽開始之後，不能只顧著湊自己的牌，還要積極妨礙對方湊牌，因為要是對方先湊出牌型，自己的牌再好也沒用——總之只要掌握這方面的訣竅，就已經可以獨當一面了。

「嗯，那麼差不多就正式開打吧，我開始明白有趣之處了。」

就像是要再度確認，神原重新看一次花札盒裡附贈的說明書，然後端正坐姿。

「先後順序用抽牌來決定……說明書刻意註明『請避免以猜拳或擲骰子決定順序』還真有特色。」

「很有特色吧？」

比起百人一首毫不遜色。

……不過百人一首這種遊戲，如果真的照公式規則來玩，肯定會有人舉白旗投降，也是一種相當冷門的遊戲。

「我猜拳功力很弱，所以很感謝有這個規定。」

「猜拳也會有強弱之分？」

「嗯，並不是不會有。」

「是喔……」

嗯，畢竟也是一種比賽。

或許確實有強弱之分吧。

抽牌一看，神原是十二月的牌，我是九月，所以我先攻。

不過基本上，「來來」的玩法都是先攻有利，所以我決定讓初學者神原先攻。

原本以為神原不喜歡這樣的讓步，不過這麼做在某方面來說才算是公平的運動精神，所以神原沒有刻意婉拒，說聲「那就這樣吧」接受了我的提議。

「妹妹。」

「嗯？」

「我是說，可以找妹妹——即使沒有朋友，不過記得阿良良木學長有兩位妹妹吧？平常不會和妹妹玩花札嗎？依照剛才的說法，您全家人應該都知道怎麼玩……」

「我曾經和小妹玩過很多次……但大妹在鄉下總是無拘無束跑遍山林各個角落。不過到了這個年紀，已經不會像這樣和妹妹一起玩了。」

「是嗎？」

「或許其他地方找得到這樣的兄妹吧，不過至少我家兄妹的感情沒有這麼好。」

何況，那兩個傢伙很忙。

明明只是在玩正義使者的遊戲——卻很忙。

「我是獨生女——所以不清楚妹妹是什麼樣的一種存在。」

「並不是什麼好事，這我可以肯定。」

「或者是哥哥吧。如果我有哥哥，不知道我的人生會有什麼樣的差別——不過，我當然有將阿良良木學長視同哥哥仰慕。」

「這真是榮幸之至。」

「我可以試著把學長當成哥哥稱呼嗎？」

「只要妳別耍心機，正常稱呼就無妨。」

「曆哥哥。」

「…………」

不妙。

超級不妙。

她大概是在模仿千石吧，但是破壞力超乎想像。

她真的沒有耍心機或是出其不意，而是率直如此稱呼，印象也因而加分。

「曆哥哥，天亮了，快起床了啦。」

「唔、唔喔喔喔……」

「曆哥哥，要遲到了啦，快點快點。」

「天、天啊……」

「曆哥哥，不要耍賴了啦。」

「我、我全身癢起來了……」

「曆哥哥，來進行性行為——」

「好，到此為止！」

我發出禁令。

千鈞一髮，差點就無法自拔了。

……不過包括千石在內，不是親妹妹的人講出這種話，聽起來還挺不錯的，新鮮感也是重點之一。

到頭來，如果只是學長還好，但我沒自信值得神原把我視為哥哥仰慕——不，老實說，我身為學長也不夠格。

「那麼，就這樣進行吧。」

比賽開始。

從現在開始要記錄成績。

為了增添比賽的刺激感，我們決定小賭一把——雖然這麼說，但賭錢對高中生來說並不健全，所以我們事先說好，總積分敗北的一方要接受懲罰遊戲。

懲罰遊戲。

不對，依照狀況，懲罰遊戲也可能變得不健全。

以最壞的狀況來說，可能比賭錢還不健全。

神原，我相信妳喔！

這句話可不是什麼搞笑橋段！

「…………」

「…………」

然後，我們又戰了十回合。

這次並不是模擬戰——

但我再度十連勝。

「那個……」

神原駿河。

雖然她確實擅長記遊戲規則——不過她弱得恐怖。

這傢伙是怎麼回事？運氣有夠差。

我也能接受她猜拳功力很弱的說法了。

因為非常在意，所以雖然這麼做不值得讚許，但我後來開始記錄她抽過的牌，結果發現她手中的牌幾乎都是散牌，而且大多是同一個月份，像是十二月的散牌，她手上就有三張。

實力懸殊。

這麼說來，剛才抽牌決定順序的時候，她也像是理所當然抽到十二月的牌……

雖然我有經驗，不過畢竟很久沒玩了，原本以為可以和初學者神原來場精彩的比賽……沒想到戰局卻是一面倒，令我相當意外。

甚至沒有出現過和局，令我難以置信。

雖然記不太清楚，不過以遊戲構造來說，和局的機率應該不低。

唔～……

不，算了。

講得極端一點，玩這種遊戲是靠運氣，偶爾也會碰到這種日子吧。說不定明天就輪到我站在神原的立場了。神原果然註定倒楣一輩子，或是天生不受幸運之神眷顧之類的念頭，從來沒有出現在我的心裡。

然而……

「………………………………………………………………………………」

…………………………………………………………………………………………………

…………………………………………………………………………………………………

神原陷入非常誇張的沉默。

有人會沉默到整整三行都是刪節號嗎？

她的眼神已經不是我所知道的神原眼神了——不對，她平常就是一副英氣逼人的表情，但因為頭髮留長更有女人味，使得她的雙眼甚至令人感到恐懼。

微微鼓起的臉頰挺可愛的。

她在賭氣。

緊咬嘴脣的力道可不是鬧著玩的。

有些人無論在任何場合輸了都會沉默不語，這傢伙就是典型……

她鬧彆扭的程度真誇張。

神原在這方面意外孩子氣。

「差……差不多該繼續收拾房間了吧？好像玩太久了。」

「呼呼，贏了就想跑？」

神原低聲說著。

與其說是在跟我講話，不如說是在跟榻榻米講話。

「阿良良木學長。雖然是老話重提，但我很尊敬阿良良木學長。」

「啊、啊啊。」

「我已經把阿良良木學長視為天神般尊敬，當我說出阿良良木學長這個名字，我甚至會在心中合掌參拜。」

「這我就希望妳可以改一改……」

「不過阿良良木學長，您這種態度太卑鄙了，請您不要太令我失望。贏了就跑的行徑令我不勝唏噓，看起來就像是害怕輸給我。」

「……不，那個，我已經不想贏妳了。」

但神原不准我起身。

而是要求我重新發牌。

我覺得輸紅眼的賭徒或許就是這種感覺，但我不認為神原的個性會如此執著於勝負。

但如果她沒有這種不服輸的個性，大概也打不進全國大賽吧。

如果輸了也不會懊悔，就某方面來說也有問題。

不過，如果只有在贏不了的時候才出現不服輸的個性，那就不值得嘉許了。

「說這什麼話，阿良良木學長，勝負還在未定之天，如果中途結束遊戲，就等於是瞧不起我。請看，說明書也有寫『每一局為十二回合』，換句話說還有兩回合要比，您現在就認定自己勝利還太早了。」

「無論再怎麼想，這種點數差距也不可能在兩回合之內扳回吧……啊、沒事，當我沒說。」

她怒目相視，令我不由得閉嘴。

我除了閉嘴還能做什麼？

兩人沉默不語。

我發給彼此各八張牌。

然後先把牌整理成好打的順序。

考量到今後與神原的關係，即使沒辦法讓她總分贏我，至少也要在最後兩回合讓她風光一下……不過這畢竟是靠運氣的遊戲，想故意輸掉也挺難的。

何況即使我放水，要是對方湊不出牌型也沒用。

這下該怎麼辦……唔。

「啊……」

「阿良良木學長，怎麼了？這次是阿良良木學長當莊家。」

「……不，抱歉，手四。」

手邊的牌有四張柳樹。

所以叫做「手四」。

這是牌剛發到手中就湊出牌型的特殊牌型。

「……這回合我輸六文。」

神原默默在手機畫面的計分表記下點數。我們並沒有採用輸家負責記分的殘酷規則，只是神原一開始就自願負責計分，不過即使毫無因果關係，神原還是連敗至今。

我看看。

這樣我大概總共贏了五十文吧？

「那麼就這樣了，既然出現這種難得的牌型，就玩到這裡為止吧——」

「慢著你這混……嗚嗚。還有一回合。」

一瞬間，她似乎想破口大罵。

但她忍住了。

雖然這種自制力很了不起，不過自制的原因有夠陽春。再怎麼樣，這也只不過是紙牌遊戲罷了。

「別這麼生氣……bracelet，bracelet。這只不過是場遊戲吧？」

「您這麼沒志氣要怎麼贏！」

「慢著，現在是我贏耶？」

「嗚嗚……」

「這只是遊戲，玩得開心也很重要吧？學學千石吧，扭扭樂就是那個傢伙教我玩的，雖然後來輸給我這個初學者，但她一樣玩得很開心耶？」

「……阿良良木學長，看來您還沒察覺真正的最終大魔王是誰。」

「嗯？什麼意思？」

「沒什麼意思，何況我也不應該插嘴。那就繼續吧！」

神原繃緊身體。

即使不太願意，我還是發牌了。

真是的，這個傢伙是那種以運動發跡，然後以賭博殞落的類型……唔？

看到手邊的牌，我睜大眼睛。

「……神原。」

「什麼事，阿良良木學長？」

「我要先決定懲罰遊戲。」

「您真是心急。順帶一提，我打算提出性方面的慾求……更正，性方面的要求。」

「這樣啊。沒差，妳就算要我的命也無妨。」

對於說出這種極為不健全慾望的神原，我說出了健全的懲罰遊戲內容。

「妳一輩子都不准賭博。」

我手邊的牌，又是特殊牌組。

這次是四對。

009

劇情有在逐漸接近核心，請各位稍安勿躁。

我打完花札、整理完房間並離開神原家的時候，已經接近傍晚時分了。雖然神原的奶奶邀我一起吃晚餐（至今總是這樣，我也接受款待好幾次了，神原奶奶的廚藝超棒），但我今天婉拒了。

這麼說來，我在整理房間的時候，有詢問神原一件我很在意的事情。

那就是——她如何對家人說明左手的現狀。

「就說是受傷。」

神原如此回答。

「何況也真的很難說明。」

「是喔——不過，這樣說就說得通？妳的左手和我的吸血鬼體質不一樣，用看的就很明顯吧？」

神原被怪異纏上的左手。

以輪廓來看——屬於異形。

「像是戰場原的狀況，應該也是因為無從隱瞞，所以她的家人都知道——」

「當然，爺爺和奶奶都有擔心我——不過即使如此，我和他們之間無可避免存在著母親的問題，所以只要是我不希望被干涉的部分，他們就絕對不會干涉。」

似乎是這麼回事。

母親嗎——

我差點忘了。

到頭來，神原的猿猴左手就像是母親的遺物——即使神原的爺爺和奶奶沒有知道得如此詳細，只要稍微察覺與神原的母親有關，他們應該就不會深入追問。

或者……

他們已經明白一切卻佯裝不知情——也有這樣的可能性。

總之，神原也有辛苦之處吧。

母親的事情暫且不提，對於她所尊敬的爺爺奶奶，必須隱瞞這種絕對不能告知的祕密——對於凡事耿直面對的那個老實人來說，肯定不是輕鬆的選擇。

然而，包含這方面的理解在內。

所有責任——都要由神原駿河一肩扛起。

「……哎，無論如何，再忍幾年就行了。」

是的。

神原的手將會在數年後復原。

和我的吸血鬼體質不同——她的手臂並不是一輩子的問題，所以她肯定能夠克服考驗。我低頭看著被晚霞拉長的影子如此心想。

總之，就是這樣。

我騎上腳踏車，從神原家氣派至極的木門來到戶外，隨即發現有一名男性無所事事站在不遠處。

剛開始，我以為自己曾經在某處見過他。

然而——我不認識他。

毋需搜索記憶。

他是一名壯年男性，就像是剛參加完葬禮，身上穿的是漆黑西裝與黑色領帶。說他看起來就很可疑實在是過於臆測，但他很明顯會令人懷疑他的身分。

你是誰？

是真物？

還是偽物？

可惜光看外表看不出來。

很明顯與這座城鎮格格不入——不對，或許相反。回顧我至今諸多經歷，他與這座城鎮非常搭配。對，說實話就是……

非常詭異。

極為不祥的男性。

這名男性仰望著神原家。

「……嗯？你是這家的孩子嗎？」

既然距離這麼近，當然不是只有我單方面觀察對方。身穿喪服的男性，在我騎著腳踏車離開神原家時，也像這樣主動前來搭話。

這句話令我覺得他可能是推銷員，但是以氣氛來說又不像——不可能有推銷員會穿這麼觸霉頭的衣服。

這種穿著會令人不自在，就算想接受他的推銷也會打消念頭。

「不……」

我說著搖了搖頭。

不知道該如何應對。

假設他不是推銷員，而是神原家的客人，那我就不能有失禮節。然而——

「並不是……不過請問……」

「啊啊，抱歉我忘了先介紹我自己，你對陌生人保持這種戒心非常正確，請好好維持下去。我是貝木。」

「貝木？」

「是的，貝塚的貝，枯木的木。」

身穿喪服的男性——貝木面不改色，以一種像是領悟卻不太高興的態度斜視我。

以髮蠟定型的黑髮。

隱約有種人工的香味。

他果然令我覺得——似曾相識。

這名男性和某人很像。

既然如此——那麼，他像誰？

「……我是阿良良木。」

既然對方已經自我介紹，那就沒辦法了。

總之我也不得不自報姓名，不過一樣只有說出姓氏。

「漢字是——我想想……」

唔……

後面三個字就算了，但「阿」很難說明。

不過用寫的就很好認。

「用不著說明到這種程度，我剛剛才聽過這個姓氏。」

在我如此心想的時候，貝木說出這句不明所以的話。

「不過，如果我是枯朽之木，你應該是新生之木吧。」

「…………」

他只是在形容年紀嗎？

講得有夠拐彎抹角。

不，其實並沒有拐彎抹角……不過我總覺得，他似乎故意以只有自己聽得懂的方式在講話。

「……那個，如果您有事要拜訪神原家——」

「嗯，你在最近的年輕人裡算是很有禮貌的，而且還會表達關懷之意，很有趣。但你不需要如此關心我，我並不是有事情要拜訪這裡。」

貝木以毫無抑揚頓挫卻沉重的語氣繼續說道：

「只不過，我聽說臥煙那名女性的子嗣住在這裡，雖然不是要採取某種行動，但我只是想觀察一下狀況。」

「臥煙……？」

這個姓氏。

記得是——神原母親的舊姓？

那麼他說的子嗣——就是神原駿河了。

他最初問我是不是「這家的孩子」，原來是這麼回事——既然這樣，就表示貝木甚至不知道神原是男是女就前來拜訪。

「但我白跑一趟了。」

貝木如此說著。

就像是已經看穿對方的斤兩。

「幾乎感受不到氣息，大約三分之一，那麼應該可以扔著不管——不，也只能扔著不管了，很遺憾並不值錢。這次的事件令我得到一個教訓，所謂的真相即使正如預料，依照狀況也可能毫無價值可言。」

接著，貝木他——

與其說是辦完事情，更像是事情用不著辦了。他以這樣的態度轉身背對神原家踏出腳步，快步離開現場——即使是徒步，他的速度卻快得驚人。

「那個……」

至於我則是和他相反——動也不動停留在原地好一陣子。並不是不想採取行動，而是猶豫著是否要採取下一個行動。

直到貝木的身影完全消失。

我才終於回想起來。

說「回想」或許不太對——

是「聯想」。

我聯想到那個令人不舒服的夏威夷衫大叔。

忍野咩咩。

怪異的專家——忍野咩咩。

在這座城鎮停留數個月。

如今已經離開這座城鎮的人。

「不對，他和那個邋遢的忍野完全不一樣，而是更像——」

更像是另一個人。

除了忍野之外——內心浮現的另一個人選。
我在腦中描繪這個人的討厭身影。
從貝木這個人聯想到的對象。
就是——那名瘋狂的宗教分子。
「奇洛金卡達……」
這是我不願回想的名字。
卻也是我忘不了的名字。
所以……
「……不過，忍野和奇洛金卡達，也是完全不同的類型……」
共通點幾乎是零。
即使加入貝木也毫無共通點。
到了這種程度，我甚至會質疑自己，為什麼會從貝木聯想到忍野與奇洛金卡達。
「去追吧。」
去追他。
並且——多問他一些事情吧。
如此心想的我，開始踩起腳踏車的踏板——但方向與貝木離去的方向完全相反。
簡直像是口是心非。

就像是基於自身意志，把這件事當作與自己完全無關，像是刻意要逃離貝木所採取的行動。

雖然是直覺，不過——

我覺得不能和那個人有所牽扯。

觸霉頭，令人不自在的喪服。

然而，可不是只有這種等級。

就只是令我感受到——不祥。

不祥。

換個意思來說就是——凶。

「不提這個，但是走這條路，完全和我家方向相反……」

打掃完神原房間的現在，我已經打算回家了，不過走這條路就非得兜一大圈才能到家。就算這樣，事到如今我也沒有什麼想去逛的地方——何況書店也在另一個方向。算了，就當成是兜風，揮霍一下寶貴的休假時間吧。

嗯……

不過，關於那名男性的事情，是不是應該姑且知會神原一聲？依照剛才那種不負責任的語氣，貝木應該已經不會再接近神原家了——要是提供這種未經證實的可疑人物情報，或許只會令神原莫名提心吊膽。

可是……

考量到今後會有什麼萬一——我不由得覺得應該謹慎一點。

畢竟那個傢伙是女孩子。

最近看起來很有女人味。

嗯，回家打個電話給她吧。

我思考著這樣的事情，從坐墊起身踩踏板攀爬坡道，一個和我相反，從正前方要走下坡道的身影映入我的眼簾。

及膝的裙子，加上長袖針織上衣的打扮。長髮在頸子的高度固定，面無表情宛如戴著鐵面具。就某些人看來，似乎是心情差到極點才會有的表情——其實用不著花這麼多篇幅形容外型，我也認得出這個人。

戰場原黑儀。

我的女友。

「……今天老是遇到認識的人。」

該不會是最後一集吧？

有可能。

遇到八九寺是湊巧，遇到千石與神原，也是我心血來潮造成的偶發事件——如今又遇到戰場原，今天到底是什麼日子？

還是說，羽川臨時取消行程是非常嚴重的事情，嚴重到必須遇見這麼多人才能彌補？

真是如此的話，羽川的分量實在了不起。

……而且如果只從表面來看，我就像是周旋在女人之間的花心漢。

這樣非常有損我的形象。

「喂～～戰場原！」

對方似乎還沒發現，總之我試著揮手呼喚她。

戰場原雖然眼神很差，但視力很好。

大概是聽到我的聲音，她抬起頭看向我——然後就這麼轉彎進入巷子，從我的視線範圍消失。

「……慢著！喂喂喂喂喂喂！」

我全力踩踏板，無視於陡峭的坡道追著戰場原。

「別這樣，我真的會很沮喪啦！」

我超前之後擋在戰場原前面，像是要禁止她通行。

至於戰場原，則是以冰冷得像是能令人凍結的視線看著我。

不用詠唱咒語就能發揮這麼強大的冷卻威力——這傢伙是上級魔法師嗎？

「唔、喂，戰場原……」

「……我不認識這種不唸書在這裡閒晃的人。」

「啊、沒有啦……」

大小姐動怒了。

很明顯對我動怒了。

「這、這是誤會……」

「給我閉嘴，沒什麼誤會還是舞會，如果是我的課就算了，居然逃避羽川的課不去上，再蠢也要有個限度才對，我已經失望了。不對，其實我原本就對阿良良木沒有抱持希望，連一丁點都沒有。」

「不是的，羽川今天好像有事要忙，所以我今天休假。」

「你的藉口我聽膩了，無能的傢伙。」

戰場原以這句話狠狠唾棄我。

不對。

妳說聽膩，但我不記得有講過什麼和應考相關的藉口。

「阿良良木，你終究是一個只會耍嘴皮子的人，居然被你這種人奪走芳心，這是我畢生之恥。」

「拜託不要理所當然就講出這種話，如果不是我而是別人，聽到這種話大概就自殺了……」

「哈，你這蟲子。」

戰場原抬起頭，像是打從心底瞧不起般扔下這句話，然後背對我的腳踏車，往坡道的方向走回去。因為到頭來，她走進這條巷子只是為了迴避我而已。

我當然不能坐視戰場原離開，連忙追了上去。

「原小姐、原小姐。」

「什麼事，啾拉拉木？」

「啾拉在沖繩方言是『漂亮』的意思，不要用這種方式叫我，我的名字是阿良良木——慢著，這是八九寺的段子吧？」

「抱歉，我口誤。」

「不對，妳是故意的……」

「口誤咒你死。」

「果然是故意的！」

戰場原頭也不回。

火冒三丈。

不對，她應該不是懷疑我「羽川臨時取消今天的家教」的說法，只是因為她已經表達憤怒的情緒，事到如今難以收回吧。

這種個性真令人傷腦筋。

如果是月火那樣的歇斯底里，那麼情緒平復的速度也會很快——不過這傢伙打從骨子裡是這副個性。

「戰場原，妳啊……」

「有個奇怪的傢伙一直跟著我。」

「喂喂，說我是奇怪的傢伙？」

「有個奇怪的矮子一直跟著我。」

「妳終於說出矮子這種字眼了！」

我個子矮的事實曝光了！

我努力轉移這方面的話題隱瞞至今的說！

「有什麼關係呢？反正改編成動畫之後，阿良良木甚至比我矮的事實就會公諸於世了。」

「反對動畫化！要是失去原作的味道怎麼辦！」

哎。

雖然只差幾公釐，不過確實如此。

話說，原小姐在女生之中算是很高的。

即使比不上火憐。

「並不是什麼作品都可以改編成動畫吧！只要在書腰印上動畫化三個字就能大賣，

我要對這樣的風潮發表我的肺腑之言！正因為是這樣的時代，令我更想欣賞並非改編原作的原創動畫！」

我從來不曾激動到這種程度。

但是個子高的傢伙不會理解這種心情！

買鞋子的時候，總是會不經意挑選鞋底厚一點的款式！

「總之，或許是我杞人憂天吧。反正阿良良木在動畫版會被刪掉。」

「主角會被刪掉？」

「對……如果以銀河天使來譬喻，阿良良木就是塔克德·麥雅茲。」

「我不要！我不要受到那種乖舛待遇！」

「如果不介意烏丸千歲之類的角色定位，那也可以幫你安插一下喔？」

「要接受那種淒慘的安排，我寧願不演！如果是諾麥德那種還可以考慮！」

「原來如此，阿良良木不惜如此也想知道鹹牛肉罐頭的形狀（註21）。」

「不可能是這樣吧！」

話說妳真的有這種權限嗎？

妳是一線女星？

能夠自由安排配角？

註21　在動畫「銀河天使」裡，一直沒說明鹹牛肉罐頭外包裝與尋常罐頭不同的原因。

真恐怖。

「好了好了，阿良良木，別這麼生氣，俗話說有失必有損。」

「這樣是雪上加霜吧！」

「放心，雖然阿良良木不會登場，不過相對的，劇中會有可愛的吉祥物角色。」

「只是為了推出精品鋪路吧！」

「何況阿良良木又不是主角，把自己想得這麼偉大，你以為你是誰？」

「唔……」

也對。

真要說的話，比較像是主持人。

「阿良良木不是主角……是奴角。」

「這是什麼屬性？」

即使戰場原走得再快，但我是騎腳踏車，所以很快就追上了。原本想再度繞到前面，不過想想用不著這麼做，所以我放慢速度緊跟在她的身後。

「總之，如果我可以不用登場就別登場吧……我會在螢幕外面，用心觀摩妳在片尾曲面無表情跳舞的模樣。」

「咦？我沒要跳舞啊？」

「…………」

「為什麼非得要做那種事？好丟臉。」

「………………」

好帥！

黑儀小姐好帥！

「觀摩舞蹈的是我才對，而且等到大家跳完之後，我會在最後一幕說出這句話——

『不准在車站跳舞！』」

「我知道這是某個咖啡品牌的早期廣告，不過在這個時代，已經沒幾個人聽得懂妳用的題材了！」

「不過都已經鋪陳到這種程度，如果到時候真的在片尾曲跳舞，反而會令觀眾失望吧？」

「妳到底要怎樣才滿意！」

簡直是貪得無厭。

這不叫鋪陳，叫做耍任性。

「受不了……真是搞不懂妳。不對，應該說妳很好懂。」

「怎麼啦，阿良良木對『造福於自然的有毒氣體警報』戰場原黑儀的言行舉止，有什麼話要抱怨嗎？」

「這是什麼鬼標語！」

「改成『造福於不自然』比較好嗎？」

「兩種都不好！」

到頭來，妳這種人無論做什麼事，都不會造福任何東西。

「希望你不要誤會了，我真的非常討厭阿良良木這種人渣。」

「……妳該不會只是打著傲嬌設定當幌子講真話吧？」

「只是有人說，比起和心愛的男性在一起，女性和沒人愛的男性在一起比較幸福……」

「前後不太一樣吧！」

沒人愛的男性是怎樣！

不准胡說八道！

「開玩笑的。」

「哎，如果是開玩笑就無妨……」

「阿良良木是個受到異性喜愛的萬人迷。」

「…………」

這句話是不是帶刺？

她是在說「阿良良木後宮」這個子虛烏有的組織吧？

「哼～哼～哼～……」

戰場原面無表情哼出這種毫無誠意的歌聲並伸出手，像是在施展鐵爪功一樣抓住我的頭。

然後面無表情湊到我的面前。

注視著我的雙眼。

「盯～……」

戰場原自己配出這種音效。

然後——

「三人……不對，五人吧？」

她這麼說。

「什、什麼意思？」

「今天和阿良良木玩的女生人數。」

「……………！」

這傢伙有超能力嗎！

咦、可是總共有八九寺、千石和神原，所以是三人才對……啊、火憐與月火也算進來了！

超厲害的！

「嚴格來說……六人？」

戰場原歪過腦袋如此說著。
看來似乎把神原的奶奶算進來了。
與其說嚴密，應該說太嚴苛了。
「然後，我要基於這樣的推測再度強調：阿良良木是個受到異性喜愛的——萬人迷。」
「…………」
就說了，面無表情很恐怖。
甚至覺得瞳孔微微放大。
「呵呵……」
輕輕的——還以為戰場原要收起鐵爪功，她卻在下一瞬間，把剛才的手插進我的嘴裡。
除了拇指以外的四根手指。
入侵我的口腔。
「儘管放心吧——阿良良木，或許你會覺得意外，不過我即使看起來這個樣子，對於花心行徑還挺寬容的。」
「我、我並沒有花心，頂多只有泳圈……」（註22）

註22　日文花心(uwaki)唸法對調一下就變成泳圈（ukiwa）。

我原本想講個漂亮的文字遊戲，卻完全講不出來。

「這樣啊。為了避免沉溺於名為愛情的大海，阿良良木總是得抓著泳圈不放……」

「妳不要講得這麼漂亮啦！」

這是在幫我搭腔嗎！

「還是說並非大海，而是水池？隱喻將女性 pool（儲存）起來的意思。」

「不，我並沒有想得這麼深入。」

我連 pool 有儲存的意思都不知道。

上了一課。

「不過實際上，阿良良木的身邊都是女生。」

「是、是嗎？我覺得並沒有……」

「但阿良良木手機裡的通訊錄，就只有存女生的名字吧？」

「不准擅自偷看別人的手機！」

這麼說來……

神原好像也說過類似的事情。

難道這是大家的共識嗎……是的話就太悲哀了。

「這或許在所難免吧。因為依照角色設定，阿良良木是一個對女生親切卻對男生冷漠的人。」

「別這樣！請不要造謠打擊我的名聲！」

這是誹謗中傷！

等同於毀損名譽！

「反正阿良良木看到男生遇到困難的時候，應該只會隨口講出『是喔，那就加油吧！』這種話鼓勵，然後就早早回家吧？」

「不要講得像是親眼看過一樣貶低我！」

「就算男生說『救救我！』你大概也只會說『嗯～～還是另請高明吧』這種話吧？」

「並不會這樣！」

「我即使看起來這個樣子，對於花心行徑還挺寬容的。」

我偏袒異性的嫌疑尚未澄清，戰場原光是重複一次相同的話語，就把話題完全拉回來了，真恐怖。

居然講這種話破壞我的形象。

如果被當真怎麼辦？

「所以，阿良良木要和誰怎麼玩，都是阿良良木的自由——但如果這份花心有絲毫認真的成分在，我就會殺了你。」

「…………」

受不了。

她絕對不是開玩笑——甚至達到令我受不了的程度。

並不是因為不知道她認真到何種程度。

而是不知道她為何如此認真。

「別擔心，我到時候會給你寫遺書的時間。」

「我沒有擔心這種事！」

「黑儀小可愛的倒數計時～……還剩四秒。」

「四秒哪寫得出遺書啊！」

「這是基本。」

「這種基本太嚴苛了吧！」

「放心，我不會讓阿良良木一個人死——之後我會讓你所交往的女人一起上路。」

「那應該是妳死吧！」

「為了避免孤單，我會派神原過去。」

「妳把神原當成什麼了？」

「方便好用的學妹。」

「毫不猶豫就做出這麼殘酷的定義！」

「獻給阿良良木的活人供品。」

「原來那個傢伙是祭品？」

「無所謂吧？活人供品的發音和孫悟空很像，身為猿猴的她百分百適任。」

「神原只是左手變成猿猴手，並不是她整個人變成猿猴吧？」

「開玩笑的。神原是我可愛的學妹。何況……」

戰場原從我的嘴裡抽回手指。

「到頭來，我絲毫不相信死後世界的存在。」

「這樣啊……」

哎。

妳應該是如此吧。

應該不得不這麼說吧。

「我只是希望阿良良木能夠明白——和我交往就是這麼回事。」

「……我明白的。」

我點了點頭。

這種事情用不著多說。

這樣的風險——確實存在。

妳永遠都是美麗的刺。

「到頭來，我根本沒有花心。」

「哎呀，這樣啊。」

戰場原冷淡點了點頭。

完全無法解讀她的表情與內心。

不過接下來……

「那就好。」

她如此說著。

「只要阿良良木沒有忘記自己到底屬於誰的男人——我就別無他求了。」

這番話聽起來，甚至令人有種讓步的感覺。

以戰場原的個性，可以說是很難得的事情。

不過同時也可以說——很像她的風格。

「我正在盡我所能，努力成為配得上阿良良木的女人——可以的話，希望阿良良木也能和我同樣努力。」

「努力啊……」

忘記是什麼時候了。

八九寺曾經講過類似的事情。

為了能夠繼續喜歡下去的——努力。

這絕對不是表面工夫。

是一種無上的——誠實。

「有的。」

我如此回答。

宛如宣誓般，一字一句清楚說道：

「我從來沒有忘記——自己是誰的男人。」

「哎呀，這樣啊。」

對於我的答覆，戰場原再度冷淡點了點頭。

僅止於此。

對她來說，似乎這樣就夠了。

「順帶一提，阿良良木，剛才的話題放到一邊，最後我要講一件事給你做參考。」

「嗯？」

「自己的男朋友受到異性歡迎——站在女朋友的立場，挺痛快的。」

「完全是妳的真心話吧！」

即使是進行這樣的交談，戰場原的表情也幾乎沒有變化。

控制顏面神經的道行爐火純青。

總之，在這個話題告一段落之後，我向戰場原問道：

「妳正要去哪裡嗎？」

「買完東西正要回家。這種事你看不出來？所以我才討厭無脊椎動物。」

「脊椎這種玩意我當然有吧！」

何況，這種事我哪看得出來？

除非妳手上提著購物袋。

「那就坐到後面吧，我送妳回家。」

「後面？」

「腳踏車後面。」

「啊啊……這輛鐵馬是吧？」

「一定要換個說法嗎？」

「免了。裙子可能會被捲進去。」

對喔。

今天戰場原穿的裙子長到腳踝，而且是飄逸的喇叭裙。

「還是說，阿良良木，你是拐彎抹角強迫我當場脫掉裙子？」

「並沒有！」

話說回來……

無論是制服、便服或是哪種服裝，戰場原基本上只會穿長裙……如果是穿比較短的褲裙，也絕對會搭配褲襪。

從來不會讓雙腿裸露出來。

不知道該說貞操觀念很強還是保守。

不過回顧她經歷的往事，終究也可以理解。

並不是無法理解。

「阿良良木。」

看來謾罵至今總算消氣了，戰場原終於主動打開話匣子。雖然語氣依然平淡，不過無論是否在生氣，基本上這傢伙講話不會有情緒上的起伏。

「先不提升學考試的準備──文化祭結束又進入暑假，不覺得我們的高中生活，也終於要迎向畢業階段了嗎？」

「嗯？啊啊，這麼說來也對。」

老實說，我整天唸書唸到沒空注意這種事。

不過仔細想想，已經進入這個時期了。

「總之我的出席天數應該有達到標準──大概不會留級了。」

「明明留級就可以當笑話的說。」

「不准當笑話看！」

「居然放過這個最精彩的舞臺……也不想想你綜藝節目做多久了。」

「我並沒有把高中生活當成綜藝節目！」

「說到我高中生活的回憶……」

戰場原忽然像是在回憶般抬起頭。

靜靜地，宛如沉浸於思緒之中。

接著說道：

「……果然就是彈橡皮吧。」

「彈橡皮並不是升上高中還在玩的遊戲吧！」

彈橡皮就是把橡皮擦放在桌上以手指彈打，試著把對手橡皮擦彈到桌外的遊戲。以防萬一還是說明一下。

「怎麼了，阿良良木，被稱為彈橡皮女王的我，可以把你這句話當成是對我的侮辱嗎？」

「對一個女高中生來說，被冠上彈橡皮女王這種稱號更加侮辱吧！」

「我在放學之後一個人默默特訓而成的彈橡皮技巧無人能敵。」

「不要讓我聽這麼悲哀的往事！」

「只不過沒人陪我玩，所以從來都沒有比賽過。」

「我眼淚快掉下來了！」

「說話的時候要小心點。不然我會犯下滔天大罪，而且供稱是受到阿良良木喜歡的漫畫作品影響。」

「妳要用漫畫家當人質？」

「彈橡皮暫且不提，從高中畢業之後，就再也不會對『換座位』這三個字充滿期待，想到這裡就令我感覺到一絲落寞。」

「畢業對妳來說，就只是這種程度的事情嗎……」

不過戰場原的高中生活，超過三分之二——正如字面上的含意，一片空白。

什麼都沒有。

包括回憶——什麼都沒有。

輕如鴻毛——宛如一吹即逝。

「話說回來，像妳這樣的人，應該不會對換座位有所期待吧？」

「算是吧。因為即使座位改變，我也不會有所改變。」

「…………」

講得像是意義深遠，實際上只是理所當然的陳述。

正因如此。

妳變了很多——這句話已經不用我多說了。

「畢業之後考上大學——啊啊，不過還不確定阿良良木是否考得上大學。」

「後面的補充是多餘的。」

「從大學畢業之後——就能成為大人嗎？」

「大人……」

「大人與小孩的差別在哪裡？」

戰場原提出這個問題。

似乎並不是想要尋求答案。

應該只是想到什麼就脫口而出。

「誰知道。雖然並不是沒有想過——不過像是這種問題，就算想過也完全答不出來。」

「我是這麼認為的。」

戰場原以認真的語氣說道：

「同樣是風之谷，看電影版的是小孩，看漫畫版的是大人。」

「妳用認真的語氣講這什麼話！」

「順帶一提，我已經是大人了。」

「看來我還是小孩！」

唔～……

對喔，這傢伙其實看了不少書。

「記得妳什麼書都看吧？無論是小說、漫畫或是商業書籍。」

「是的，我不會看的只有氣氛。」

「居然漏掉最重要的東西不看！」

「老是誤解字義，只看每行中間的空白。所以都只有在看漢字標音。」

戰場原如此說著。

這搞笑的級數太高了。

氣氛的標音是什麼玩意？

「不過我即使不會看氣氛，也擅長令場中氣氛凍結。」

「人類不需要這種技能！」

「剛才說到的風之谷，漫畫版的庫夏娜比想像的還要善良，令我嚇了一跳。我原本認定那個人和我同一國……結果反而是敵人。」

「無論是電影版還是漫畫版，庫夏娜應該都不想被妳當成同一國。」

「阿良良木也一樣，不要老是依賴週五晚間劇場，建議你要早點成為大人。」

「不要勸我這種唸書應考的考生看漫畫！」

「說這什麼蠢話，比起唸書應考，世界上肯定有其他更重要的事情。」

「中肯！」

雖然中肯，但要是我本人講出這句話，妳肯定會氣壞吧！

「風之谷裡『居然現在就爛掉，太快了』這句名言，是真的體認到太快才有的感動，這份感動確實令人們有所成長……反過來說，看完漫畫才看電影的人，對這一段會有什麼感想？」

「我哪知道！」

「給我稍微試著去知道吧，真是的，就是因為這樣，阿良良木不管過多久都是個小孩子。」

「經常有人對我這麼說——」

不管過多久——都無法成為大人。

小孩子。

不。

記得今天，月火對我說過相反的話。

「——不過……」

「話說回來，阿良良木為什麼會在這裡？你對這一區應該不熟吧？」

戰場原非常乾脆切換了話題。

這方面的切換太隨興了。

「看不出來嗎？」

雖然不是想要還以顏色，但我試著說出同樣的話。

「很遺憾，我沒學過微生物行動學。」

然後，被反擊了。

看來我剛才做了毫無勝算的挑戰。

居然說我是微生物……

「如果真的要加以推測……我想想，以阿良良木的個性，應該是犯下輕罪之後正要回家？」

「只是想稍微散個步，為什麼要犯下輕罪！」

而且輕罪聽起來好陽春！

害我難過起來了！

「我剛去了一趟神原家，現在正要回家。」

因為話題會扯遠，所以應該沒必要說明我去過千石家的事情——何況戰場原與千石目前沒有交集。咦？說不定她們甚至不曉得彼此的存在。

……哎，既然這樣更不用說出來了，這樣應該比較好。

不應該把這麼可怕的姊姊，介紹給乖巧小公主千石認識。

「這樣啊，是在神原家犯下輕罪。」

「並沒有！」

「哎呀，我還以為你看過神原的裸體了。」

「沒……沒看過！」

我結巴了。

畢竟是個小謊。

不，我沒看到正面！

只是覺得用不著說，所以省略這些細節罷了！

「這樣啊。也對，你不會在神原家犯下輕罪。」

「明白就好……」

「雖然不會犯下輕罪，卻會犯下性犯罪。」

「就算只是嘴裡說說，我也已經不願意對寶貝學妹有這種非分之想了，拜託妳也該明白了吧！」

「不過說真的，神原的裸體一輩子至少要看一遍。因為她的身體已經是藝術品等級了，不是淫穢而是美麗。或許從男性的角度會有各種不同的喜好，不過從女性的角度，那是最完美的身材。」

「…………」

其實我深有同感，可以的話甚至想盡情暢談這件事，但我做不到，而且這也可能是在套我的話，所以我保持沉默。

話說，原來戰場原也看過。

既然同為女性，那也沒什麼好稀奇的，但我很在意當時的場景……不，雖然不是學八九寺開玩笑，不過偷偷說，神原對戰場原真的抱持著百合情感。色情百合暴露被虐狂。

這就是神原駿河。

超高品質。

雖然我剛才用ＢＬ封面把她整得很痛快，但她無疑是變態界的菁英。

「她現在頭髮留長，變得很有女人味……再來只要想辦法改掉她的陽剛語氣就完美了。」

「我對神原駿河改造計畫沒什麼意見——不過關於語氣這方面，我覺得神原維持現狀比較好。」

「想到那是專屬於我的東西，就令我感到驕傲。」

「她不是專屬於妳的東西吧！」

繼續講下去，我可能會說漏嘴。

稍微轉移話題吧。

「啊啊，這麼說來，我在神原家門口看到一個怪傢伙。」

「咦？神原家門口幾時掛鏡子了？」

戰場原歪過腦袋，就像是認真詢問著這個問題——真是拿她沒辦法。

「與其說是怪傢伙……應該說是不祥的傢伙。」

「不祥？」

戰場原，緩緩地——轉身看著我。

我對她的這個動作不以為意，而是繼續說道：

「記得叫做──貝木？」

然後。

我的記憶──在這裡中斷。

010

回過神來，我就被綁架監禁了。

補習班廢墟的四樓。

雙手被手銬固定在身後。

向戰場原確認過了，我似乎沒有昏迷太久──頂多只有幾個小時。

換句話說，我是在七月二十九日的深夜清醒──應該說是七月三十日的凌晨。

嗯……

即使如此，只要能夠回想到記憶中斷的那一瞬間，接下來就全部串成一線了──

簡單來說，我應該是隨後就遭受戰場原的重擊。

二十記。

居然整整二十記，真恐怖。

……我覺得我肯定挨了第一記就昏迷了。

不過戰場原並沒有空手格鬥的技能，所以可以推測她很有可能利用了某種凶器。該說了不起嗎，想到任何念頭就立刻做出決定付諸實行的戰場原，字典裡沒有猶豫這兩個字。

畢竟她曾經為了自保而歷經各種煉獄——比起把我打昏，把我搬來這裡應該更為辛苦。

我像是事不關己，思考著這樣的事情。

「總之，我已經回憶起綁架監禁事件的來龍去脈了。」

我朝著眼前面不改色的戰場原投以詢問。

「不過還有一個問題沒有釐清。為什麼要綁架監禁我？」

「咦？什麼事？」

「妳是在對誰打什麼迷糊仗啊！」

完全沒有達到裝傻的效果！

甚至搞不懂妳的用意！

不過戰場原把我的吶喊完全不當一回事，也完全沒有回應的意思，逕自打開紙尿布包裝。何其恐怖。

話說……

其實回想到這種程度，我已經大致推測得到了。

「叫做貝木的這個人。」

我如此說著。

並且慎重觀察戰場原平常幾乎不存在的表情變化。

「妳認識他？」

「先不提這個，阿良良木，要喝紅茶嗎？記得阿良良木喜歡某種名字很像關西知名祭典的紅茶吧？」

「所以說要打迷糊仗也好歹做點努力吧！這裡從茶杯茶壺熱水到茶葉都沒有吧！」

而且是大吉嶺！

不是岸和田彩車祭的彩車！（註23）

不要在一句話裡藏三個吐槽點！

「我以為如果是阿良良木，這樣就可以瞞混過去的說。」

「妳到底瞧不起我到何種程度？」

「好像會把 amenity 這個單字當成某種紅茶。」

「把我當笨蛋也要有個限度吧！」

「不過以這種場合，並不是把你當笨蛋，而是好好先生。」

註23　日文彩車祭的「彩車」和「大吉嶺」音近。

戰場原如此說著。

面不改色。

「如果你願意不過問，我會很感激的。」

「……如果應該這麼做，我就會這麼做。但我必須問吧？因為這件事居然逼得妳非得採取這種行動不可。」

為了保護我。

因為想保護我——所以戰場原綁架並監禁了我。

「能讓妳做到這種程度，事情絕對不簡單。」

「是嗎？如果對象是阿良良木，即使不需要任何理由，只要隨便有個藉口，綁架監禁這種事，我隨時面不改色做得出來。」

「…………」

嗯。

我剛才也是還沒說完就如此認為。

但如果我同意這一點，話題就沒有進展了。

「貝木泥舟。」

戰場原移開目光如此說著。

「這是他的全名。貝木這個姓氏並不常見，再加上你說出不祥這種形容詞，那就肯定沒錯——如此適合『不祥』這兩個字的人，就我所知別無他人。」

「…………」

「對，就像阿良良木一無所知……」

慢著。

有必要無視於話題講我壞話嗎？

看來她真的不會看氣氛。

恐怖的傢伙。

「沒想到他居然會回到這座城鎮，該說意外還是無法理解——實際上，我連想都沒有想過。」

「……他是一個什麼樣的傢伙？難得看妳討厭某人到這種程度。」

「你以為地球上有誰不會被我討厭嗎？」

「總之要是妳這樣回我，話題就進展不下去了。」

「能還的東西，我也不會還。」

「妳這樣只叫做小偷！」

「對。至於貝木這個人——是騙徒。」

仔細考察至今的對話，就會發現一件事。

戰場原的毒舌謾罵，與其說在這種狀況依然和往常犀利，不如說蛻變得更加毒辣。

要說這隱藏著某種隱情——確實有。

某種不能以平常心討論的隱情。

某種戰場原不願意認真陳述的真相——戰場原或許正準備陳述出來。

「我背負的問題，已經由阿良良木——以及忍野先生幫忙解決了。」

「對。」

其實以一般性的意義來說，或許不能叫做解決，但既然戰場原說已經解決，那就當作解決了吧。剛才那番話只有一個地方需要修正，解決問題的不是忍野也不是我——而是戰場原自己。

「然後，我沒說過嗎？在阿良良木介紹忍野先生給我認識之前——我遇過五個騙徒。」

——截至目前為止。

——有五個人對我說過相同的話。

——那些傢伙全部都是騙徒。

——妳也跟他們同類嗎？

——忍野先生。

記得戰場原首度見到忍野的時候，曾經對他說過這番話。

五個騙徒。

「貝木就是其中之一——第一個騙徒。」

「…………」

原來如此。

難怪這個人與忍野和奇洛金卡達有類似的氣息。

戰場原面臨的問題，歸根究柢來說，是螃蟹。

是名為「怪異」的問題。

忍野咩咩和奇洛金卡達，無論是立場或工作態度都完全不同，此外忍野擅長應付各種怪異，奇洛金卡達則是專精對付吸血鬼——

不過兩人有一個共通點，都是對付怪異的專家。

至於貝木——貝木泥舟也是如此。

不過是真是假——就暫且不提了。

「是假的。」

戰場原如此斷言。

毒辣斷言。

「不過以騙徒來說，他非常高明。我啊，連同整個家庭——被那個人害得很慘。被耍得團團轉之後，只有錢被他騙走，然後他什麼都沒做就音訊全無。」

我試著回想。

那名西裝宛如喪服的不祥男性。

貝木泥舟。

「而且因為是第一個人——所以我也抱持著很大的期待，相對使得後來受到的打擊非常大——不過，這都是無關痛癢的小事。」

「……那麼，有關痛癢的大事是什麼？」

「我……」

戰場原回答我的詢問。

毫不猶豫。

「我不希望阿良良木和那個人有所牽扯，就只是這樣而已。」

「…………」

「我再也不要——讓重要的事物離開我身邊了，我再也不想失去了。所以……」

戰場原稍做停頓。

宛如立誓——繼續說道：

「所以我會——保護阿良良木。」

就像是和自己許下的承諾。

如此說著。

我無法回應。

並不是已經接受她的做法。
也不是已經理解她的說法。
感覺邏輯跳過了兩三段。
不，應該只是跳過細節的情報。
然而……
戰場原以前——曾經讓重要的事物離開身邊。
這段經歷，對她而言，很沉重。
沉重。
沉重，而且疼痛。
對於凡事毫不猶豫，也因而幾乎未曾反省的她而言——這可以說是她唯一的汙點。
所以，現在的戰場原，真的是不折不扣——
是為了我而做出這種舉動。
只有這一點是千真萬確的。
「貝木那個傢伙……問題有這麼嚴重嗎？為什麼妳不想讓我遇見他？」
「這個嘛，對於正義超人阿良良木來說，他給你的刺激太強了。」
「正義超人……」
這是什麼稱號？

又不是火炎姊妹。

「至少在確認貝木的意圖之前——確認他為何回到這座城鎮之前，希望阿良良木能乖乖待在這裡。不，即使貝木毫無目的，在他離開這座城鎮之前，希望阿良良木都能待在這裡。」

「……如果貝木其實是搬來這座城鎮呢？」

「到時候……」

她似乎沒有考量過這種可能性。

戰場原思索片刻。

「阿良良木將會一輩子住在這裡。」

然後語出驚人。

「喂，原小姐……」

「或者……」

然後她繼續說著。

以毫無起伏的語氣說道：

「殺了貝木。」

「慢著……」

不要面不改色使用「殺」這個字。

「我想想……不然就把貝木啪嘰掉吧。」

「啪嘰是什麼！」

用可愛的狀聲詞來形容也不行！

不行就是不行！

「何況，貝木這個人是什麼樣——」

就在戰場原終於說出這種危險的話語，我則是維持著上銬姿勢，要求她進行更進一步的說明——的時候。

就在這個時候。

響起手機來電的鈴聲。

聲音來自我的牛仔褲口袋。

是收到郵件的鈴聲。

「……我可以看嗎？」

聽到我這句話，戰場原稍微停頓片刻，然後雖然沒點頭，卻朝著我的褲子伸出手，把手伸進口袋摸索。

「慢著，不對不對！妳摸索過頭了吧！而且還趁機摸哪裡啊！」

「太裡面了，我拿不太出來。」

「我口袋沒這麼深吧！」

「這樣啊，原來阿良良木的人生和口袋都沒深度。」

「一定要中傷我幾句，才願意幫我拿手機出來嗎？」

總之，因為被中傷，所以她幫我拿了。

她就這麼把畫面拿給我看。

如果沒有進行相應的操作，當然就沒辦法閱讀郵件內文——然而只要看到顯示在待機畫面的寄件人和住址，對我來說就足夠了。

「from：小妹／subject：救命！」

鏗的一聲。

這一瞬間——手銬。

束縛我雙手的手銬鎖鏈——斷了。

鎖鏈被輕鬆截斷。之後——

之後，我站了起來。

「……阿良良木。」

看來戰場原終究是嚇到了，不過她的精神層面實在是強韌得令人歎為觀止，完全沒有慌亂的樣子。

就只是用力——

瞪著起身的我。

「要去哪裡？」

「我有急事，遊戲到此為止。抱歉我要回家了。」

「你認為你回得去？」

「我要回去，回到我的家。」

以及，回到我的家庭。

「話說在前面——我可沒有膽小到因為對方是吸血鬼就害怕，也沒有善良到因為對方是男朋友就遲疑。」

「我知道，所以我才會喜歡妳。」

「呵呵……」

戰場原——反而開心地發出了笑聲。

就像是找到了能像這樣從正面宣洩情感的對象而喜悅無比——雖然只有一點點，但戰場原對我展露笑容了。

「想通過這裡得先打倒我——阿良良木做得到嗎？」

「我會過去。這句話要擺出拱橋姿勢來講才有效。就像妳想要保護我，我也有我想要保護的事物。」

曾經失去寶貴事物的經驗，可不是只有妳一個人有。

「你以為這種話就能說服我？」

「沒必要說服妳吧？」

「這就難說了。希望你不要認為我是非常通情達理的女人。」

「不過戰場原，既然這樣的話，妳是喜歡上我哪一點？」

我對戰場原如此說著。

以筆直的目光回瞪。

「如果我待在這裡不動，妳能夠驕傲說妳喜歡我嗎？」

「……天啊，這樣好帥。」

戰場原輕聲說著。

慢著，拜託不要忽然卸下面具。

我會不好意思。

「如果我是男的，我就會愛上你了……」

「拜託用女人身分愛我吧！」

「但我確實愛你啊？」

「唔、嗯……」

在緊繃的氣氛中，我們彼此陷入無法形容的尷尬沉默，隨即我被戰場原握在手裡的手機再度響起，不是收到郵件的鈴聲，是來電鈴聲。

「喂？現在正忙。」

由於鈴聲很吵，所以戰場原擅自接聽電話，沒有將目光移開，以毫無情感的聲音朝電話另一頭扔下這句話。

原本以為她當然會直接掛電話——

但是戰場原的動作靜止了。

不，她原本就面無表情靜止在原地。

看起來卻像是——有所動搖。

不過，在受到囚禁的我起身時，也依然面不改色穩如泰山的戰場原——居然會動搖？

「沒……沒有。」

回答的聲音也沒有力道。

離這麼遠我完全聽不到，難道是電話另一頭的人對她說了什麼嗎？

到頭來，這通電話是誰打來的？

我一直認定是月火，然而——

「我——沒那個意思，這是誤會。我從來沒有說過這種話吧？是的，嗯——一點都沒錯，妳是對的。等一下，用不著那麼做，和說好的不一樣。住手，求求妳，給我一點時間。明白了，全部依照妳的吩咐……這樣就行了吧？」

接著戰場原結束通話。

宛如看開一切閉上眼睛——就像是要發洩情緒，把我的手機扔了過來。

我抱持著不明就裡的心情觀察戰場原，但她似乎連我的視線都嫌煩。

「阿良良木，你可以回去了。」

她如此說著。

真的是不明就裡。

雖然真的不明就裡，不過至少有件事是真的——那就是戰場原移動身體，讓出了通往門口的路。

「……可以嗎？真的？」

「可以……那、那個，阿良良木，該怎麼說，就是……」

此時。

戰場原以心不甘情不願……該說抗拒嗎，總之就是一副違背己意的模樣，平常總是以毫無情緒起伏的語氣說話的她，以令人不敢置信的結巴語氣說道：

「對……對不、對不……起。」

看來，似乎是剛才來電的對象強迫她向我道歉——對於戰場原而言，聽從這個命令不知道是多麼令她苦惱的決定，她緊緊咬住下脣，全身因為屈辱而顫抖。

…………

我不希望她忍耐到這種程度也要向我道歉……

「那個……原小姐，順便問一下，剛才的電話是誰打來的？」

對於我的問題，戰場原簡短答道：

「羽川同學。」

011

月火寫郵件求救。

換句話說，就是火憐出事了。

我連忙趕回家裡——順帶一提，我向戰場原詢問當時我騎的腳踏車到哪裡去了，她說路上剛好有個垃圾集中區，所以把腳踏車停在那裡。

居然做出這種事。

聖殿組合的職業，該不會是處分我的腳踏車吧？

結果我只得詢問垃圾集中區的地點，特地繞過去騎車回家——雖然以路途來說是繞遠路，不過這樣也比我直接走路回家來得快。

我當然沒有忘記送戰場原回家。

即使對立，她依然是我的女友。

深夜時分。

距離拂曉還很久。

白天的時候，我得瞞著月火騎腳踏車溜出門，到了這個時間，我反而得瞞著父母溜進門……不過我家對我採取放任主義，所以我這樣也可能是多此一舉。

不過，偷偷摸摸的行徑也很重要。

對於自覺愧疚的事情，就應該展現出相應的態度……不對，總覺得這樣非常小家子氣。

總之我就像這樣悄悄打開玄關大門，悄悄穿過走廊，悄悄上樓，悄悄溜進妹妹們的房間。

火憐與月火同房。

「我是正確的。」

阿良良木火憐劈頭如此說著。

她盤腿坐在雙層床的下鋪，像是在鬧彆扭鼓起臉頰嘟嘴，這種態度就像是正因為莫須有的罪名接受審判。

她的臉頰微微泛紅。

看起來甚至像是心情很差。

「我又沒有做什麼會惹哥哥生氣的事，雖然月火好像多嘴亂講話，不過這跟哥哥無關，所以不用管我。」

「…………」

兄妹萬歲。

即使是戰場原，在這種狀況也會道個謝。

妳以為我是脫離多大的危機趕回家的？這個馬尾頭。

火憐把外出用的運動服換成居家用的運動服了。妳到底多愛運動服？妳是牛嗎？（註24）我並不是沒想過叫她們去和八九寺交朋友，但是這一點我已經吐槽好幾年了，事到如今繼續吐槽也沒有新意，所以我沒有說出口。

「火憐……」

月火擔心地叫著她的名字。

這邊看起來就很明顯處於消沉狀態——應該是她找我幫忙，所以火憐對她說了幾句吧。火憐與月火很少起衝突，不過在極少數意見相左的時候，果然是年紀比較小的月火屈居下風，這種長幼有序原則是無可奈何的，說得更坦白一點，她們分成實戰與參謀也沒有意義。

哎，這方面暫且不提。

「總之有什麼事情說來聽聽吧。白天我們分開之後，妳到底發生了什麼事？妳不是要講英勇事蹟給我聽嗎？」

註24　日文運動服的外來語為Jersey，該單字也是乳牛品種之一。

即使看過月火郵件的內文，我依然抓不到重點，只知道火憐遭遇麻煩，其餘一無所知。

就我看來，她似乎沒受傷。

不過以這兩個傢伙的狀況來說，不能因為表面沒事就放心。

火憐無視於我的催促。

啊～～挺氣人的。

「我再說一次，大隻妹，把妳發生的事情說出來。」

「我～才～不～要～！」

火憐吐舌對我做了一個鬼臉，也沒忘記以雙手食指把下眼瞼往下拉。我說啊，這是國三女生會有的舉動嗎？

我氣得忍不住舉起手。

「阿良良木。」

此時，位於旁邊——靠在房間窗邊的羽川，阻止我了。

以話語阻止我。

「阿良良木，記得父親打我的時候，都是因為對我很生氣。那麼現在的阿良良木，是基於什麼原因要打火憐妹妹？」

「…………」

我啞口無言僵在原地。

「我覺得體罰依照狀況有其必要性，所以如果阿良良木能夠說出一個火憐應該被打的理由讓我接受，我當然不會過問。」

「……我錯了。」

「該道歉的對象不是我吧？」

在羽川這番話的催促之下，我轉身面向火憐低頭說道：

「抱歉，我太衝動了。」

繼戰場原之後，我也被羽川強迫道歉了……該怎麼說，雖然並不是基於長幼有序的原則，不過我身邊人們的階級關係，從這一點就清楚可見。

不過我很驚訝戰場原位於羽川之下。

雖然一直覺得戰場原不擅長應付羽川——但我原本以為只是調性不合。

然而，即使說得很不甘願，不過羽川居然能夠令自認沒錯的戰場原道歉——這應該已經不只是調性的問題了。

羽川翼。

和我同年級——也是我的同班同學。

成績是全學年第一——不只如此，還曾經在全國模擬考拿過第一，簡直是現實世界不會有的秀才。

戰場原曾經以真物形容她這個人——並且稱她是怪物。雖然我對後面追加的部分強烈提出異議，不過我也舉雙手贊成羽川很真實。

只有她，毫無任何虛偽的要素。

我——曾經在春假受過她的救命大恩。不，不是誇張的說法，如果沒有羽川，我已經死了——即使肉體活著，精神也肯定處於死亡狀態。

她不只是我的恩人。

對我來說，就像是第二位母親。

她並不是讓我免於一死，而是讓我脫胎換骨——我如此認為。

理所當然，羽川擔任我班上的班長（順帶一提，我是副班長，而且是羽川力排眾議任命的），而她的外型也簡直是班長中的班長，眼鏡、麻花辮和剪齊的瀏海，怎麼看都是一副優等生的樣子——直到文化祭結束為止。

文化祭結束之後，羽川剪頭髮了。

剪短到切齊肩膀，前額頭髮也改成羽毛剪造型。

眼鏡換成隱形眼鏡，制服雖然沒有修改，卻在學校指定的書包掛了吊飾。或許有人認為這樣沒什麼，不過這是非常明顯的變化。

就像太陽今天從西方升起，這種程度的變化。

實際上，私立直江津高中創校至今首見的才女改變造型，據說導致級任導師昏倒、學年主任住院，連校長都寫好辭呈以示負責，學生之間流傳得煞有其事。

這些傳聞的真實性暫且不提。

至於在班上，也真的造成天大的轟動亂成一團——又不是染髮或是刺青，大家卻鬧得像是羽川誤入歧途似的。

對於這樣的慘狀，羽川只說了一句話。

「改變形象。」

一語帶過，一口斷言。

不容許任何追問。

……老實說，我知道她「改變形象」的理由——不，正確來說是猜測得到，只是一種猜測，我個人的猜測，所以正因如此，我沒辦法深入追問這件事。

羽川翼。

她不久之前，失戀了。

雖然現在應該已經不會因為失戀剪頭髮——不過羽川在這方面是個過時的女孩。

雖然心情應該不會因為剪頭髮而舒坦——即使如此，對於羽川來說，這也是必要的儀式。

不再綁麻花辮，取下眼鏡。

羽川失去原本的「班長造型」，該怎麼說，變得像是一名「平凡女孩」了。

這是對的。

這樣就對了。

這正是她從以前就懷抱至今的心願——實際上，她原本就已經是很出色的「平凡女孩」，做出這種改變之後，令人感覺就像是擺脫了心魔。

不，與其說擺脫心魔，或許應該說馴服了心魔。

就是這種感覺。

……總之，再來得說明這位新生羽川（雖說是新生，但她「改變形象」已經一個多月，大家終究已經習慣了）身處妹妹們房間的原因。

應該說，哎，如果羽川不在這裡，她就不會在那時候打手機給我吧——羽川的性格當然不會隨著外型而改變，所以她依然循規蹈矩，原則上不會在深夜打電話給別人，但她打給我了。

我想要先向羽川釐清這個疑點。

「翼姊姊……」

不過，受到羽川庇護的火憐，比我先開口了。

「請不要責備哥哥……畢竟剛才是我的錯，何況就算哥哥真的打我，我也會打回去。」

「……是嗎？」

羽川聳了聳肩。

一副俏皮的反應。

「那麼，剛才我多事了嗎？」

「是的，翼姊姊。」

「但我不認為火憐妹妹能夠回擊……」

「就算不能回擊也能回咬，翼姊姊並不知道我的牙齒有多硬！」

……慢著。

火憐連幫忙說情的人都敢嗆聲，這已經是稀鬆平常的事情，不過妳什麼時候改用「翼姊姊」稱呼羽川了？

我轉頭看向月火。

「我有乖乖稱呼她羽川姊姊喔！」

她做出這種牛頭不對馬嘴的辯解。

不是這個問題。

以為加個姊姊就夠了嗎？對我的羽川應該尊稱為小姐！雖然我如此心想，但這不是現在的重點。

因為羽川擔任我的家庭教師，所以羽川和妹妹們早就認識了——但她們的關係，應該沒有親密到這個程度。

「哥哥，別生氣聽我說喔，我相信哥哥不會因為這種事情對我們生氣。」

月火做了這樣的開場白之後繼續說道：

「火炎姊妹在本次，得到羽川姊姊的鼎力協助——」

「氣死我了！」

我破口大罵。

這兩個傢伙在想什麼！

不准把羽川拖下水！

「阿良良木，不要發出這麼大的聲音，會吵醒伯父伯母——何況，原來阿良良木會像這樣大吼嚇唬自己的妹妹？真意外。」

「……………………！」

好為難！

我想在羽川面前當個乖寶寶！

「羽川姊姊，請不要責備哥哥，哥哥只是擔心我們有沒有為羽川姊姊添麻煩。」

月火整個人擋在羽川和我之間。

為什麼我從剛才就一直得由妹妹出面緩頰？

妳們居然扮演這種角色，太奸詐了吧？

「……真是的。」

稍微冷靜之後，我想到了。

這麼說來，今天早上——其實以日期來說，已經是昨天早上了，月火早就知道我的「家教」會請假。原本以為我是在被她叫起床的時候說的，所以沒有特別注意，然而並非如此。月火早就知道羽川有事，這天會請假不來擔任我的「家教」。

她當然知道。

因為請求羽川協助的人就是她們。

「阿良良木，我是自願幫忙火憐妹妹與月火妹妹，所以你不應該責備她們兩人。我所認識的阿良良木，應該不會隨便拿妹妹出氣吧？」

「唔……」

感覺我完全被操縱了。

不過就算沒被操縱，我也不會違抗羽川就是了。

「雖然不能以如虎添翼來形容，不過這樣就變成飛翼火炎姊妹了。」

火憐如此說著。

這種比喻毫無巧妙可言。

妳真的是我妹嗎？

「知道了知道了，我不會生氣，我保證。」

「也會對爸爸媽媽保密？」

月火得寸進尺提出強硬的要求。

有羽川撐腰就得意忘形的傢伙……給我記住，我可以面不改色撕破和妳們之間的約定。

當成拉門紙一樣輕鬆撕破。

「我會保密，所以快給我說明吧。發生了什麼事？現在是什麼狀況？」

「這個嘛，你說呢？」

火憐的態度簡直令我燃起殺意。

我明白了，這傢伙根本不想說。

既然這樣，就得找月火或羽川說明詳情……不過羽川只是從旁協助，所以如果要知道細節就得問月火，只不過……

對方是妹妹，確實會令我變得情緒化。

那麼，果然還是應該先這麼做。

「羽川。」

我呼喚羽川。

雖然三人都要問過一遍，不過還是先從羽川開始。

我以拇指朝著房間牆壁──朝我的房間示意。

「到我房間一下，可以嗎？」

「哥哥要把翼姊姊帶回房間！」

火憐開心不已。

總有一天我會宰了妳。

「可以啊，走吧。」

羽川背部離開牆壁。

「不要緊的，火憐妹妹，月火妹妹，妳們的所作所為是正確的，阿良良木聽我說過之後也會理解的。我會好好告訴他，所以妳們別擔心。」

「羽川姊姊……」「翼姊姊……」

妹妹們以閃亮的眼神凝視羽川。

她們已經建立相當穩固的信賴關係了。

對方是羽川，所以是理所當然的。

「不過翼姊姊，妳要獨自和哥哥待在房間……」

火憐，我說真的，妳給我閉嘴。

比起現在，我更擔心妳的未來。

「這也不要緊，因為我相信這位『哥哥』。」

羽川說完之後，輕輕摸了摸床上火憐的頭，然後先行前往走廊。

該怎麼說……

這傢伙的做法，我實在學不來。

我深深嘆口氣之後，呼叫火憐。

「喂，那個大隻的。」

「什麼事，小隻的？」

火憐鬧著彆扭如此回應。

嗯？

可是，總覺得她這句話比平常沒力道……？

如果是平常，只要聽到我以「大隻的」稱呼她，她不顧狀況暴怒撲向我也不奇怪……但她這次不為所動，只是依然盤坐在床上。

「……怎麼了，看什麼看？」

「…………」

我再度嘆了口氣。

「妳確實是正確的。」

我繼續說道：

「妳總是正確的，這我不否定——不過，也只是正確而已。妳一直都不強。」

「…………」「…………」

「不強，就會輸。有練格鬥技的妳應該明白這一點。」

我如此說著。

不只對火憐說，我也看向月火。

「正義的第一條件不是正確，是強。所以正義必勝。妳們差不多該理解這一點了。在沒能理解這一點之前，妳們的所作所為永遠都只是——正義使者的遊戲。是偽物。」

說完之後——我不等妹妹們有所反應，就離開走廊關上房門。

羽川在走廊等我。

無所事事。

不過，她看起來挺開心的。

「雖然這麼說不太禮貌……」

羽川如此說著。

微微露出笑容。

「不過看阿良良木的兄妹互動，很有趣。」

「……拜託饒了我吧。」

「但我覺得她們很乖啊？」

「幼稚得令我傷透腦筋。」

我如此說著，帶領她進入我房間。

和神原不同，我還算是勤於打掃清理，所以突然有人造訪也不成問題。

「坐在那張床上吧。」

「阿良良木，盡量不要請女生坐床上比較好。」

「嗯？為什麼？」

不過千石就是請我坐床上啊？

而且還說，除了床上以外的地方都不能坐。

我回想著這一幕，並且坐在椅子上。

「話說羽川，為什麼妳這麼晚還是穿制服？」

就是這件事。

我從剛才就很想吐槽卻說不出口。

羽川翼，身穿制服。

「妳暑假期間總是穿制服就算了，不過連深夜都……妳難道沒便服嗎？我沒看過妳穿便服的樣子。」

「你不是看過我穿睡衣的樣子嗎？」

「睡衣和便服不一樣。」

順便補充，其實我也看過羽川只穿內衣的樣子，不過那也和便服不一樣。我想看的是羽川以自己品味搭配的外出服！

我要到什麼時候才有榮幸目睹！

「沒有啦，只是湊巧……傍晚就和火憐妹妹會合，然後直到現在。我從這裡開始說明比較好嗎？」

「嗯，麻煩妳了。」

「……挺新奇的。」

「啊？」

「沒有啦，我覺得你擔心妹妹的方式，和擔心我、戰場原同學、真宵小妹、神原學妹或千石妹妹的方式完全不一樣。該怎麼形容呢，有種更加拚命的感覺。」

「拚命……」

「提到妹妹，阿良良木就會像是換了一個人。」

羽川笑了。

露出惡作劇的俏皮表情。

「剛才你說得好嚴厲。只有正確卻不強？就我聽來，那番話也像是在對你自己說的耶？」

「……意思是我討厭同類？同類相斥？」

「你應該不想聽到這種話吧。啊啊，不過真要說的話，其實不能算是同類相斥，應該是自我厭惡？」

羽川這番話令我嘆了口氣。

原來我在她眼中是這副模樣。

而且，她說的沒錯。

包含上述原因在內，我百感交集嘆了口氣。

正義超人。

戰場原也用這四個字形容過我。

「羽川，妳再怎麼說也只和她們相處一個多月，所以應該不明白，但我和小憐已經共同生活十五年，和小月也有十四年，如果依照我的經驗來說——」

「噗……呵呵！」

我才剛說完前言要進入正題，但羽川不知為何在這時忍不住笑了出來，所以我不得不暫時中斷。

「羽、羽川？」

「沒事……抱歉抱歉，不過阿良良木，原來你是用小憐小月稱呼妹妹們？」

「！」

究極的失誤！

我搞砸了！

因為從小的習慣總是改不掉，所以我才會盡量避免用名字稱呼她們的說！會用大隻小隻或是大妹小妹瞞混過去的說！

偏偏在羽川面前說溜嘴！

「啊……啊唔、啊唔、啊唔……」

「不用這麼在意，你想想，我在稱呼她們的時候，不是也會加上妹妹嗎？」

「妳、妳誤會了……剛才那只是按照羽川的邏輯，對，是在修辭上表達我把她們當成小孩子的心態，但我平常都是直接叫她們的名字……」

現在是語無倫次的辯解時間。

羽川以慈祥的目光看著我。

好想找個洞鑽進去……

「總、總之，不提這個，我們進入正題吧，羽川，接下來或許是分秒必爭的狀況。」

「說得也是。」

羽川如此說著。

別這樣，別對我這麼溫柔！

「……雖然這麼說，但我姑且已經知道起因了。記得她們——在尋找國中生之間流行的『詛咒』源頭吧？」

「咦，你怎麼知道？」

「其實我是聽千石說的。雖然不想承認，不過我的兩個妹妹——」

「小憐和小月。」

「……我的兩個妹妹。」

「小憐和小月。」

羽川在捉弄我。

收回前言。剪頭髮果然會令性格跟著改變吧？

「……小憐和小月，在國中生之間很有名，甚至連千石都會知道那兩個傢伙的動向。」

「是喔——原來如此。」

羽川以認同的語氣回應。

「對喔，這麼說來，千石妹妹自己也是這種『詛咒』的受害者。」

「應該說是唯一的受害者。」

「並不是唯一。雖然她受害程度最深——不過『詛咒』在國中生之間，造成了各式各樣的負面影響。」

「各式各樣？」

「主要是人際關係的惡化。」

…………

對喔。

即使是千石——也並非只有自己受害。

是連同身邊的人際關係一同受害。

「我調查之後發現，現在流行的『詛咒』都是惡意的『詛咒』——明顯過於偏激。她們兩人認為可能是某人刻意打造成這種局面，雖然幾乎算是胡亂猜測，但也不能認定絕對是錯的。」

不過也只有在暑假才能夠調查。羽川補充了這句話。

確實，如果要進行這種調查，也只能利用長假時間了。

「……順便問一下，妳什麼時候和她們開始共同行動的？」

「沒有到共同行動的程度，只是偶爾會答應她們的請求臨時幫忙，如果要回答開始合作的時間，應該是暑假開始之後。」

「這樣啊，所以……」

我繼續說著。

接下來才是我要問的問題。

「妳提供協助了，換句話說就是已經查出『犯人』是誰了。對吧？」

說穿了，白天打手機給火憐的人——

不是別人，正是羽川翼。

「……不要講得好像我的錯，我會很困擾的。」

羽川露出打從心底困擾的表情。
我也不是想要令羽川困擾。
然而，我非得說出來。
「忍野那個傢伙，一直對妳的這一面有所警戒——妳過於全能，絕對找得到問題的答案——」
雖然我就是因此而得救。
然而水能載舟，亦能覆舟。
比方說——
羽川就沒能拯救自己。
因為過於全能。
「說得也是。」
羽川沒有否定。
她露出含糊的笑容點了點頭。
「不過就算這樣，我在調查的時候也不能放水。」
「也對。就像我和——小憐和小月。」
嗯。
算了，我放棄抵抗了。

「就像我、小憐和小月，非得要接納自己弱小的事實——妳也非得要接納自己強大的事實。」

就像偽物必須體認自己是假的，真物也必須認清自己是真的。

再怎麼樣，也不能——放棄自己。

「所以，查出『犯人』之後，小憐前去當面談判——結果遭遇某種下場是吧？」

「就是這麼回事。當時我正在進行其他行動，後來才接到通知前往現場，所以沒有直接遇見『犯人』……如果能在火憐妹妹談判之前會合，或許就能成為她的助力了。」

「小憐有說『犯人』是什麼樣的傢伙嗎？」

「那個……」

羽川說出來了。

床鋪發出細微的軋軋聲。

「記得名字是貝木泥舟——有股不祥氣息的人。」

012

雖然只有半天左右，但我曾經被關在那座廢墟裡，所以我的身體比想像中還要髒。所以我大致聽羽川說完事發內容之後，決定立刻前去洗澡，至於妹妹們就暫時委由羽川照顧。雖然我這樣看起來或許過於悠哉，不過聽羽川說過之後，我就知道這件事焦急也沒有用。

而且坦白說，如果沒有給我一點時間平復情緒，我或許又會怒罵火憐與月火。

貝木泥舟。

居然會這樣。

不能和那種傢伙有所牽扯吧……！

偏偏就是如此！

這麼說來，在神原家門口遇見貝木的時候，他曾經說過——「我剛剛才聽過這個姓氏」之類的話。

原來那就是在說火憐。

仔細想想，阿良良木並不是常見的姓氏。

混帳——居然有這種巧合。

不，反而應該當成不幸中的大幸……畢竟只要向戰場原打聽詳情，就能得到貝木的詳細情報了。

不過到時候，應該會因為這件事起口角吧。

而且我也覺得她不會輕易告訴我。

順帶一提，剛才聽羽川大致說完之後，我順便向她提出詢問。當時多虧羽川，才令我逃離那場恐怖的綁架監禁事件，不過羽川在電話裡到底對戰場原說了什麼？

「啊啊，那件事嗎？月火妹妹說她傳郵件到你的手機，卻沒有立刻收到回覆，她說這種狀況怪怪的，所以我就打電話了。雖然這麼晚打電話令我有些猶豫，但月火妹妹一直催我打。即使嘴裡那麼說，不過那兩個孩子很信任『哥哥』。」

「沒啦，哎，我想應該就是這麼回事吧，但妳是怎麼將戰場原……」

將那樣的戰場原……

「說服的？」

「我沒有說服啊？聽到戰場原同學的聲音之後，我就大致理解狀況了，所以只有簡短拜託她。」

「簡短拜託她？」

「『要是再不聽話，我就要對阿良良木表白喔！』這樣。」

「…………」

好可怕。

就某種意義來說，這是最強的王牌。

不過，我沒想到這張王牌會在貝木事件用來與戰場原談條件，所以一直以為只能率直求情——不過即使率直求情，應該也很難順心如意吧。

然後，我現在在洗澡。

仔細刷洗身體之後，泡入浴缸。

鏗、鏗。

我雙手手腕的手銬撞到浴缸邊緣——無從取下，成為粗糙手鐲的手銬，敲出清脆的聲音。

就像是配合這個聲音——無聲無息。

從浴室暖色燈光打在我身上形成的影子裡——忍野忍無聲無息出現了。

模仿著名RPG遊戲的系統訊息，就是「吸血鬼A出現了！」

吸血鬼A看向我。

「……那個……」

吸血鬼A——忍野忍，基本上一直躲在我的影子裡，所以反過來說，完全無法預測她會在什麼時候出現，不過也基於這個原因，她什麼時候出現也不會令我過於驚訝，但至今她從來沒在我洗澡時出現過。

大概是配合浴室這個地點，她一絲不掛。

光溜溜的金髮美少女。

以場面來說，這可說是最嚴重又最惡劣的犯罪行為——不，忍目前的外表年齡大約八歲，所以和神原那時候不同，即使看到她水嫩雪白的裸體，我也不會有任何想法，只會覺得她看起來很有活力。

然而，忍咧嘴——向我露出笑容。

「既然像這樣被看見裸體，吾是否亦須下嫁給汝這位大爺？——吾之主啊。」

她如此說著。

以稚嫩的聲音——高傲不羈地說著。

沒有比這更令我驚訝的事情。

我差點整個人沉入水裡。

說話了……

忍說話了！

「呃——忍……」

「哈哈——汝這位大爺，怎麼啦？露出一副驚弓之鳥的表情——不對，應該說像是吸血鬼看到銀製子彈的表情？吾講話如此稀奇？難道汝認定吾忘記如何以言語傳意？」

「…………」

不。

講話的能力——當然存在。

我也沒有認為妳忘記語言的用法。

即使外表是八歲少女——即使失去大部分的力量——忍依然毋庸置疑是五百歲的吸血鬼。

問題在於，她對我講話了。
她——願意對我講話了。
如此突然。
乾脆，而且毫無契機。
「忍——妳……」
忍野忍。
吸血鬼——前吸血鬼。
如今是吸血鬼落魄的下場。
吸血鬼的殘渣。
比任何人都要美麗，冰冷如鐵，火熱如血——怪異中的怪異，怪異之王。
甚至被稱為怪異殺手。
她殺了我。
我殺了她。
所以……
忍——自從春假結束，她在那棟補習班廢墟和忍野同住，直到她像現在這樣封印於我的影子——
從來沒有說過一句話。

連一句話都沒說。

即使抗拒，即使難受，即使痛苦。

依然沉默至今。

然而如今，卻在這種時候——忽然開口。

「哼，吾膩了。」

忍——自己打開水龍頭，任憑熱水從頭頂往下沖。對於身為吸血鬼的忍來說，洗澡是一件毫無意義的事情——然而即使如此，她依然像是很舒服地閉上雙眼。

「汝這位大爺應該也知道，吾原本很健談。真是的，吾哪有辦法一直沉默下去，吾之主，好歹亦該察覺一下吧？」

「…………」

唔哇……我不知道該說些什麼。

不，並不是喜悅。

也不是可以開心的事情。

然而除了喜悅——我還能怎麼形容？

這種事，我怎麼可能不開心？

我思緒亂成一團，不知道應該說些什麼，所以我說道：

「……謝謝。」

「啊？謝什麼？」

忍關上水龍頭，任憑溫水從身上滴落並狠狠瞪我。外表幼小的她畢竟是吸血鬼，銳利的眼神依然不變。和之前默默瞪我的時候相比，她現在的視線憎恨並銳利許多。

「啊——沒有啦。那個，妳看這個。」

我連忙伸出手腕的手銬給她看。

斷掉的鎖鏈。

「這條鎖鏈，是妳截斷的吧？」

當時收到月火郵件的下一瞬間，我手銬的鎖鏈就鏗一聲斷掉了。

這當然不是我以蠻力扯斷的——無論事情再怎麼嚴重，我的腎上腺素也不會激發出此等蠻力，那是躲在我影子裡的忍幫忙截斷的。

「有這種事嗎——哈哈，吾記不得了。不過這副手鐲實在夠醜了，來。」

忍將嬌小的手伸向我的雙手手腕，這次不只鎖鏈，而是連同手銬本身整個扯斷，簡直當成柔軟的甜甜圈。

忍喜歡 Mister Donut 的程度眾所皆知。

還來不及心想怎麼可能，忍就把這副手銬扔進嘴裡大口吃掉了。

即使力量幾乎消失殆盡——這方面她依然是道地的吸血鬼，無須任何理由，當然也無須客氣。

看到這樣的忍，令我不禁——感到安心。

「用不著多禮，吾只是做自己想做之事——從古到今永遠都是如此。然後吾之主，這次只是湊巧，真的就只是湊巧和汝這位大爺之意向一致罷了。」

「……忍，那個……」

「頭髮！」

在我正要開口的時候，忍簡短打斷我的話。

然後——指著自己的金髮。

「頭髮。」

「……頭、頭髮怎麼了？」

「幫吾洗頭髮。興致來了，吾想試試洗髮精這種玩意。在影子裡看汝這位大爺洗頭髮，吾一直覺得似乎挺有趣的。」

「我……可以碰嗎？」

「不碰怎麼洗？」

「……那麼，潤髮也一起來吧。」

我從浴缸起身。

我當然是一絲不掛，不過我對忍已經不會冒出任何難為情的念頭了——因為我曾經在忍面前，徹底展露所有不能見人的羞恥之處。

我把洗髮精擠在手心，讓手指輕觸忍的頭髮。
和以前撫摸的感覺一樣。
宛如清流——柔順又舒服。
「……好久沒看到妳拿下那頂防風眼鏡安全帽的樣子了。」
「哈，那個吾不戴了。」
「不戴了？」
「土氣，有夠難看。」
「…………」
但我覺得挺適合的。
不過，只有那頂帽子是忍野的品味，或許她其實有所不滿吧。
我把忍小小的頭洗得滿是泡沫（對於吸血鬼而言，自己的外型是由自己想像而成，換句話說絕對不會髒，所以再怎麼洗頭髮都是乾淨的泡泡），並且再度說道：
「那個……」
這句話再度——被忍打斷。
「住口。」
「…………」
「無須言語。吾不會原諒汝——汝應該也不會原諒吾。」

忍看著前方。

看著浴室裡的鏡子——看著沒有映在鏡子裡的，自己的身影。

她說道：

「這樣就行了。吾與汝互不原諒——這樣就行了。吾與汝無法將往事付諸流水，即使如此，也不構成吾等不能相依同行之理由。」

「…………」

「這就是吾在這三四個月靜心思索得出之結論——吾之主，汝做何感想？」

忍像是被流下來的泡沫惹得不耐煩似的閉上眼睛——並且如此說著。

「……沒想到妳願意為我思考這種事，令我意外。」

「汝這位大爺也為吾思考很多事情吧——吾這陣子都在汝之影子裡，所以很清楚。」

「哈哈……」

我從忍的頭頂伸手打開水龍頭，以蓮蓬頭把忍的頭髮沖乾淨，接著幫她潤髮。忍的髮量多得誇張，所以要用掉不少潤髮乳。

「畢竟亦不能總是賭氣下去，吾之器量可沒有那麼小……何況，看來吾必須親口好好說一遍給汝這位大爺明白才行。」

「嗯？」

「吾確實喜歡蜜糖波堤——不過最喜歡黃金巧克力甜甜圈。給吾牢記在心，買兩個時必須買這兩種。」

「……明白了。」

哎。

畢竟她是金色吸血鬼——我並不是無法理解。

我說聲「再來妳自己來吧」然後回到浴缸泡澡。

「圍獵火蜂。」

此時，忍忽然說出這句話。

「是大胡蜂的怪異。」

「……啊？」

胡蜂？

膜翅目胡蜂科的一種昆蟲——？

「吾之國度沒有這種蜂，所以不太清楚，不過在蜂族……更正，在昆蟲……再更正——在生物之中似乎亦是最強大之種族。至少以集團戰鬥來說，沒有任何生物能與其匹敵。擁有群體概念卻相當凶猛，而且生性好戰。」

不過比不上吸血鬼就是了。

忍補充了這句話。

「妳說的……難道是……」

這種語氣。

宛如那個傢伙的語氣，意味著——

「這就是汝這位大爺之巨大妹妹，現正罹患之怪異。」

「……她沒有高到需要以巨大形容就是了。」

妳原本的外型還比她高。

記得妳的成人版身高有一百八吧？

「話說在前面，這當然不是吾之知識——即使吾為怪異殺手，亦不表示知識足以網羅所有怪異。何況吾只負責吃，對食物之名毫無興趣——只對味道感興趣。」

「那麼……」

「對，這是那個小子的知識。」

基本上，吸血鬼不會區分人類個體，這樣的忍刻意區分出來稱為小子的人——就是忍野咩咩。

「汝這位大爺能理解吾之心情嗎？」

忍隨著苦笑抱怨說道：

「那個輕佻至極之小子，極為單方面灌輸吾毫無用處之怪異知識，整天嘴皮子動個不停喋喋不休——吾卻被迫非得保持沉默接受言語轟炸，汝能理解吾之心情嗎？」

「…………」

有夠討厭。

忍野咩咩與忍野忍，我曾經想過他們如何打發共處的時間——原來是用這種方式。

「這就是當時閒聊到的話題之一，圍獵火蜂。記得是……室町時代的怪異。總之簡單來說，似乎是不明原因的傳染病。」

傳染病。

這就是真相。

而且——這種真相，被世人解釋為怪異。

即使是誤會，被世人如此認定——才是重點。

怪異由此而生，源源不絕。

吸血鬼現象也一樣，追溯到最後，也是一種血液方面的疾病——

「這種傳染病，會令患者發高燒到難以動彈，並且在最後致命。事實上，當時也有數百人死亡——直到著名陰陽師平息疫情，花費了不少時間——這似乎就是某份書卷的記載。據稱這種疾病，宛如遭受無形蜂螫——烈火焚身。」

「…………」

因為火憐是那種個性，所以她逞強裝出開朗的模樣，使得我一時疏忽完全沒有察覺——然而她的身體，似乎正承受著強烈的折磨。

全身高燒發燙——火熱得宛如熊熊燃燒。

宛如烈火焚身。

熾熱無比。

簡單來說——是疾病。

所以她才會坐在床上。

臉頰之所以泛紅——並不是因為心情不好，之所以沒有朝我撲過來，也是因為現在的她，根本沒辦法好好動彈。

直到我返家——她一直在睡覺。

或許應該說是臥病在床。

不過到頭來，如果事情沒有這麼嚴重，月火也不會傳郵件向我求救——羽川所說「我不認為火憐妹妹能夠回擊」的含意，如今我也明白了。

羽川早就知道——火憐的身體非常孱弱。

早就知道，火憐病得很重。

「真是的，難怪羽川會庇護她。但我還是覺得她自作自受。」

「自作自受？」

「自找苦吃。不然就是自找苦吃。」

苦這種東西能吃嗎？

忍瞇細眼睛聳了聳肩。

「汝這位大爺對家人實在很嚴厲……吾一直旁觀至今，所以事到如今亦不會驚訝就是了。然而即使如此，雖然不是學那個前任班長講話，但吾確實感到意外。」

「前任班長……」

那個傢伙，至今依然是班長。

忍該不會以為「班長」是形容外型的稱號吧？

「我並不是故意對她們嚴厲……不過，雖然光聽羽川的說明還難以判斷——但我妹被那個叫做貝木的傢伙轉移怪異之毒……的樣子。」

如同疾病轉移。

將怪異轉移了。

「名為圍獵火蜂的怪異之毒——轉移到她身上？這種事情真的有可能嗎？我不清楚。」

「可能。並非做不到。」

忍如此說著。

「不過，若那個傲嬌姑娘之說詞可以取信，那麼名為貝木之人，應該是一名虛假騙徒吧？」

「是沒錯。」

我應聲同意。

不過……她說傲嬌姑娘？

哎，畢竟她這段時間待在我的影子裡，所以和我經歷了相同的事件……所以才得出這種認知嗎？

不過如果把那樣當成一般傲嬌的定義，那就是對人類文化的華麗誤解了。

「當然，即使他是偽物，亦不表示他無法使用真物之技術——有時候正因為是偽物，所以比真物更加真實。」

「真是至理名言。」

我點了點頭。

我對這番話深有同感。

「確實，有時候即使在專業領域只算是泛泛之輩，也可以成為一流的騙徒。」

「泛泛之輩」所以是「犯人」。

好冷的雙關語。

「專業領域的泛泛之輩嗎——」

忍若有所思說道：

「不過既然如此，接下來或許比真正之專家更為棘手。學藝不精就嘗試使喚怪異，在吾眼中亦是超脫常軌，這種傢伙別說是泛泛之輩——到頭來根本算不上是人類。」

「…………」

「如果以存在本身來定義，可以說那個傢伙自己就是怪異。」

自己是怪異。

這是——什麼意思？

是基於何種定義？

「……總之，這方面我試著問戰場原吧，應該說也只能問她了。現在面臨的問題，就是那個傢伙——對妳就不用刻意改稱呼隱瞞了，我說的是小憐。小憐的這種症狀要如何治療——這才是問題。」

羽川似乎有先帶火憐去醫院。

這是對於高燒患者極為正確的處置——然而似乎沒有解決任何問題。而且羽川也曾經遭受怪異纏身，即使曾經暫時失去這段記憶——也會對這種狀況敏感反應。

「以這個意義來說，小憐遭遇異狀時請羽川過來，這是正確的判斷。至少比向我求救的小月，是更為適當的人選。」

「哼。不過到頭來，若不是因為有那個前任班長，汝這位大爺之妹亦不會找上貝木吧？」

「是沒錯……」

要是使用這種說法，羽川這傢伙就真的擁有自導自演的特性了……即使面對任何問題都能做出正確處置，不過要是沒有羽川，到頭來根本就不會發生問題。

關於忍的事情，我打從心底感謝羽川的搭救，不過真要說的話，我之所以會遇見忍，有一部分的原因在於羽川。

真物。

堅強。

正確，而且強大。

「退燒藥完全無效，而且有一點很神奇，雖然高燒折磨著身體，卻只有意識異常清晰——我爸媽目前好像還認為只是夏季感冒。」

不知道該說她平常表現得好還是表現得不好。

不，表現得很不好。

但是很擅長掌握訣竅。

「忍，小憐的疾病——妳吃得掉嗎？」

忍會吃怪異。

以吸血鬼的身分。

在羽川的障貓事件——她就曾經為我這麼做。

不對，「為我做」這種說法不正確——因為追根究柢，忍野忍只是在進食。

「很遺憾。」

然而忍搖了搖頭。

「因為此處提到之疾病僅為結果——吾可以把蜜蜂視為美食吃掉，但無法吃掉蜜蜂螫人之結果；即使能吃蘋果，亦不能吃掉人們覺得蘋果很好吃之感想，就是如此。怪異已經離去，即使現在吃掉火蜂，亦無法治療已經出現之症狀。」

「對喔，說得也是。不然這樣好了，忍野有說過什麼對付圍獵火蜂的方法嗎？」

「這就不清楚了，感覺似乎說過，但那小子就只是口若懸河，想到什麼就講什麼。」

忍在說這番話的時候，已經把頭上的潤髮乳沖洗乾淨，並且一起泡進浴缸。一般民宅的普通浴缸無法同時容納兩個人，不過因為忍是幼童身體，所以勉強塞得下。

絕對不是因為我個頭小！

「仔細想想，已經很久沒有如此泡澡了……哈哈。」

「是嗎？」

「嗯，約四百年。」

「這種規模，我實在學不來。」

太離譜了。

不過，我在春假化為吸血鬼的時候，也完全不需要進行洗澡之類的事情——這種事再怎麼樣，也無法以人類的常識衡量。

唔~~不過……

無論再怎麼樣，這也是我第一次和忍一起洗澡，天啊，做夢都沒想到會有這麼一天。

令我百感交集。

到頭來，這也是我第一次以這種方式和忍面對面——因為春假的時候，我的精神隨時處於緊繃狀態。

我百感交集地看著忍。

「……看什麼看，居然對這種幼童裸體如此感興趣，汝這位大爺是貨真價實之變態？」

「不，我不是抱持那種心情在看妳……」

「呵呵，汝這位大爺以如此火熱之眼神凝視，令吾稍微冒出些許有趣之想像。」

「啊？」

「別在意，僅為無聊小事。比如說，要是吾當場喊出足以響徹整間住屋之尖叫聲，到時候會是何種情景——只是此等程度之想像。」

「…………！」

忍一副笑咪咪的樣子。

這種想法非比尋常！

而且她應該知道這樣會害死我——混帳，肯定是忍野教她的！

有夠無謂的英才教育！

「若汝這位大爺願意準備大量甜甜圈做為遮口費，吾並不是不願意坐上談判桌，明白嗎？」

「……做得到就試試看吧。」

我不會屈服於這種卑鄙的威脅之下。

我故作從容，甚至挺起胸膛。

「我和妳是命運共同體——既然妳無法離開我的影子，妳也會吃不完兜著走。至少妳今後將會再也吃不到 Mister Donut。」

「哈哈，原來如此，來這招。看來吾之主亦稍微有所成長——」

當我們在小小的浴缸如此拌嘴時。

「哥哥，你要洗多久？再來不是要聽我說嗎？」

玻璃拉門被拉開，月火探頭進來了。

似乎是不知何時從二樓下來，不知何時進入更衣間，並且不知何時打開了拉門。

「那個……」

好，說明狀況！

地點：自家浴室！

登場角色：我、忍、月火！

概要：我（高中三年級）和忍（外型是八歲金髮幼女）一起洗澡的時候被月火（妹

妹）發現！

唔哇，淺顯易懂！

用不著說明細節了！

「……………」

月火，靜靜地，關上拉門。

沉默不語，快步前往某處。

「……？」

她想做什麼？

不，她想做什麼都無妨，總之月火離開這裡是一種僥倖，必須趁機——

然而，月火短短十秒就立刻回來了。

玻璃拉門被她猛然拉開。

「……咦？哥哥，剛才的女生呢？」

月火詫異地提出詢問。

浴室裡只有我一個人。

忍在千鈞一髮之際回到影子裡了。

「剛才的女生？什麼意思？在這種緊急時候，不要講這種莫名其妙的事情啦，笨妹妹。」

我回答的聲音之所以沒有顫抖也沒有走音，當然是因為月火右手拿著菜刀。

萬用菜刀。

看來她剛才去了廚房。

我當然會冷靜下來。

明明在泡澡，我卻冷到骨子裡。

「唔唔……是我看錯了嗎？」

「妳看錯了。這裡並沒有金髮耀眼肌膚白皙，講話風格復古又高傲，年紀大約八歲的飛機場女生。」

「這樣啊，唔～……」

月火詫異地雙手抱胸。

菜刀的刀尖很危險的。

順帶一提，她左手拿著鍋蓋。

防禦也無懈可擊。

「……算啦，就當作是這樣吧。不過哥哥，你洗好久了，到底要洗到什麼時候？」

「啊……」

因為剛才在幫忍洗頭髮，所以時間至少就加倍了。

「快洗好了，在客廳等吧。」

「好～。」

「話說，妳好歹敲個門吧。」

「嗯？至今哥哥都沒有講過這種話吧？什麼嘛，裝大人。別因為最近莫名變得強壯就得意忘形啦！」

月火莫名其妙生氣之後離開更衣間了。由於她沒關玻璃拉門，我只好走出浴缸關門。

此時。

「哈哈！」

轉身一看，忍再度泡在浴缸裡。

這次只有她一個人泡，所以她把腳放在浴缸邊緣，看起來相當優雅。

「難免還是捏把冷汗了，好衝動之妹妹。」

「……吵死了。」

我也嚇了一跳。

一般哪有人會拿菜刀過來？

剛才忍連忙躲回影子裡才得以和平收場，但要是晚了一秒，浴室就會化為血腥戰場了。

因為是浴室，要清理現場也很簡單。

「話說回來，雖然那個小子沒提過——不過汝這位大爺，該不會刻意隱瞞那件事吧？」

我撥開忍的腳回到浴缸，在狹窄的浴缸裡和她面對面。

忍臉上浮現惡作劇的表情。

換個方式形容，就是邪惡，與淒厲——這就是她的笑容。

「汝這位大爺，究竟何時會死？」

「……什麼意思？」

我聽不懂這個問題的意思。

也不懂她問這個問題的意圖。

何時會死？

這種事，我當然不可能知道。

「哎，換句話說……雖然汝這位大爺幾乎是人類，同時也留下些許吸血鬼之殘渣吧？吾心想如此一來，不曉得壽命這方面是否會受到影響。」

「唔～……」

對喔。

我沒想過這一點。

應該說——避免去想。

雖然我經常會使用「一輩子」這三個字——不過所謂的「一輩子」到底是幾年？

「即使身體強度恢復為人類等級，或許壽命依然是吸血鬼之等級——至少治癒能力明顯殘留著，既然難以生病又難以受傷——至少汝不會早夭，或許汝確實將如同仙人——如同吾活個四五百年有餘。」

「…………」

「汝之戀人、朋友、後輩、妹妹——所有人陸續離世消失之後，只會剩下汝這位大爺與吾。汝這位大爺無論想與誰締結何種羈絆，時間亦會令羈絆出現裂痕。」

這番話，絕非譬喻。

更不是——玩笑話。

這是宛如陳述著既定未來的語氣。

宛如——述說著自己的經驗談。

忍在浴缸裡伸出腳——踹向我的下腹部。

光踹還不滿足。

用力抵住——反覆扭動——

就這麼以腳跟——用力踩踏。

這種態度——極其高壓。

「如何？如此想來，即使是汝這位大爺也感到厭煩吧？」

忍如此說著。

宛如──引誘著我，迷惑著我。

誘惑著我。

以極為高壓的語氣，繼續說道：

「因此汝這位大爺，吾有個提議。現在立刻殺害吾，於此時此刻恢復為不折不扣之人類。如何？」

「不准開玩笑。」

對於忍故意以輕鬆語氣說出的提議──我以果斷至極的語氣拒絕了。

「如同妳剛才說的結論，我不會原諒妳，妳也不會原諒我。只是如此而已。這件事到此為止──沒有任何後續。我們會在人生的道路攜手同行，直到終點。」

這是，我對妳表現的誠意。

我對妳立下的決心。

我對妳付出的──補償。

可以不用原諒我。

因為我──甚至不希望妳原諒我。

「哼，那就如此定案吧。」

忍笑了。

和當時一樣——淒愴的笑容。

「吾之主，就祈禱哪天不會遭吾暗算吧。畢竟僅是餘生，僅為心血來潮，就暫時和汝這位大爺如影隨形，做為打發時間之手段吧——吾並無友好之意，汝若有任何疏失必死無疑。」

總之，就像這樣。

我和忍逐漸和解了。

013

如果將阿良良木姊妹花——火炎姊妹的兩人相互比較，負責實戰的火憐肯定比較顯眼，這方面的細節我無從否定，但如果「月火是妹妹，相較起來比較正經」的這種誤解因而傳開，就是我個人不樂見的局面了。

如同剛才的菜刀事件所示，那個傢伙也相當危險。不可以因為她之前向我求救就覺得她很可愛。到頭來，月火的行動準則有一種傾向，就是在幕後巧妙襯托出火憐想出鋒頭的特性。如果覺得她還算正經，就表示各位已經中了她的陷阱。

從這一點來看，愛表現的火憐還算是很好操控，不過同為笨蛋卻頭腦靈光的月火，實際來說根本不可能操控。

包括向日葵花園的往事在內，那個傢伙就某方面來說，比火憐更具攻擊性。

月火往事之二。

在火憐與月火還是小學生——我也是小學生的時候。

這麼說來，或許月火當時就和千石同班了，那麼千石肯定也記得這段往事吧。

記得那時候，火憐被捲入某種麻煩事——當時她們還沒被稱為火炎姊妹，大多是各自行動。

為了拯救基於某些原因陷入絕境的火憐，月火毫不猶豫從校舍樓頂往下跳。

是什麼事情導致這種結果？

當時的我也是這麼想的，但是只有火憐與月火知道原因——不，以那兩個傢伙來說，她們是否記得都還是問題。

不知道該說幸好，還是一切早就在計算之中，墜落地點剛好停著一輛卡車，月火就這樣掉在帆布車頂（這是功夫電影嗎？）撿回一條命（不過當然斷了好幾根骨頭，她身上也殘留許多傷疤，不過她稱為名譽傷疤）。總之以這一跳為契機，至今形容她居家又內向的評價煙消雲散。

不過，之後會來家裡玩的朋友一個都沒少，令我感到非常不可思議。

總之月火個性偏激，而且擅長在下意識之中壓抑這種偏激情緒，所以反過來說，她並非每次發飆都是歇斯底里，有時候可以讓自己刻意失控。

刻意失控。

世上居然有這麼危險的玩意？

歇斯底里不成問題，隱藏在歇斯底里背後的真正偏激情緒——才是月火的本質。

題外話到此為止。

忍回到影子裡之後，我走出浴室以浴巾擦乾全身，總之先只以浴巾圍在腰間前往客廳，畢竟聽月火說話應該用不著穿什麼正式的衣服。雖然我好像忘記某件重要的事情，但現在沒空在意這種事。

在客廳，月火一個人坐在沙發上。

菜刀……似乎放回原處了。

「大隻的呢？」

我坐在月火對面如此詢問。

「嗯。」

月火點了點頭。

「我請羽川姊姊幫忙照顧。」

……原來我是忘記這件事。

羽川和我位於同一個屋簷下，我居然這副打扮。

這樣我就沒資格說神原了。

「不過就算要換衣服，我衣服都在自己房間……哎……既然她在二樓，就暫且這樣吧。」

等等再叫月火幫我拿衣服。

這樣就解決了。

在這個二十一世紀，不可能會發生被同班女同學撞見自己半裸的搞笑場面。

「那麼，把詳情說給我聽吧。」

「嗯，我會說，不過在這之前，可以答應我一件事嗎？」

「以妳的立場有資格談條件？」

「我的立場是妹妹，所以有資格。」

「我的立場是哥哥，所以我拒絕。」

大眼瞪小眼。

一個不小心就對峙起來了。

「……知道了，我放棄。」

沉默三分鐘之後，月火讓步了。老實說這是很稀奇的事情——平常絕對都是我先讓步的說。

或許意味著這次的事件，真的是月火無法應付的事件。

這樣的話……

「順便問一下，妳原本想提出什麼條件？」

「希望哥哥不要對火憐生氣。」

「免談。」

「對我生氣沒關係，但是不要對火憐生氣。」

「我會一視同仁。」

「……對火憐生氣沒關係，但可以別對我生氣嗎？」

「我已經在對妳生氣了吧？快點說出來讓心情舒坦些吧。」

「唔，居然講得這麼帥氣，明明說好在羽川姊姊面前不會生氣……」

月火噘嘴表達不滿。

笨蛋，那是因為在羽川面前。

這種事無須多說。

即使賭氣，月火依然——以眼角下垂的雙眼看著我。

這只是我的偏見，但是不只月火，只要是眼角下垂的人，看起來就像是隨時在打某種主意。

「或許哥哥是萬能的全方位天才球員，不過就算這樣，也不表示哥哥可以瞧不起我們吧？」

「我現在願意忍受妳這種挖苦的說話方式，所以就以此為條件快點說吧。到頭來這次的事件開端是什麼？我從這裡就搞不懂了。」

「原來如此，即使哥哥號稱本世紀的萬事通，也有不知道的事情。」

「…………」

完了。

我可能會忍不住。

「哥哥從羽川姊姊那裡知道多少了？」

在這個絕佳的時間點，月火終於問這個像是正題的問題了。

如果這是她的談判風格，那真是好本事。

「我已經知道大概了。不過羽川終究是局外人，看不到事件的內情。何況更重要的是——在聽妳們親口說明之前，我不知道該採取什麼行動。」

還有，我覺得羽川站在自己的立場，可能會為了維護火憐與月火的名譽，而對真相有所保留。

如果羽川有那個心，應該可以不讓人察覺她刻意不說出某些真相，但她刻意給我暗示，引導我向妹妹們詢問進一步的細節。

不過，羽川現在所處的立場有夠誇張。

中立，一個不小心就會兩面不是人。

甚至像是雙重間諜。

不過，這正是她所尊敬的忍野咩咩擅長的手法——或許如此。

「不知道該採取什麼行動嗎——不過以我們的狀況，大多是在思考之前先行動就是了。這次的火憐就是很好的例子。」

「我想也是。」

「哥哥……」

月火說道：

「曾經為什麼事情後悔過嗎？」

「後悔？後悔這種事我隨時都在做，只要是人都會後悔吧？」

如果是反省，或許就有人不會了。

不過，這也是一種人。

「該怎麼說呢，其實我是很少後悔的人……」

「我想也是。妳們兩姊妹都給人這種感覺。」

「不過，正因如此……」

月火稍微停頓。

「有時候會後悔著——為什麼當時沒有後悔。」

「…………」

「哎，這不重要。」

說到這裡，月火就沉默了。

居然給我沉默了。

…………

「……看來妳想被我掐脖子。」

「啊、沒有啦，不是那樣……」

「那就快點給我進入正題吧。」

「對、對了，哥哥，告訴你一件好事！」

「好事？」

「我的口頭禪是『金火大』，那原本是從『僅僅有點火大』演變而來的，所以其實並沒有金這個字給人的印象那麼火大。」

「我第一次聽說妳的口頭禪是『金火大』！」

「為什麼不知道！金火大！」

「妳明顯很火大吧！」

金驚人。

她的論點亂七八糟。

「話說，不准巧妙離題。」

「唔……剛、剛才只是在試探哥哥而已。」

「那我就是在試探想要試探我的妳。快給我進入正題。」

「那、那麼哥哥，你可以講一些曾經覺得後悔的事情嗎？我想聽哥哥的後悔往事。」

「……啊？」

「就這麼乖乖講出來，我會有點不甘願，可以像是彼此分享祕密那樣嗎？就像校外教學晚上睡覺的時候……」

「笨妹妹。」

雖然如此心想，不對，其實我已經說出口了，不過應付她這種孩子氣的行徑，我覺得也是做哥哥的責任，何況我已經差不多忍無可忍了，所以我決定接受月火的提議。

「不過，我的後悔往事嗎……聽妳直截了當這麼問，會令我很為難。」

要說有的話當然有。

而且有夠多。

比方說，忍野忍。

她的事情。

吸血鬼的事情。

……不過，如果要對妹妹講這件事，也絕對不應該是在這種時候。

如果要當成相互分享的祕密——太沉重了。

我的猶豫，似乎被月火解釋成在吊她胃口。

「沒有嗎？」

她再度如此詢問。

「唔～～忽然這麼問，我果然還是……妳想聽什麼樣的事情，就形容得具體一點吧。」

「就是那種有點丟臉的事情囉，比方說……哥哥為什麼沒朋友之類的。」

「現在已經有了！」

「是嗎？有幾個？」

「問我有幾個？聽完準備嚇到吧。」

羽川＝朋友。

八九寺，超級好朋友。

神原……雖然是學妹，但應該算朋友。

千石……朋友。不過或許只是交情好，但她並沒有把我當成朋友……或許只是因為我是朋友（月火）的哥哥，才會不得已和我來往。也對，雖然她稱呼我「曆哥哥」令我心情愉悅，還是要努力擺脫「哥哥」這個稱呼。不過把她列為朋友肯定沒錯。

戰場原——是女朋友。以字面上的意思來說，這時候應該可以把她算進來。

「五個！」

「……呃，我真的嚇到了。」

月火一副不敢領教的樣子。

似乎令她驚訝得連眼角都往上揚了。

「哥哥好可憐……肯定會這樣孤單而死吧。」

「不准對親哥哥講得這麼殘忍！」

真是的。

這種妹妹太扯了。

「然後不提現在，關於我為什麼有一段時間沒朋友……這個嘛，我以前曾經想過，交朋友會讓我身為人類的強韌精神——」

「不，我已經聽到很丟臉的事蹟了，所以別再說了……對不起，我問了奇怪的問題。」

「還不准道歉！我還沒講到丟臉的地方！」

「別這樣，哥哥，不要再說了，不要繼續揭瘡疤了！別再說了，這個話題已經結束了！」

「還沒結束！」

不要這麼拚命阻止我！

居然還眼眶泛淚！

「原來和一般所謂『沒朋友』的人比起來，哥哥沒朋友的程度已經是另一個等級了……何況只有本人沒有察覺，情何以堪……」

是、是這樣的嗎……？

原來我的自覺還不夠嗎……？

「要是哥哥因為車禍之類的意外喪生，我會只辦一場不對外公開的簡單家祭……因為要是沒這麼做，就會被大家發現哥哥沒朋友了。」

「好討厭的貼心舉動！」

「至於婚禮……不對，沒朋友的人哪可能結得了婚。」

「嗚啊～！」

毫不留情的各種話語，令我終於想吐槽都無從開口了。

我就只能放聲大喊。

「不過哥哥，不交朋友應該比較難吧？」

「妳這種菁英分子的臺詞是怎樣！」

我受傷了！

真的！

「無所謂，我並沒有要像妳們一樣組織友誼軍團，我只想成為那種，會讓大家講出『那個傢伙一個人的時候都在做什麼？』這種話的神祕人物就夠了。」

「不過，會講出這種話的『大家』並不存在吧？而且沒有所謂『一個人的時候』，因為哥哥幾乎都是一個人吧？」
「……既然講得這麼過分，那妳也要從實招來。妳有幾個朋友？」
「咦？」
月火露出詫異的表情。
「我覺得刻意列舉出來的稱不上朋友。」
「……………」
分幾個給我。
我打從心底如此期望。
「『朋友』原本就是複數名詞吧？」（註25）
「嗚嗚……講得這麼中肯……」
「何況居然用列舉的方式計算朋友人數，這種想法就有問題吧？」
「一開始問我有幾個朋友的人是妳吧！」
在我們如此交談的時候。
「阿良良木，我在二樓都聽到你的聲音了——而且聽起來應該只是在閒聊，講話的時候可以小聲一點嗎？」
羽川打開門進入客廳。

註25　「朋友」的日文為「友達」，「達」即為複數型。

看來是不知不覺（在吐槽的時候）越說越大聲了。

「啊、抱歉，我會注意。」

我開口道歉——

啊、闖下大禍了。

——並且察覺了。

我只有在腰間圍一條浴巾，坐在沙發上和妹妹面對面。不，因為我吐槽時稍微讓身體離開沙發，所以這條浴巾微微敞開。

我得知了三件事。

第一，羽川會尖叫。第二，她的尖叫聲大到足以響遍整間屋子。第三，我爸媽睡著之後，難以叫醒的程度簡直非比尋常。

014

接下來暫時是關於阿良良木火憐的事情。

雖說如此，不過這是我整合羽川和月火的敘述之後回想的場面，所以或許和實際情景有所差異。

總之事件依然由我陳述，視角並沒有忽然變換，這一點也不用擔心。

我被戰場原黑儀綁架監禁的這個時候，阿良良木火憐以一如往常的運動服打扮，來到自己所就讀的私立栂之木第二中學附近的某間卡拉ＯＫ店。

她這段時間持續調查在國中生之間流傳的「咒語」，如今終於查到源頭的「犯人」了。

不，實際上查出犯人的是羽川翼，火憐對此當然抱持著感謝之意，然而當時的她正在氣頭上，所以完全沒有理會這種事。

「在我趕到之前不要輕舉妄動。」

連羽川的這句忠告也不予理會。

沒放在心上。

羽川對此也承認自己有疏失——認為是自己思慮過於不周，沒能預料到火憐的行動，

不過以我的角度，該怎麼說，我只會覺得火憐居然害得羽川犯下這種無聊的疏失，何況這本來就是火憐不對。

居然背叛了羽川的信賴。

如果是月火，她可以在事前阻止火憐嗎？

不，應該辦不到。

月火只會煽動火憐。

雖說是參謀，但月火打從一開始就沒想過要駕馭火憐。

「小妹妹，歡迎光臨。我是貝木，貝塚的貝，枯木的木。方便請教大名嗎？」

「阿良良木火憐。」

在卡拉ＯＫ包廂好整以暇靜心等候，身穿西裝宛如喪服的男性——火憐光明正大報出自己的姓名。

「左阜右邊一個可能的可，兩個良心的良，新生之木的木。火焰的火，憐惜的憐。」

「很好的名字，感謝妳的父母吧。」

感覺不到明顯情感的沉重語氣。

火憐一瞬間差點膽怯。

但立刻繃緊神經。

門關上了。

如今——他們兩人獨自位於這間狹小的密室。

一般來說，這是非常危險的狀況，但火憐不會去想這種事，甚至認為自己比較適合這樣的場面。

她是笨蛋嗎？

哎，她確實是笨蛋。

「所以，妳是哪種人？想要我教妳『咒語』——還是要我幫妳解除『咒語』？前者一萬圓，後者兩萬圓。」

「兩種都不是。我是來揍你的。」

火憐如此說著。

表面上，這是一派從容的臺詞。

不過實際上，當然一點都從容不起來。

火憐感受得到。

對方並沒有習得像樣的格鬥技。

並非武道中人。

貝木泥舟的不祥氣息——她清楚感受得到。

不知道會被做出什麼事情。

她能以肌膚感受得到。

然而即使在這個時間點，她依然不認為自己做錯事——沒有後悔自己單獨前來。

因為是笨蛋。

以我的說法，她是偽物。

所以察覺不到——真正的危機。

「來揍我的，這樣啊。換句話說就是寄假郵件，引我出來中計。原來如此，非常漂亮的手法——但我不認為這是妳的功勞。像妳這種頭腦簡單的人，我不認為妳查得到我的行蹤。」

「……對。」

「那麼這是誰的功勞——妳應該不會告訴我吧。不過即使如此，這種人應該屈指可數。能夠達到和我面對面的地步，這已經有點超脫常軌了。居然不是我找到對方，而是對方找到我，至少這絕非國中生的能耐。」

能耐。

實際上，達到這個程度的羽川不是國中生而是高中生，但羽川的能耐甚至凌駕於高中生的等級。

要是羽川也在場，事情應該會有完全不同的進展。

甚至連忍野都不願意單獨面對羽川。

咕嚕一聲。

火憐將各種想說的話，連同口水一起嚥下，接著說道：

「你的所作所為，造成大家很大的困擾。應該用不著我多加說明吧？」

「哪有什麼困擾可言，我只是在販售你們想要的東西，之後的事情應該由你們自己負責吧？」

「自己負責？」

火憐揚起嘴角。

她似乎沒有幼稚到不會對這番話起反感。

「什麼叫做自己負責？開什麼玩笑，居然做出這種打亂人際關係的事情，你有什麼用意？」

「用意嗎——好深奧的問題。」

貝木靜靜點了點頭。

對於火憐而言，這是令她出乎意料的反應。

偷偷摸摸流傳這種陰險「詛咒」，從國中生身上騙取零用錢的小混混，只要像這樣當面譴責，對方就會結結巴巴驚慌失措，用不著動手就會嚇得屁滾尿流謝罪道歉——這是火憐原本預料的狀況。

因為對她而言，邪惡就是這麼回事。

邪惡很強大，而且招惹不得——這是絕對不應該出現的狀況。

「不過很遺憾，對於妳的深奧問題，我只能回以一個膚淺的答案。我的用意，當然是為了錢。」

「……為、為了錢？」

「對，我的目的是鈔票，僅止於此——因為這個世界金錢至上。看來妳是基於無聊的正義感而來——不過這種做法令我惋惜。妳這種行為，可以向妳的委託人收十萬圓。」

貝木宛如理所當然——如此估價。

鑑定火憐這場行動的價值。

「妳應該在這次的事情得到一個教訓——做白工不划算。」

「沒、沒有什麼委託人！」

火憐如此回答。

虛張聲勢——避免氣勢輸人。

「我並不是接受別人的委託才做出這種事。」

「這樣啊，應該要有人委託妳才對。」

「就算是委託，我也不會收錢。」

「真年輕，但我絕對不會羨慕妳。」

貝木如此說著。

不祥的氣氛絲毫未散。

卡拉ＯＫ包廂的狹小空間，甚至令這種氣氛更加強烈。

越來越——濃烈。

充斥著不祥的氣息。

「怎麼了？阿良良木，妳在發抖了。」

「……我沒有發抖。就算有抖，也是地震讓我看起來在抖。」

「居然用天災來形容發抖，妳這個女孩真有趣。這也是年輕使然吧。」

貝木如此說著。

以估價的眼神打量火憐。

「不過即使如此，還是不要未經思考就採取行動比較好，這樣難得的風趣也會大打折扣。阿良良木，妳應該在這次的事情得到一個教訓——在感受之前必須先行思考。妳詢問了我的目的，而且我勉強算是有給妳一個答案，所以接下來輪到我了。妳有什麼目的？」

「我不是說了嗎？我是來揍你的。」

「只是要揍我？」

「也會踹你。」

「行使暴力？」

「是武力，而且我要阻止你現在所做的事情。居然對國中生做這種貪婪的生意，你到底在想什麼？你這樣還叫做大人嗎？」

「我這樣也叫做大人。何況我進行貪婪的生意是理所當然——」

貝木如此說著。

簡直像是引以為傲。

「——因為我是騙徒。」

「…………」

火憐即使有些卻步——依然繼續譴責。

反覆投以責備的話語。

「騙國中生的錢——你不覺得丟臉嗎？」

「並不會。因為對方是小孩，所以很好騙，只是如此而已。不過阿良良木，如果想阻止我，妳用揍的或是用踹的都沒用，最快的方法是拿錢給我。我對這筆生意訂下的營業額目標是三百萬圓。我設局至今花了兩個月以上——至少要賺到這個金額才划算。不過阿良良木——如果妳堅持到這種程度，那我也不會要求全額，只要妳能支付一半的金額，我就會樂於收手。」

「……可惡的小混混。」

「不要把我貶得這麼低。」

貝木稍微——露出笑容。

搞不懂哪裡好笑。

搞不懂這是失笑，還是苦笑——

或是嘲笑。

「你這樣——還算是人嗎？」

「很抱歉，我這樣依然算是人。想要賭命保護最重要事物的——普通人。妳藉由行善增加精神滿足感，我藉由行惡增加帳戶存款，我和妳做的事情有何差別？」

「差、差別——」

「對，毫無差別。妳的行徑或許會讓某人得到幸福——不過妳所做的事情，和我揮霍賺來的錢造福資本主義經濟沒有兩樣。妳應該在這次的事情得到一個教訓——就像正義萬能，金錢也是萬能。」

「…………！」

「因為我而『受害』的人們也一樣。他們付錢給我，這代表他們承認金錢可以做為交易的工具。阿良良木，妳也一樣吧？難道說妳買這套運動服的時候沒有付錢？」

「你、你什麼都能提，就是不准提運動服！」

火憐情緒激昂。

慢著。

提到運動服就能激昂到這種程度，這明顯有問題。

不過火憐似乎因此決定不再多說了。月火沒有在場陪同，光靠爭論很難有勝算，火憐以言語說服年長對象的次數屈指可數。

「總之快點做出結論吧。想被我揍嗎？還是——」

「我不想被揍，也不想被踢，我討厭疼痛。所以……」

貝木忽然——動了。

不知為何——有在練格鬥技的火憐完全無法反應。她明明沒有大意，也不是沒有提高警戒——

「我送妳蜜蜂當禮物吧。」

貝木絕對不是迎面走向火憐，反倒是讓身體——從站在門口擋住去路的火憐旁邊擦身而過。

說穿了，這種行為不是交戰，是逃走。

中了圈套，被叫到這裡。

原本想做生意，卻受到譴責。

被逼入絕境之後——逃走。

只是如此而已。

如果以言語形容，可說是丟臉至極。

然而——輕輕一戳。

擦身而過的瞬間，貝木以左手食指，輕輕一戳。

戳向——火憐的額頭。

「……？……？……？」

連續三次的驚訝。

第一次的驚訝，是額頭被戳的這個狀況。

換句話說，這等於是臉上挨了一拳——如果貝木不以手指而是以拳頭，不是輕輕而是全力重重打下去——即使是鍛鍊過的火憐，肯定也無法全身而退。

第二次的驚訝，是質疑貝木為何沒有這麼做。

至於第三次的驚訝則是……

「……………………！」

令她幾乎要當場跪下的——劇烈嘔吐感。

疲勞感。

倦怠感。

而且最重要的是——身體在發熱。

好燙。

宛如燃燒。

熾熱如火。

宛如身處火海。

「呃……啊、啊啊？」

喉嚨熱得宛如遭受灼燒。

無法好好說話。

貝木俯視著這樣的火憐。

「效果顯著，看來妳是相當鑽牛角尖的類型。」

貝木如此說著。

「妳應該在這次的事情得到一個教訓——看到任何人，都要先懷疑對方是騙徒。這樣妳應該稍微學會懷疑別人了吧——以為我會求饒？有這種想法的妳太愚蠢了。想讓我洗心革面就去存錢吧，存到一千萬才有得商量。」

聽得到他的聲音。

意識非常清晰。

然而——身體跟不上。

雙手雙腳和腦袋，眼睛耳朵和嘴巴，全都無法正常運作。

「你……你做了、什麼……」

他做了某件事。

他做了某件事。他做了某件事。

他做了某件事。他做了某件事。他做了某件事。

被某種東西——螫了。

滿頭霧水。

「你對我——做了什麼？」

「做了壞事。這個行動當然要收費，錢我就拿走了。」

貝木說完之後，從無法動彈的火憐運動服口袋取出她的錢包。火憐只能眼睜睜看著他擅自打開錢包。

不，視線很模糊，甚至看不清這一幕。

「四千圓嗎……勉強湊合著用吧，剛才的對談當作免費服務，零錢就留給妳搭電車……唔，什麼嘛，原來妳有電車月票，那連零錢都不用留了。」

清脆的金屬敲擊聲。

拿出零錢的聲音。

「零錢是六百二十七圓……就這樣了。不記名的點數卡我也接收了。」

貝木把幾乎空空如也的火憐錢包放在包廂桌上，接著說道：

「毒性一陣子之後就會穩定侵蝕，到時候妳就能動了，建議妳趕快打手機求救——我要趁這個機會先走為妙。這筆生意我當然會繼續做下去——不過，看來今後得盡量避免直接見顧客了，這是一次很好的教訓。那麼，永別了。」

對於蹲下來的火憐，貝木甚至沒有回頭看她一眼——逕自開門離去。

火憐——阿良良木火憐則是繼續逞強，忍了好一段時間都沒有求救——

015

總之，得在爸媽起床之前先讓羽川回去。她至今提供的協助，已經多到無法只以普通的「幫忙」來形容了——何況已經是這種時間，所以我決定以腳踏車送她一程。
雖說如此，但禁止腳踏車雙載。
羽川非常遵守道路交通法。
除非是緊急狀況，否則她不會接受雙載。
我明明沒有任何非分之想！
我可沒有暗自希望羽川能從後面摟住我！
「不好意思，各方面都讓妳費心了，之後由我處理就好。」
「嗯，說得也是。」
我們邊走邊聊。
仔細想想，好久沒有像這樣和羽川聊天了——不過因為她擔任我的家庭教師，所以經常會碰面就是了。
不過唸書的時候不能聊天。
「看來我不要繼續幫忙會比較好——何況也不會造成什麼助益，我能做的僅止於此了。」

「嗯……也對。」

無法否定這一點，令我過意不去。

羽川是正確的，是強大的。

但是有著過於正確，過於強大的傾向。

即使覺得必須慎重行事而慎重行事，卻有可能導致周圍的狀況被徹底顛覆。

「阿良良木，你有生氣嗎？」

羽川和我走路的速度差不多。

所以沒必要刻意調整腳步──推著腳踏車前進的我詢問羽川：

「生什麼氣？」

「居然這麼問，別裝傻了。就是火憐妹妹和月火妹妹的事情。該怎麼說呢，畢竟是我找到『犯人』，害得火憐妹妹變成那樣，你有在對我生氣嗎？」

「如果真的有生氣，我是在氣那兩個傢伙，沒道理對羽川生氣……話說回來，雖然我沒有生氣，但我想抱怨一件事。如果妳要協助那對火炎姊妹，希望妳可以知會我一聲。」

「可是這樣的話，阿良良木才真的會生氣吧？何況我個人想跟火憐妹妹和月火妹妹交朋友，這是我的自由吧？」

「是妳的自由。」

不過我會很困擾。

算了。

事到如今說什麼也沒用。

覆水難收，再怎麼嘆息也無濟於事。

「對吧？」

羽川如此說著。

她露出害羞的笑容，從制服胸前口袋取出學生手冊。

「不過，關於這次火憐妹妹和月火妹妹的事情，我一直瞞著阿良良木，所以我就給你這張券做為賠禮吧～！」

將語尾不自然拉長的羽川，沒有使用直尺也沒有預先摺過，就把學生手冊的空白頁漂亮撕下來（她怎麼辦到的？）並且遞給我。

我把這張紙——券？——翻過來，確認背面也沒有任何字。

這是什麼？

暗示我通往未來的車票永遠都是一張白紙？

蕾姆嗎？（註26）

理想的完結篇嗎？

註26　臺詞內容與角色名稱源自於漫畫作品「TRIGUN」。

愛與和平嗎！

「這是什麼？」

應該不是我想的那樣，所以我如此詢問。

羽川露出更加害羞的表情。

「那是『隨時隨地都可以盡情摸我胸部的券』，送給你。」

她如此回答。

「……！真的嗎！」

拿著這張紙，更正，拿著這張極致摸胸券的手在顫抖。

「嗯，真的。不過相對的，要是你用了這張券，我會一輩子鄙視你。」

「沒意義吧！」

我把券撕爛扔掉。

羽川開懷發出笑聲。

嗚嗚……被耍了。

以前她絕對不會開這種玩笑的說。

與其說收回前言，不如說補充前言。

這個傢伙真的變了。

而且應該是——朝著正面方向改變。

「『隨時隨地都可以盡情跟我要內褲的券』比較好嗎？」

「這樣妳不會一輩子鄙視我嗎？」

「會。」

「那我也不要……我就拿『隨時隨地都可以盡情跟羽川要裙子的券』忍著點吧。」

「這種券並不存在。」

不只不會被鄙視，而且雖然裙子的保值程度比較低，但只要能得到羽川的裙子，肯定也可以看到內褲（如果只是得到內褲，就得不到這種視覺方面的享受了！）雖然我這次腦袋轉得很靈光，但這個計畫還是落空了。

「總之，先不提我的事情……阿良良木，不可以太欺負火憐妹妹和月火妹妹喔？」

「放心──這部分妳也不用擔心。我當然知道那兩個傢伙只是做事任性了點。」

「說得也是。雖然和之前同類相斥的話題無關，不過那兩個孩子……」

羽川繼續說道：

「果然和阿良良木很像。」

「……是指外表嗎？」

哎，我們的五官真的很像。

以照片比較就會很明顯。

順帶一提，看眼睛形狀是最簡單的區分方式。

「我不是說外表，是內在。但我也沒什麼資格說別人就是了。」

「我想也是……只不過，我們兄妹和妳果然差很多。」

「忍野先生。」

羽川忽然說出那個夏威夷衫大叔的名字。

「不知道忍野先生現在在做什麼。」

「……誰知道。不過肯定在某處守護著我們吧。」

我把他講得已經離開人世似的。

不過以那個傢伙來說，就算他真的死了，或許也會以目光守護著我們吧。

「如果是那個傢伙，肯定能輕鬆解決小憐的事情吧——何況就我聽忍的說法，圍獵火蜂是一種等級很低的怪異。」

「小忍？……圍獵火蜂？」

「啊……」

我還沒說明。

我簡單向羽川說明自己和忍暫時和平相處，以及造成火憐發高燒的怪異「圍獵火蜂」的事情。

「這樣啊……」

光是簡單說明，羽川就理解了。

了不起。

「圍獵火蜂啊——與其說難度不高，不如說很冷門。不過阿良良木和小忍和解了，這是好事。」

「確實並非壞事。」

我低頭看向影子如此說著。

感覺不到忍的氣息。

這是沒辦法的。

除非硬是拖她出來，否則她絕對不會出現在羽川的面前。

「……不過你們一起洗澡，我就不以為然了。」

「我太多嘴了！」

我居然這麼不小心。

在羽川面前總是會大意。

「那麼阿良良木，今後你要用小忍當初吸血鬼的本名稱呼她嗎？」

「本名……」

「就是……姬絲秀忒・雅賽蘿拉莉昂・開口笑。」（註27）

「不太對！」

註27　此處的「開口笑」為沖繩風格的砂糖甜甜圈，唸起來與刃下心的原文近似。

聽起來很像就是了！

不過，她居然會察覺沖繩這種甜點的名字，和忍原本的名字很像！

這種搞笑太高段了！

啾拉拉木和開口笑的搭檔，聽起來真夠勁！

慢著，哎、總之——

「不會。」

我如此回答。

「那個傢伙已經永遠失去這個名字——現在忍野忍才是她的本名。而且我已經決定了，我再也不會用這個名字——稱呼那個傢伙。無論和解還是決裂，只有這一點我絕對不讓步。」

「這樣啊……不過忍野先生之所以離開這座城鎮，就是因為認為可以把小忍交給阿良良木了——說真的，你就算在文化祭之後就與她和解也不奇怪。」

「如果是這樣的話，那還真的花了不少時間。也可以說是我怠慢了。」

「阿良良木並沒有怠慢，我很清楚。」

羽川以果斷的語氣對我這麼說。

是的。

最關心我的人——肯定是羽川。

甚至在她失去記憶的時候——也關心著我。

我百感交集地開口。

「妳真是無所不知。」

隨即羽川答道：

「我不是無所不知，只是剛好知道而已。」

一如往常的互動。

「阿良良木，我來講一個有點恐怖的話題吧？」

「恐怖的話題？什麼話題？」

「某天阿良良木不經意看向手機，發現有戰場原同學的未接聽電話訊息。訊息內容大概是『聽到這通留言立刻打給我』這樣。」

「這哪裡恐怖了？正常回個電話給她不就好？」

「來電時間是昨天。」

「好恐怖！」

無論是找我有什麼事，都好恐怖！

恐怖到我不敢回電！

「開玩笑的，剛才是閒聊。」

「原、原來是閒聊……嚇死我了，我還以為是真實事蹟。」

「連阿良良木都不知道的阿良良木真實事蹟，我怎麼可能會知道……所以我才說我不是無所不知囉，而且我想說的恐怖話題，是關於小忍的事情。」

「…………」

「所謂的糾紛，等到和解之後才是最難應付的階段——這方面你要做好心理準備。」

羽川如此說著。

用不著點頭，我早就明白這個道理了。

正因如此——我非得點頭回應。

「嗯。」

看到我的反應，羽川如此回答。

之後就沒有進一步提及這件事——而是轉換話題。

「對了對了，關於剛才的話題，即使忍野現在還在這座城鎮，應該也不會插手管火憐妹妹的事情吧？那個人——對於主動蹚渾水的人，不是都很冷漠嗎？」

「……對喔。」

請得動忍野「拯救」的只有一種人——完全無辜的「受害者」。

在我們之中，曾經受過這種待遇的，頂多就只有千石——不，也可能因為忍野是蘿莉控才肯出手搭救。

不過即使如此，火憐也不會得到他的協助。

因為那個傢伙的外表不是蘿莉。

何況比我還高。

不過應該比忍野矮。

「嗯，如果是忍野，應該會讓火憐碰釘子。『我不會救妳，妳只能自己救自己，小妹妹』這樣。」

「剛才那段話模仿得好像……」

羽川對這種毫不相干的事情感到佩服。

哎，畢竟這句話我不知道聽多少次了。

「阿良良木，難道你擅長模仿？」

「也沒到擅長的程度啦……」

「試試看吧，比方說模仿戰場原同學。」

「我不要。為什麼非得要模仿？」

「試試看啦。」

「不要。」

「試試看。」

「…………」

我只要被拜託三次就無法拒絕。

不過只限於羽川。

但她這麼想看？

「『真是的，我居然會教阿良良木功課，仔細想想，我簡直是把時間扔進水溝浪費掉了。我的損失換算成金錢大概兩億圓吧，知道嗎？這是阿良良木活兩億年才賺得到的金額。』」

「先不提像不像，不過我現在知道了，原來阿良良木曾經被戰場原同學數落得這麼慘……」

羽川一副不敢領教的樣子。

不是像不像的問題，而是太寫實了。

「那麼接下來，模仿真宵小妹。」

「我想想……」

我對羽川唯命是從。

叫我小丑吧。

「『請、請不要這樣，阿良良木哥哥！請不要一直摸奇怪的地方！如果我用眼神哭訴還不夠，我要上法庭哭訴！』」

「……你對真宵小妹做過什麼事？奇怪的地方是哪裡？」

「又是究極的失誤！」

再怎麼樣也太冒失了！

我真的是無脊椎動物嗎！

羽川冷眼瞪著我。

我的眼睛宛如游泳健將四處飄移。

「抱……抱歉，我口誤。」

「原本你想說什麼？」

「奇怪的章魚……」（註28）

我變成一個會狂摸奇怪章魚的人了。

無視於八九寺的制止，狂摸奇怪的章魚。自己想像就覺得這是相當奇特的光景。

無藥可救。

「那麼……再來是神原學妹，試試看吧。」

「『不愧是羽川學姊，如此精湛的表現，簡直就是集上天寵愛於一身，拙劣如我完全望塵莫及……呵呵，不過有幸和羽川學姊生在同一個時代的我，絕對會正視這樣的現實，以學姊的英姿為榜樣，在各方面精益求精。』」

「…………」

「咦？我自認講得很好啊？」

註28　日文「地方」與「章魚」只差一個字。

「……神原學妹，並沒有對我說過這種話耶？」

「咦？」

「她確實是個很有禮貌的孩子，不過她沒有對我使用過『集上天寵愛於一身』這種誇張的形容方式。」

「咦咦咦？」

什麼嘛。

原來那個傢伙，並不是一視同仁？

難道神原之所以對我這麼有禮貌，並不是因為我是學長，也不是因為我是她尊敬學姊的同班同學，真的是對我這個人必恭必敬嗎……如果是這樣，我就太不敢當了。

那個傢伙到底是從我人格的什麼地方，發現值得尊敬的價值？

「那麼，最後一題，模仿我。」

「『這對胸部專屬於阿良良木一個人所有，請盡情摸吧。』」

「我沒有這樣說過！」

生氣了。

惹羽川生氣了……

我打從心底沮喪。

「不，可是，記得剛才妳說過類似的話……」

「完全不一樣。何況阿良良木剛才不是豪邁撕掉那張券嗎？其實那個時候我有點心動。」

「什麼……」

所以這個加分行動，已經在剛才抵消了嗎？

這是令我痛心的事件。

只能以悲劇來形容。

「要是我沒有多嘴，說不定就可以摸胸部當作模仿的獎勵……我居然犯下這種錯誤……」

「不會有那種獎勵。」

「不過羽川，妳害我這樣慾火焚身，我搞不好會克制不住染指性犯罪，所以妳得有所自覺喔，能夠預防這種悲劇的只有妳耶？」

「想要摸我胸部的這種想法，就已經是性犯罪的範圍了，請趕快察覺吧。」

「胡扯……妳居然說愛是犯罪？」

「不准講愛這個字。」

又惹她生氣了。

不過，這次真的是我的疏失。

「不然至少妥協一下，讓我摸摸上臂吧？」

「……？為什麼是上臂？」
「聽說上臂摸起來的觸感和胸部一樣。」
「好傻的想法……」
羽川無言以對。
「而且，我覺得沒有你說的那麼像。」
「咦？是嗎？」
終究只是都市傳說嗎？
只是迷信？妄想？
「嗯。就我自己摸過的感覺，並沒有很像。」
「妳自己摸過？摸胸部？」
「呃、等一下等一下！別誤會，我是說洗澡的時候啦！」
「洗澡的時候——所以是全裸在摸？」
「自己的身體自己洗，這是天經地義的事情吧？」
「咦咦？喂，這是怎樣！我這麼不可靠嗎？只要跟我說一聲，我就會幫妳洗啊！」
「我搞不懂阿良良木的角色定位！」
羽川終究是慌起來了。
超可愛。

此時羽川點了點頭。

「嗯嗯，不然這樣吧？」

「嗯？怎樣？」

「要是阿良良木正取考上大學，就准你盡情摸我的胸部。」

「咦？」

我僵住了。

羽川滿臉羞澀。

「我……我不會被騙了，雖然可以盡情摸，不過妳將會一輩子鄙視我吧？」

「不會不會，我反而會明顯做出開心的動作，會說『討厭～～羞死人家了！』並擺出招牌姿勢。」

「妳居然……！」

願意講出這種臺詞？

還包含動作？

要我付兩億圓我也想看！

「雖然目前的狀況不錯，不過阿良良木應該快面臨成績無法突破的瓶頸了，像是這種時候，要是有個獎勵之類的誘因，應該會比較有幹勁吧？」

「是、是沒錯……」

「我已經決定了，只要能讓阿良良木考上心目中的大學，我願意做任何事。不只是胸部，包含上臂和其他部位在內，我身上所有柔軟的地方，可以任憑阿良良木擺布。」

「什、什麼……！」

我不禁惶恐顫抖。

她說，所有柔軟的地方……！

「那麼，像是舔羽川的眼珠子也行嗎！」

「……我覺得此時此刻，阿良良木有種非常特殊的癖好公諸於世了。」

「會、會嗎？想要舔女生的眼睛，這是健全男生很普遍的想法吧？」

「我覺得這是名留犯罪史的殺人魔會有的想法……不過，嗯，我不在意。」

「妳不在意？」

「不過只能二選一。只能選擇舔眼球，或是享受除此之外的所有柔軟部位。」

「該、該選哪一種……」

真是究極的選擇……不！仔細想想，這種問題沒什麼好猶豫的！

「我要舔眼球！」

「……明白了。」

羽川再度惶恐顫抖地點了點頭。

「不過你要考上大學。」

「…………」

話說，她認為我考上大學的機率很低，低到必須以身體為條件激勵我嗎……

居然有如此悲哀的事情。

就算是玩笑也開過頭了。

「開始想努力了嗎？」

「開始覺得挫折了……」

「啊哈哈哈！」

她笑了。

既然能讓羽川開懷大笑，我就心滿意足了。

哼。

反正就算考上大學，我也沒膽量做出那種事。

「所以，回到胸部的話題。」

「是忍野先生的話題吧？」

「抱歉，我口誤。」

「……這句話好像會流行，我也找機會用用看吧。」

羽川如此說著。

八九寺用語以奇怪的方式散播中。

「忍野先生應該不會幫助火憐妹妹——不過阿良良木呢？會幫？還是不會幫？」

「會幫。但我這麼做，並不是為了那個傢伙。」

我如此回答羽川的詢問。

「更不可能是為了正義。」

「不然，是為了什麼？」

「沒有為什麼。就只是基於一種無從修改的法則。妹妹有難就由哥哥協助，這是天經地義的事情。」

不。

甚至不算是天經地義。

這種事，無須講理。

「聽到這個答案，我放心了。」

「什麼嘛，羽川，難道妳以為我會對她們見死不救？」

「我覺得一半一半。」

對於我開玩笑的這句話，羽川卻沒有完全否定。

「因為阿良良木，對妹妹似乎很嚴厲。」

這次她明確如此說著。

「何況這次的事情，是她們的責任。」

「…………」

「所以，阿良良木或許會刻意袖手旁觀——我原本是這麼想的。」

沒錯。

羽川很優秀，出類拔萃。

人格也很出色，光明正大又公正。

處於任何狀況，都能做出正確的判斷。

也會不顧自己的處境為他人著想。

然而，比方說——在我成為吸血鬼的時候。

羽川在各方面很關心我，鼎力協助我，有時候甚至付出令人難以置信的犧牲。

然而，她從來沒有說過——我很可憐。

就像是把我春假經歷的那場地獄——視為我的責任。

雖然她竭盡所能，做了所有能做的事。

曾經鼓勵我、拯救我、保護我。

然而絕對不會——同情我。

願意提供滿滿的協助，卻不容許半點任性。

「……因為我和妳不一樣，還沒有下定決心。我也和忍野不一樣，我會盡力而為——不過當然不會做我做不到的事。」

「這樣啊。」

羽川點了點頭說道：

「那麼，送我到這裡就好。」

目前位置還看不到羽川家——但我只會送羽川到這裡。

這是我們之間的界線。

然而，現在還沒天亮。

獨自走夜路很危險，這種危險和路程距離無關。

「腳踏車借妳，妳騎回家吧。」

「可以嗎？我不會客氣就是了。」

我把龍頭轉向她做為回答。

「那我就感恩接受你的好意了。」

羽川說完之後，按著裙子跨上腳踏車。

她的裙子長度與戰場原相比毫不遜色，所以完全沒有若隱若現的光景。

不過我打從一開始就不期待這種事。

只要羽川會坐在我腳踏車的坐墊就夠了……不對，這種想法似乎比較偏激？

唔～……

我的癖好真的很特別嗎……

不過戰場原倒是從來沒有指摘這一點。

「明天就還你。」

「嗯。」

「要在今天解決喔，因為阿良良木明天開始就得繼續準備考試了——不只是哥哥的本分，也要記得自己身為高中生的本分。」

如此叮嚀之後，羽川緩緩踩著踏板回家了。

沒有坐在坐墊上，而是站著騎車。

016

目送羽川的身影完全離去之後，我沿著原路回家，直接走向妹妹們的房間——月火精疲力盡睡著了。十四歲的她，還沒到能夠熬夜的年紀——她應該是鞭策自己硬撐到這個時間吧。總之我想問的事情都問到了，現在就讓她好好休息一下。

至於火憐，從我脫離綁架監禁的處境直到回家的這段期間，她幾乎都是昏昏沉沉在睡覺——所以現在反而睡不著。發高燒又無法入睡，應該是相當難受的狀態。

總之我想讓月火好好休息，所以把火憐搬到我的房間。

像是抱新娘一樣，將火憐抱到我的床上。

「啊～～哥哥，這樣是小題大做啦，所以我才不想告訴哥哥的說，大家口風太鬆了，只是發燒就擔心成這個樣子。」

「少囉唆，病人就乖乖聽話。想吃什麼嗎？桃子罐頭之類的。」

「毫無食慾。」

「是嗎……幫妳解開頭髮吧？」

「我想洗澡～～流汗流得好不舒服～……」

「頭髮……」

「請自便。」

火憐微微抬起頭，把馬尾轉到我面前。雖然看起來像是嫌麻煩的態度，不過光是這個小動作——我覺得她其實就做得很吃力了。

剛才抱她過來的時候也是，她的身體——真的很燙。

宛如在燃燒。

是名為圍獵火蜂的——怪異。

因為我已經知道症狀，所以火憐也不再逼自己逞強了。

即使如此——

她似乎依然維持著最底限的堅持。

我取下髮圈放在床邊。

「雖然不可能幫妳洗澡……」

我繼續說道：

「不過至少可以幫妳擦身子。」

「啊～……情非得已，還是拜託哥哥了。」

火憐如此說著。

雖然語氣很平穩，但聽起來還是有點辛苦——還是說力不從心？或者心不從力？

「剛才月火也有幫我擦過，可是又流了滿身汗……不過以時間來說，她幫我擦澡是昨天的事情了。」

「這樣啊，那妳先脫衣服吧。」

我說完之後將火憐留在房裡，下樓前往盥洗間，把毛巾打溼拿到廚房用微波爐加熱，溫度稍微熱一點應該比較好。

回房一看，火憐依然穿著運動服。

「喂，我不是要妳脫衣服嗎？」

「哥哥，抱歉。」

「啊？」

「好累，幫我脫，幫我擦，然後幫我穿。」

「妳啊……」

一點都不可愛。

動漫關於「妹妹」的錯誤形象到底是怎麼來的？不，或許這到最後只是個人觀點的問題——只要覺得可愛，無論怎麼看都會可愛，或許這種任性囂張的態度，就某方面來說也是市場需求。

但我敬謝不敏。

不過，她生病的時候，我會對她好一點。

我因應要求脫下她的運動服，將底下的T恤掀起來。火憐的身體雖然沒有鍛鍊到神原那樣非得禁慾的程度（沒想到「神原」和「禁慾」這兩個詞會放在一起），但還是結實緊致洋溢著健康美。我以溫熱的溼毛巾仔細為她擦拭。

「唔啊～……」

火憐哀喊著。

「親生的哥哥，將裸體一覽無遺，妹妹好害羞。」

「為什麼要套用俳句的字數規則？」

「遮羞。」

「洗完澡會半裸跳舞的傢伙還敢這麼說。」

「不可以說那是跳舞……那是有氧運動。」

「到時候改編成動畫，就由妳一個人跳片尾曲吧。」

「如果由我跳，那可不會只跳片尾曲而已……我會整整三十分鐘跳個不停。」

「這種動畫太先進了吧……」

不過就某方面來說，這是一件不可思議的事情。

只因為她是妹妹，我就能面不改色地看著她的裸體。

比忍的裸體還要沒感覺。

果然只要基因相近，這種感覺就會下意識被阻斷嗎……但也因為如此，兄妹才能住在同一個屋簷下。

「唔啊～……」

火憐再度哀喊。

這傢伙有夠吵的。

「我要擦背，翻過去。」

「好累，幫我翻。」

「嘖……」

擦背之後，我也脫掉她的褲子幫她擦腳。

不過內衣底下的部位終究不能亂來。

這部分就交給月火或母親吧。

「可惡……這次真的太大意了。」

「啊？」

「……不用哥哥強調，我也知道實力比正義重要，但是實力不是一天兩天就能增強的東西吧？」

火憐她——

任憑我幫她擦拭身體，並且如此咒罵。

包含熱毛巾在內，這幅光景令我覺得自己就像是按摩師。

「就算這麼說，要我在變強之前無視於眼前的邪惡——我做不到。我體內的正義之血，不容許邪惡的存在。」

「就我看來，妳只是想找機會發洩罷了。」

「在哥哥眼中，或許我們的行徑是一種遊戲……可是，何況……」

火憐如此說著。

心有不甘，咬著嘴脣說道：

「那個傢伙太犯規了。」

「…………」

她說的那個傢伙——是貝木泥舟。

身穿西裝宛如喪服的，不祥男性。

「哪有這樣的——莫名其妙就被他害得生病，這樣太奇怪了吧？太離譜了，簡直是肥皂劇的劇情吧？」

「這樣叫做肥皂劇……？」

這我就不清楚了。

我擦拭著火憐的腳底，並且說道：

「總之，再來我會想辦法，所以交給我吧。妳不要再胡思亂想，好好休養。」

「要我好好休養是不可能的，老實說，我現在很不舒服。」

「那妳就痛苦休養吧。別擔心，我很快就會讓妳康復。」

「讓我康復……要怎麼做？吃藥也沒效耶？」

「…………」

關於怪異這方面——我還沒向她說明。

羽川對此似乎也巧妙帶過。

如同八九寺、千石和神原所說。

關於怪異的事情，關於忍的事情——如果可以不說，最好別說。

關於貝木泥舟的事情也一樣。

如果可以不用繼續涉入——就不應該令火憐與月火繼續涉入。

對於已經發生的事態，她們應該也有責任。

只不過，火憐與月火沒有能力背負責任。

我如此心想。

因為她們還是小孩子。

因為她們，是偽物。

「在哥哥眼中，或許我們的行徑是一種遊戲……」

此時，火憐回到剛才的話題了。

不，或許這只是她意識恍惚喃喃自語——所以並不是要說給我聽。

「不過，貝木他……」

「嗯？」

「貝木泥舟。那個傢伙為什麼要在國中生之間，散布那種像是超自然現象的『詛咒』——哥哥應該已經聽月火說過了吧？」

「…………」

「對，他說，這是為了賺錢。」

騙徒。

虛偽的專家——貝木泥舟。

火憐宛如打從心底輕蔑，以唾棄的語氣說道：

「煽動惡意，煽動不安的情緒——實際上根本沒有做任何事情，就趁人之危騙取金錢。他跟我交涉的時候，居然是以一萬兩萬為單位耶？他向國中生收這麼一大筆錢耶？居然被我罵還不覺得丟臉，而且貝木到最後對我說，他居然毫無悔意對我說——因為對方是小孩，所以很好騙。」

「……很好騙。」

「月火的朋友，記得叫做千石？她好像是個沉默寡言的女生，總之無論如何，哥哥救了她一命。不過這只是一個幸運的例子，有人不知道貝木就是傳聞的源頭，跑去向貝木求救，甚至為了支付他要求的金額行竊被抓，哥哥能夠原諒這種事嗎？『我不夠強，所以只能袖手旁觀』，如果這樣的受害者就在眼前，哥哥說得出這種話嗎？」

火憐如此說著。

就像是——受害者真的位於她面前。

就像是面臨最艱難的關卡，非得要拚上意志力克服。

「那個傢伙說金錢萬能，那種像是漫畫才會出現的臺詞，我沒想到真的有人會說出口。因為錢雖然很重要，但是這個世界上，肯定還有其他重要的東西，比方說愛！」

唔哇……

意見一致。

我居然和妹妹意見一致了。

「金錢並不是無所不能——只是幾乎無所不能！」

「…………」

不，並沒有那麼一致。

火憐繼續說道：

「哥哥，我和月火是認真的，不會把這次的事情當作教訓收手，如果今後又遇到相同的狀況，絕對會用相同的方式處理。」

「…………」

「我雖然以結果來說輸了，精神上卻沒有輸，而且下次會贏，努力到贏，即使不會贏也會這麼做。哥哥，最重要的……並不是結果吧？」

「這就是所謂的雖敗猶榮？輸了比賽卻贏了態度？我不認為鑽研武道的人可以說出這種話。」

「雖不中亦不遠矣。」

「那就完全不一樣了吧？」

「輸了比賽，也輸了態度——即使如此，只要沒輸給自己就不算輸，這就是我的武道。」

「不過……只要妳依然是這種態度，就會為周遭添麻煩。妳就是因為這樣……」

就是因為這樣。

我就像是把握這個機會，把火憐經常對我說的那句話——原封不動還給她。

「所以總是沒辦法——成為大人。」

「……我已經是大人了。看我的胸部！」
「妳說妳不到羽川一半的胸部怎麼了？」
「咦？翼姊姊那麼大？」
對，一點都沒錯。
那個傢伙從穿著完全看不出來。
「那是真物。妳應該明白。」
「…………」
「以我個人的立場，老實說我不希望妳們和羽川來往……不過這是個好機會，今後妳們就從她身上多學點東西吧。」
和我一樣。
和我一樣遇見羽川——然後有所改變。
「如果不希望我擅自變成大人，那妳們也快點變成大人吧。」
「……我沒說過這種話，這是月火的意見吧？」
「既然是她的意見，那也是妳的意見吧？因為她是參謀。」
「唔～～你說得對。」
火憐發出「唔啊～」的聲音扭動身體。
「別亂動，我會不好擦。」

「這樣就好，我舒服多了。」

「到這種程度就別客氣了。」

「要是轉移給哥哥就不好玩了。」

「嗯……」

嗯？

轉移？

我忽然冒出一種想法——停止擦拭的動作，接著把涼得差不多的溼毛巾放在旁邊。

「等……等我一下。」

我說完之後，離開房間來到走廊。

月火睡了，爸媽還要一段時間才會起床，不過為了以防萬一，我還是下樓進入廁所關上門。

「忍。」

我呼喚著自己的影子。

「……何事？」

忍沒有現身，只有出聲回應。

無所謂。

這樣就夠了。

「吾就寢時間將至。即使失去力量，吾依然為夜行性，而且吾討厭睡到一半被吵醒的個性完全沒變。」

「是嗎，那在妳睡覺之前，我問一個問題就好。」

我向忍提出詢問。

詢問火憐那番話令我冒出的想法。

「有辦法讓那個傢伙的病——轉移到我身上嗎？」

「嗯？」

「雖說是一種病，但基本上是怪異之毒——何況原本就是故意移轉到她身上的，既然這樣，應該也能再轉移到我身上吧？」

「……汝這位大爺要承擔此病？嗯……」

忍似乎正在影子裡思索。

或許是在回憶忍野說過的話。

即使已經無法以手指直接插腦攪拌。

「總之……汝這位大爺的身體，殘留著吸血鬼的要素，圍獵火蜂這種程度的毒，應該不會在你身上造成這種程度的高燒——」

「我想也是。」

吸血鬼的級數，與其他怪異高出許多。

只要不是羽川那時候的貓，沒有任何方式能夠對抗吸血鬼——不，即使是那隻貓，也是因為對象是超乎常理的羽川，才會釀成那麼嚴重的事態。

無論圍獵火蜂是何種怪異，基本上對吸血鬼毫無威脅可言。

蜂，螫不了鬼。

「以此等意義而言，將圍獵火蜂之毒轉移到汝這位大爺身上是妙案。己所不解之毒施於人，以構想來說行得通。然而，既然不知道貝木是以何種程序，令汝這位大爺之妹罹患圍獵火蜂之毒，就只能以吾之獨家方式進行轉移。」

「什麼嘛，換句話說，妳有獨家的轉移方式嗎？」

「有是有，然而……老實說，吾個人不建議採取此法，與其說不建議，應該說……吾極不願意汝使用此法。」

「我願意承擔風險。」

「……該說風險嗎……總之，雖然就某方面而言為都市傳說——然而記得那個小子，確實以完全不同之說法陳述過。」

「什麼嘛，完全講不到重點，一點都不像妳。只要不是吸血之類的行為，要我怎麼做都行。」

「總之，雖然不會吸血——然而很難說。使用此法是否能得到諒解，吾亦難以判斷。」

「雖然還不知道是什麼方法，但肯定能達到諒解吧？圍獵火蜂這種怪異，一不小心就會鬧出人命吧？即使不會致命，只要能治療那個傢伙的病痛，無論是什麼方法都應該付諸實行。」

「這番話——中肯至極。」

忍點了點頭。

即使如此，忍似乎還是有所猶豫，不過我再三要求之後，她就說聲「那就——隨汝高興吧。」並且將方法告訴我。

然後，我回到自己的房間。

「哥哥……我不知道你是去上廁所還是怎樣，不過要出去也先幫我穿好衣服吧？」

一回房，劈頭就遭受這種（非常中肯）的抱怨，但我沒有回應，只是輕聲呼喚她。

「小憐。」

由於處於緊張狀況，我不小心以原本的方式稱呼火憐，不過現在這件事不重要。

我繼續說道：

「我現在要吻妳。」

017

從結果來說，怪異——圍獵火蜂之毒，沒能全部轉移到我身上。

一半——

或許，頂多三分之一。

就只有轉移這麼多。

不知道是否該說遺憾。

不過即使如此，火憐也稍微退燒了——原本超過四十度的體溫降到三十八度多，雖說只有稍微退燒，但光是如此已經好很多了。

實際上，火憐直到剛才都充滿活力地大吼大叫。

「初吻！我原本要獻給瑞鳥的初吻！」

就像這樣。

補充一下，「瑞鳥」是火憐的男朋友。我不知道名字，而且也沒有見過，不過似乎是比她年幼的可愛小弟。再補充一下，月火的男朋友叫做「蠟燭澤」（我同樣不知道名字也沒見過），是年長帥氣的類型，和「瑞鳥」恰恰相反，看來這對姊妹的異性喜好不同。

無論如何，火憐已經吼累睡著了，以結果來說算是圓滿收場。

「接吻會傳染感冒，感冒傳染給別人就會好，這根本不到都市傳說的等級。無論叫做嘴對嘴轉移或是間接接吻，總之詛咒就是這麼回事——」

忍後來如此說著。

不過，接著她繼續以無可奈何的語氣，對我說出「汝這位大爺，與其說是吸血鬼，更像是魔鬼」，「與其說魔鬼，更像鬼畜」之類的話。

嗯。

久違地把妹妹弄哭了。

…………

活該，好好反省一下吧，笨蛋。

無論如何，我讓火憐睡覺休息之後，等待時間來到七月三十日上午九點，留下「今天一整天和火憐乖乖待在家」的字條給月火，然後離開家門。

腳踏車借給羽川了。

所以用走的。

徒步——前往戰場原家。

結果，我在路上看見八九寺的身影。

她依然背著大大的背包走啊走的——這麼說來，那個背包裡裝了哪些東西？

說不定是塞滿大量的啞鈴練身體，如此想像就挺開心的。

不過能夠連續兩天遇到八九寺，我還真走運。以機率來說，或許比一天遇見兩次還稀奇。不，雖然一直把那個傢伙當成吉兆，我昨天卻是吃盡苦頭。

話說回來，原來這附近也是那個傢伙的地盤……還是說她正在開拓？真是的。

總不會是想要繪製這座城鎮的地圖吧？

妳是伊能忠敬嗎？（註29）

「喲，八九寺。」

神原的事情令我得到教訓，所以我以正常的方式叫她。

結果八九寺她……

「…………」

露出非常不滿意的表情。

「那、那個……八九寺？」

「唉……是阿良良木哥哥啊。」

「慢著，應該要講錯吧！」

慣例的模式跑哪裡去了！

不要忽然變更啦！

註29　以徒步方式首度繪製日本完整地圖的測量師。

「阿良良木哥哥，你居然用正常方式叫我，看來你也墮落成為無聊人種了，發生了什麼事嗎？」

「妳這番話太毒辣了吧！」

唔哇，她眼神超冷淡！

應該說凌厲！

連戰場原都不一定會有這種眼神！

「何況是妳不希望我那樣啊！」

「那是在暗示你不用客氣吧？哪有人被要求住手就真的住手？真是的，枉費我這記妙傳。」

「妳的暗示太難懂了吧！」

「感覺像是被迫欣賞一個不好笑的相聲段子。」

「需要講成這樣嗎！」

「阿良良木哥哥只要把毒辣寫成羅馬拼音，去除漢字給人的緊張感就行了……」

「這也太 doola 了！」

「順帶一提，辣這個字只要想成『把辛苦的事情束起來』就意外好懂，之後也不會寫錯了。」

八九寺發表著這種沒必要的習字訣竅，孤寂的背影一步步離去。

把我留在原地。

慢著，不准留下我。

「喂，八九寺，等一下啦！」

「我不認識你。我的好朋友阿良良木哥哥已經死了……要是阿良良木哥哥去除性騷擾行為，就只剩下水蚤成分了。」

「構成我這個人的成分，從一開始就沒包含水蚤在內！」

「我連你的臉都不想看到了，請消失吧。」

「別這樣！雖然戰場原對我講這種話大概講了一百次，但要是從妳口中說出來好像會成真，所以別再說了！」

「咦？我都說消失了，你為什麼還在？阿良良木哥哥連消失都不會嗎？」

「我好想從記錄點重來一遍！」

我和她並肩前進。

即使如此，八九寺依然露出不滿的表情（並不是開玩笑，好像是真的不高興，完全搞不懂這個傢伙），一陣子之後才終於嘆口氣轉身面對我。

「所以，發生了什麼事？」

她如此詢問。

「看你今天和昨天不一樣，變得好嚴肅。」

「嚴肅……哎，或許吧。」

和我昨天去千石家玩不一樣。

戰場原——很可怕。

我無法想像我們昨天分開之後，她做出了什麼樣的行動。

「發生了很多事。」

「是喔，但我不會追問就是了。」

八九寺點了點頭。

她對於這方面的進退掌握得非常精準——她只是小學生簡直太可惜了。

「不過阿良良木哥哥，我有點在意你氣色不太好。」

「嗯？有嗎？」

「看來你身體不太舒服。」

「嗯～……」

雖說分擔了火憐一半的病，不過表面上應該看不出變化才對。

不。

八九寺——看得出來。

「這叫做圍獵火蜂——總之以屬性來說，我覺得和妳的蝸牛完全不同，不過處理起來很麻煩。」

「這樣啊——那就傷腦筋了。」

八九寺雙手抱胸露出為難的表情，一副真的很傷腦筋的樣子。

「不過如果是阿良良木哥哥，肯定不會有問題的。至今阿良良木哥哥也是這樣一路順利走來吧？」

「但願如此。其實各方面都沒有很順利，害我很頭痛。其實至今的事件也沒有處理得很好，老是失敗。」

其實對一個年紀比我小的人抱怨也沒用。

不過我傾訴的對象只有八九寺，所以我還是說了。

「我的妹妹們是笨蛋。」

「比阿良良木哥哥還笨？」

「不要把『我是笨蛋』當作前提！」

對對對。

就是要這樣。

認真討論反而很蠢。

「她們的說法是正確的，我也想尊重她們的意見——但她們太衝動了。明明是在做正確的事情，卻不曉得怎麼做，就我看來就是這種感覺。」

「……阿良良木哥哥也經常被人這麼說吧？」

「唔唔……」

確實沒錯。

忍野和羽川就經常對我說類似的話。

以我的狀況，他們會說「冠冕堂皇卻不正確」——但本質是一樣的。

「何況，如果阿良良木哥哥不是這種人，我也沒辦法在這種地方悠閒散步了。既然這樣，也表示有很多人得到你妹妹們的協助吧？」

「…………」

有。

而且，應該很多。

不然的話，就無法解釋她們的聲望為何高到誇張。

那種領導技能，是基於成果而產生的——至少那兩個傢伙比我受到歡迎。

比我受到喜愛。

然後，除此之外還需要什麼結論？

這已經是完美的結論吧？

我可以像這樣點頭認同——然而……

「但那兩個傢伙依然是小鬼……完全不會聽勸。像是這次的事件，也得趁她們安分的時候解決才行……」

以這種意義來說，這次的怪異是圍獵火蜂，或許是因禍得福。

火憐肯定只能安分待在家裡。

安分——像個大人。

「八九寺，人什麼時候會成為大人？」

「只要還會講這種話，就沒辦法成為大人。」

被小學五年級的學生鐵口直斷了。

「即使年滿二十歲是成人，這種規定也會因為時代而不同。以前好像可以在還是蘿莉的年齡就結婚耶？講白一點，以前的男生全都是蘿莉控。」

「聽起來令人不敢領教。」

「何況以前的武將都是ＢＬ。」

「真的令人不敢領教。」

「名留歷史的會戰，或許都和感情問題有關吧？想到這裡就覺得歷史課本挺好看的。」

「我完全不願意想像這種事。」

「其實信長、秀吉和家康是三角關係！」

「妳徹底顛覆日本史了。」

不過所謂的戰爭，確實存在著某些側面因素。

無論是社會或世界，在這一點都未曾改變。

這是無奈的現實。

「不管是顛覆還是改寫，但這是事實所以無可奈何。其實那個時代不是戰國時代，是天國時代。」

「不，這就難說了……這個世界是否能稱為天國，各人會有不同的看法吧？」

「是啊，畢竟每個人心目中的天國各有不同。順帶一提，對我來說，天國這兩個字會令我聯想到無限暢飲的飲料吧。」

「為什麼？」

為什麼對飲料吧抱持如此強烈的憧憬？

不，其實我並不是無法理解。

是不是天國暫且不提，小時候只要聽到這種字眼，總是會滿懷喜悅與期待。

「順便問一下，對阿良良木哥哥來說，天國這兩個字會令你聯想到什麼？」

「沒什麼……就只是雲，或是天使之類的。」

「嗯……」

「真要說的話，就是羽川吧。」

「……這是因為阿良良木哥哥對羽川姊姊抱持非分之想吧？」

「不一定是非分之想吧！」

這個口不擇言的傢伙。

不過，羽川就是給我這種印象。

順帶一提，戰場原給我的印象是地獄。

無須多說。

依照心情決定地獄慘烈程度的女人。

「也有人認為開始工作就算大人，但是就算不工作也可以成為大人。」

「只要年紀到了，任何人都會成為大人嗎……」

「順便問一下，阿良良木哥哥，你將來打算從事什麼工作？」

「很抱歉，我還沒想到這麼久以後的事情……」

「這就是小孩子的想法。」

「………」

唔。

或許如此。

「一直捧著羽川的胸部避免往下掉，有沒有這種工作？」

「阿良良木哥哥，你一臉正經講這什麼話？」

「真是的，是哪個傢伙發明胸罩這種玩意啊……雖然不知道那個傢伙因而賺了多少錢，但我被害得沒工作可以做，有夠傷腦筋。」

「阿良良木哥哥，請冷靜下來，這種工作打從一開始就不存在。」

「雖然和剛才的話題無關，不過幫妳一直揉胸部揉到變大的工作也不錯。」

「這樣會變形……而且阿良良木哥哥，你從剛才就把你的妄想說個不停了。」

「什麼！」

「嘴巴的拉鍊要拉好。」

「我的嘴巴沒有那麼方便的配件。」

「那麼，嘴巴要用釘書機釘好。」

「我的心理創傷復甦了！」

「啊啊，這麼說來……」

八九寺像是剛剛想到般說道：

「昨天和阿良良木哥哥分開之後，大概是社團練習完畢正要回家吧，我和阿良良木哥哥就讀高中的一群一年級女生擦身而過，結果聽到這樣的傳聞。」

「怎樣的傳聞？」

「讓三年級的阿良良木學長摸胸部，就會讓胸部出現顯著的成長。」

「…………」

對於可能會放出這種謠言的傢伙，我心裡有底。

應該是某個腳程超快的二年級女生。

居然是這種驚喜。

從善意誕生的天大惡整。

我好怕新學期的到來！

「對了，阿良良木哥哥，把話題拉回來吧，其實有這樣一個笑話。」

「什麼笑話？」

「一名單身男性被媽媽問：『什麼時候要結婚？』他回答：『快了，等對方滿十六歲。』」

「不好笑！」

妳把話題拉去哪裡了？

到頭來，我們有在聊這種話題嗎？

離題程度太驚人了。

「總之，要兩個分別唸國三和國二的傢伙成為大人，確實是強人所難，因為她們實際上就處於小鬼的年紀。」

和忍不一樣。

我看著自己的影子如此心想。

想著應該正在影子裡熟睡的忍——看著她。

「這就是重點吧？雖然國中生理所當然還是小孩子，卻不知道自己是小孩子，問題就在這裡。」

「喔喔！」

八九寺說得一針見血。

這傢伙偶爾會指出我的盲點。

原來如此，或許是這樣沒錯。

讓她們有所自覺，確實是一門課題。

「即使如此，或許還是比那些不認為自己是大人的大人們好一點。」

「認為自己是小孩子的大人，應該是最難應付的傢伙吧。」

不過這種人似乎比比皆是。

即使在學校老師之中，也不是沒有這種例子。

「順便問一下，八九寺，妳認為自己是大人還是小孩？」

「身體是小孩，頭腦是大人。」

「妳是名偵探柯南嗎！」

「說到名偵探……」

八九寺又想離題了。

我沒有刻意阻止。

雖然快到戰場原家了，不過應該可以再講個話題。

「最近正統派的推理作品又逐漸變成主流了，不是那種特異獨行的推理。」

「妳為什麼對流行這麼敏感……我不在乎就是了。正統派？不過就算是正統派，但推理作品本身已經過氣了吧？」

「說這什麼話，只是推理小說不再流行，推理作品本身還是處於全盛期吧？比方說警匪連續劇或是推理漫畫或是偵探遊戲，市面上隨便找都找得到，而且都很受歡迎吧？」

「…………」

她說的沒錯。

像是連續劇，總是會在黃金時段播出。

而且也不斷重播。

為什麼只有小說沒落……

完全變成古典文學了。

「這就是所謂的閱讀風氣衰退嗎……不過像是手機小說就很流行。」

我不擅長使用手機，所以還沒接觸這種領域。

「不過就算這樣，我也沒聽說過推理類型在手機小說成為主流。」

「據說人類一輩子閱讀的字數是既定的，但我不知道是幾億個字就是了。」

「是喔？」

她又在講這種莫名其妙的雜學知識了。

我才想問，這個傢伙平常都是看哪種書？

「所以，因為手機郵件和網路訊息占用了原本就有限的字數，才會出現閱讀風氣衰退的現象──我是這麼認為的。」

「這種理論真實存在嗎？」

「應該沒有。」

八九寺非常乾脆地把自己的理論（應該不是）收回。

「總之，推理小說應該只是因為不好看，所以才不再流行吧。」

「這是妳個人的見解吧？」

「作品很難看，所以下場也很難看……啊哈哈哈哈！」

「慢著慢著，這種文字遊戲沒有高明到讓妳自己說完就捧腹大笑吧！」

「如果是以前還很難講，不過以影像和表現方式來說，小說和其他媒體完全沒得比，這麼一來，小說的最大武器只剩下情感代入。小說無法以視覺做出訴求，反而容易讓讀者帶入情感，不過把情感代入推理小說反而不妙吧？因為推理小說的賣點，就是讓讀者不知道要相信哪個角色。」

「嗯，或許吧。」

「因為這樣，所以如今推理小說比花札還冷門了。」

「……嗯？妳會玩花札？」

這個舉例令我在意，並且開口詢問。

八九寺點了點頭。

「因為我是這個名字，所以我喜歡『八八』的玩法。」

「終於找到了！」

我命中註定的伴侶！

完了，我現在超想玩！

「唔……可是我手邊沒有花札！居然會這樣，想玩花札的時候找不到會玩的人，好不容易遇到會玩的人，手邊卻沒有花札……！」

「手邊剛好有花札的狀況，原本就很難想像吧……」

「不，今後我要隨身攜帶！」

我下定決心。

「而且在湊巧遇到妳的時候，就要當場舉辦花札大賽！」

「……阿良良木哥哥，你為什麼認定只能以湊巧的方式才見得到我？不然的話，我不介意和你約下次見面啊？在說好的時間地點見面這樣。」

「咦……不行，像這樣鄭重約定下次見面，會令人不好意思吧！」

「為什麼你真的臉紅了……」

八九寺打從心底退避三舍。

宛如急流勇退。

不、不對，我這是對花札的愛，不是對八九寺的愛……話說回來，我有這麼喜歡花札嗎？

我總覺得只是因為找不到會玩花札的人，使得這種渴求的慾望，加深我對花札的喜好。

畢竟大家都只知道「豬鹿蝶」這種牌型。

「像是千石，就有可能連聽都沒聽過花札……啊啊……難道就沒有哪本少年漫畫週刊，能推出以花札為主題的暢銷漫畫嗎……」

「不，用不著嘆息到這種程度，我覺得知道的人都會知道吧？」

「我就是很難遇見知道的人啊……」

「聽說這個遊戲在沖繩縣那邊比較普及。」

「是嗎？」

「不過只是比較普及而已。」

「是嗎……還不到值得搬過去的程度嗎……」

「阿良良木哥哥，你到底多喜歡花札……不過，花札畢竟和麻將一樣，都是賭博性質很高的遊戲。」

「賭博性質？」
「既然賭博性質很高，就代表非法性質也很高。」
「唔～……」
原來如此。
回想起在神原房間裡，花札和鷲巢麻將位於同一個區域，我就深有同感點了點頭。八九寺這番話是至理名言。
這麼說來即使是撲克牌，德州撲克、廿一點和百家樂之類的賭博遊戲，確實經常被年輕人敬而遠之。
知道的人與不知道的人，兩者之間的差距非常明顯。
賭博性質嗎……
「所以，八八寺，剛才說到哪裡？」
「阿良良木哥哥，少了一個寺。」
「啊、對喔，我沒發現。所以八九寺，剛才說到哪裡？」
「說到阿良良木哥哥非常喜歡內褲。」
「這已經回到昨天的話題了吧？」
「如果不是指內褲的話題，那就是推理作品的話題了。」
「這兩個話題居然被相提並論……所以呢？雖然推理小說不再流行，但推理作品本身依然處於全盛期，然後正統派設定的作品增加了。假設事實就是如此，但我其實不太清楚，什麼叫做非正統派的推理作品。」

「如果招牌臺詞是『凶手就在我們之外！』就不是正統派了。」

「當然不會是正統派吧！」

「比方說『一切的謎底都是時鐘！』這樣。」（註30）

「這種推理作品的方向也太偏了吧！」

「『證明完畢……Q・E——S・T・I・O・N！』」（註31）

「很明顯還有疑點！」

不過只要講到這裡，接下來將會出現那句招牌臺詞。

這樣就不叫做推理作品了。

「所以，八九寺，接下來才是妳真正想說的吧？」

「嗯，是的。因為是推理作品，所以會有人遇害，凶手最後會被抓，不過凶手大多是基於某些悲哀的動機行凶。」

八九寺繼續說道：

「這種做法會令人難以釋懷，會難以分辨孰善孰惡——不對，因為現實就是如此，

註30　日文「是時鐘」和「解開了」音近。

註31　證明完畢的縮寫應該是Q・E・D（quod erat demonstrandum）。

所以這也是有趣之處。」

「總之，編寫連續劇的時候，如果總是好人被壞人殺害，就沒有曲折離奇的感覺了——像時代劇那樣善惡分明反而比較痛快，但要這麼做還是有難度。不過無論是哪一種壞人，也不是毫無理由就為非作歹，這應該是可以肯定的。」

貝木泥舟。

記得那個傢伙的理由是——錢。

金錢萬能。

「……嗯？啊——抱歉，八八寺。」

「我說過，少了一個寺。」

「啊、抱歉，八七寺。」

「每叫我的名字一次就要少一個寺？現在是這種法則嗎？」

「八六寺，戰場原家快到了，所以得在這裡道別。」

「咦？啊啊，說得也是，我差點忘了，她並不喜歡我。」

八九寺停下腳步，輕盈轉換方向。

這個傢伙的字典裡，沒有「目的地」這三個字。

「那麼阿良良木哥哥，請保重。」

「妳也是。」

我們揮手道別，結束這次的同行。

嗯，感謝她讓我這趟路程不會無聊。

目送八九寺離去之後，我開朗地抱持著這樣的想法——然而……

然而這個時候的我並不知情——不知道名為八九寺真宵的親切少女，究竟發生了什麼事情。

不，我真的不知情。

那個傢伙本身就充滿謎團——她一個人的時候，應該說她沒在散步的時候，都在做什麼？

018

木造公寓民倉莊，二〇一號室。

戰場原黑儀的住處。

我刻意沒有事先聯絡戰場原——無預警造訪這裡。

這也代表著我的決心。

民倉莊每間房都沒有門鈴這種時髦的玩意，所以我握拳反手敲了敲門。

沒有回應——再敲一次。

同右。

我試著轉動門把，沒有上鎖。

太沒戒心了。

雖然戰場原黑儀的近距離防禦強固得宛如銅牆鐵壁，不過基本上遠距離的防禦力極差。

至於戰場原本人……

「…………」

正在三坪大的房內——削鉛筆。

全神貫注。

無我的境界。

甚至沒發現我溜進來。

削鉛筆——這當然是一種保養文具的動作，高三學生做出這種行為並無不妥之處，然而在報紙旁邊堆積如山的龐大數量（大約一百根？）該怎麼說，在視覺階段就令人毛骨悚然。

如果要譬喻，就像是上戰場之前保養愛刀的武士。

「那個……原小姐？」

「阿良良木，問你一個問題。」

我認為她沒發現我的這個推測，看起來是我搞錯了，她只是沒有將視線移向我——只是因為和削鉛筆這項工作比起來，我的來訪微不足道。

戰場原凝視著削好鉛筆的筆尖說道：

「即使偶爾帶在身上的一百根尖銳鉛筆，因為某些原因刺殺第三者，應該也叫做意外吧？」

「不對，是案件！」

是重大案件！

以鉛筆殺人的事件，將會登上社會版頭條！

「呵呵，那我會在這張報紙社會版上面繼續削鉛筆。」

「戰場原，妳冷靜點！就算妳露出得意洋洋的表情也沒用，妳剛才講的並沒有很高明啊！」

不要因為這種事，浪費妳寶貴的笑容！

因為妳是每天平均只笑五次的冰山美人！

削太多鉛筆導致刀身變得漆黑的美工刀——應該是曾經插進我嘴裡的那把美工刀——戰場原拿在手上，將刀身的光芒射向我。

深黑色的光芒。

「總之阿良良木，脫鞋進來吧。別擔心，我不會再監禁你了。」

「……打擾了。」

我伸手向後關上門，將剛才沒鎖的門鎖好，脫鞋走到榻榻米上。室內只有三坪，所以用不著環視就能確認，裡頭只有戰場原一個人。

「令尊呢？」

戰場原和父親相依為命。既然不像是在洗澡（有水聲的話會聽得很清楚），戰場原的父親似乎不在。

戰場原的父親是外資企業的高階主管，聽說幾乎每天都沒有回家，可是連週日也不例外嗎——不，既然欠下龐大的債務，他應該沒有所謂的週六與週日吧。

「爸爸在工作。」

事實上，戰場原也如此回答。

「現在他正在當地……也就是國外出差。時機真好，畢竟總不能對爸爸做出綁架監禁這種事。」

「……………」

對男朋友就可以嗎？

妳這個罪犯候補。

「與其說候補，在妳綁架監禁我的時候，妳就已經是罪犯了……所以，如果我問妳準備這些武器的理由，妳願意告訴我嗎？」

「提問是你的自由。畢竟俗話說得好，求教是一時之恥，阿良良木是終身之羞。」

「不准用我的名字改寫諺語！而且聽起來超討厭！我是終身之羞到底是什麼意思！」

「意思是阿良良木非常害羞。」

「絕對是假的！」

這個話題就此打住。

我隔著堆放鉛筆屑的報紙，和戰場原相對而坐。

戰場原說道：

「我是要去和貝木談判。既然阿良良木拒絕接受我的保護，我只能主動出擊。」

「不准用『保護』取代『綁架監禁』。」

雖說如此，我已經明白那是戰場原的保護方式——如果不是月火傳郵件給我，我也不想刻意抗拒。

「不然的話，要再監禁一次看看嗎？」

「妳不是說不會再做了嗎？」

「那就好。這麼說來，我後來和羽川談過——」

「咦？羽川大人……啊、不對，羽川同學有提到我的事情嗎？」

「……你剛剛是不是說『羽川大人』？」

「我、我沒說。我們學校沒有霸凌行為。」

「有人被霸凌？而且是你？」

總之，雖然戰場原在「銅牆鐵壁」表面鍍上一層「體弱多病優等生」的面具，但是即使騙得過班上同學，對羽川而言也早就不代表任何意義了……

羽川對她，應該不會只是溫柔以對。

雖然羽川是一位大好人，不過她只是原諒惡行，不代表她會坐視惡行。

「要是妳以本性行動，羽川應該會在各方面告誡妳吧，不過別用霸凌這種字眼，聽起來好像壞話。」

「我說了，我沒有說過這種事。就算每天幫羽川同學擦皮鞋，也是我出自內心的服侍。」

「為什麼妳對羽川就這麼必恭必敬！」

百分之一！

至少挪出百分之一關心我吧！

「總之……妳說妳要去見貝木？」

「對。不用擔心，我打算儘可能以溝通來解決問題。」

「準備這麼大量的鉛筆，居然還講這種話……幸好我今天有來這裡。不過戰場原，妳知道貝木在哪裡嗎？」

「我有他的名片。」

戰場原如此說著，從書包裡取出一張老舊的紙片。

「這是他以前給我的名片，我至今沒有撕掉真是奇蹟。雖然名片上頭只有寫手機號碼……不過幸好他沒有換號碼。」

「是喔……給我看一下。」

這張簡單樸素的名片，確實只有印著「貝木泥舟」這個名字、名字的平假名發音，以及手機號碼。

不，還有一行。

上面印著頭銜。

「捉鬼大師」。

「……戰場原，我現在要說一件世界上最殘忍的事情。會被這種玩意騙得團團轉，其實妳也有錯吧？」

「就是這種陷阱。會以這種脫線頭銜自稱的傢伙，就不會令人覺得他真的是騙徒吧？」

「是這麼回事嗎……」

總之，在詐騙手法裡，有一種就是刻意偽裝成很像詐騙——我確實聽過這種說法。故意裝得很像，令對方反而認為是真的——讓對方認為「可疑到這種程度，就不可能真的是騙徒」。以一般狀況來說，只會令對方起疑而沒能成功，不過如果對方過度謹慎，反而會是很有效的手法。

「何況真要說的話，忍野先生不是也很可疑嗎？貝木看起來反倒正經得多。」

「是啊，夏威夷衫和西裝相比……」

這樣應該說得通。

而且忍野也不是做義工……記得他就曾經向我開出五百萬的費用。

但我不認為這是獅子大開口。

「……所以戰場原，妳已經打這個號碼——和貝木談過了？」

「對，那個人完全沒變——令人煩躁至極。釋放阿良良木之後，我可沒有逍遙到哪裡去——雖然被羽川同學罵過之後有點沮喪，不過也只有五個小時。」

「妳居然沮喪了五個小時……」

這傢伙在奇怪的地方異常神經質。

看來她真的在羽川面前抬不起頭。

貝木曾經被火憐用假郵件找出來（正確來說，使用這個方法的是羽川），所以使用手機談生意的時候，肯定會有所警戒——不過他並沒有放棄手機這項工具。

考量到名片的老舊程度，戰場原能夠聯絡上貝木，與其說是幸運，簡直就像是一種奇蹟。

然而這個奇蹟是好是壞就不得而知了。

「所以依照時間來算，妳是在剛才打電話給貝木吧？」

「就是這麼回事。居然能進行一位數的心算，不愧是阿良良木，真聰明。」

「瞧不起我也要適可而止吧！」

「你不擅長哪方面？乘法之後都不會？」

「加減乘除我都會！」

「這是怎樣，自誇？」

「…………！」

就是自誇！

那又怎樣！

「真是的，只注意到弗萊明左手定律，卻直到最近都不知道弗萊明右手定律的傢伙居然在自豪，真滑稽。啊、對不起，我不小心用了筆畫太多的形容詞，我不應該用滑稽這兩個字。」

「我確實不擅長物理和國文，但我知道自己擅長什麼科目也錯了嗎！」

「好好好，沒錯沒錯沒錯，阿良良木一～點都沒錯，永遠都是我的錯～！」

「確實每次都是妳的錯！」

「所以？阿良良木使用微積分導出結論之後想問我什麼事？你是基於倒數與絕對值

與根號的數學觀點，才會上門找我吧？」

「妳這個人有問題！」

「或許我這個人有問題，但我這個美人是正確的。」

「妳不管是什麼人都有問題！」

真是的。

一個不小心，就會令我質疑自己為什麼會和這傢伙交往。

我想想，記得是因為喜歡她？

……喜歡她的哪裡？

「我可以一起去嗎？」

總之，既然她難得願意問我來意——我就恭敬不如從命，直截了當說道：

「如果要去和貝木談判——我也要去。」

「我可以把剛才那番話當作沒聽到。」

該說正如預料嗎，戰場原的反應極為冷漠。

語氣比平常更加沒有情緒起伏。

「真是的……這就是所謂『飼養的狗反舔主人的手』。」

「把男朋友形容成飼養的狗也令我火大，不過最重要的，舔手只是一種示好的行徑吧？我老是改不掉這種吐槽的個性，真是傷腦筋。」

不是反舔，是反咬才對。
居然這樣瞧不起我。
而且還混淆了。（註32）
「如果不想死，就給我收回前言。」
「我妹妹被貝木害了。」
我如此說著——並沒有收回前言。
我現在應該做的是補充前言。
「貝木以強硬的手段，害我妹妹中了一種名為『圍獵火蜂』的莫名怪異——正受到高燒的折磨。現在我幫她承受一半的怪異並且勉強中和，但是即使如此，接下來的狀況也難以預料。」
「阿良良木承受一半的怪異？做出這種事情不要緊嗎？」
戰場原面無表情。
但她擔心著我的身體。
這是她偶爾展現的人性。
而且目前幾乎只會對我展現，是一種附帶限定條件的人性——
「以吸血鬼的治療能力來說不要緊。不過很難斷言完全沒問題就是了。」

註32　日文「被舔」與「被瞧不起」同字。

不經意覺得身體很重——很熱。

雖然不到燃燒的程度——卻宛如烙鐵。

「這樣啊。換句話說，就是沒有退路了——何況只要和妹妹有關，阿良良木就不會退讓了。」

「不只如此。」

「嗯？」

「也和妳有關。」

我筆直凝視戰場原如此說著。

「妳為了我要獨自和貝木對決，這簡直是亂來——我有說錯嗎？」

「……並不是只為了阿良良木，貝木是我——」

曾經拋棄珍惜事物的戰場原說：

「——非得要做個了斷的事情之一。這是我不能忘記，不能置之不理的——擱置事項。要是沒能做個了斷，我甚至無法繼續向前。如果貝木沒有回到這座城鎮——我甚至不惜主動尋找。」

「……為什麼要不惜做到這種程度？」

即使懾於她的魄力，我依然如此詢問。

「對妳來說——這不是不足為提的小事嗎？」

「那已經傲嬌了。」

「居然說傲嬌了……」

終於開始當成動詞來活用了嗎……

「妳……打算像這樣對五個騙徒一一報復？這是已經過去的事情了吧？妳應該有其他必須了斷的事情要做吧？」

「怎麼可能。即使說有五個騙徒——雖然不是學忍野先生講話，但我不打算扮演受害者的角色。當時是我主動拜託而遭受背叛，所以我不會因而惱羞成怒，我的人格可沒有那麼……我的人格……不提我的人格，我不打算做出這種不合邏輯的事情。」

「…………」

妳承認妳的人格有問題吧？

妳有自知之明吧？

「不過，只有貝木是特例。」

「為什麼？」

「因為爸媽離婚的導火線，就是貝木。」

戰場原毫無情感如此說著。

如果這句話蘊藏著情緒——將會是什麼樣的語氣？這種事不難想像。

「這當然不能全部怪在貝木身上，我也不打算這樣推卸責任——不過那個人玩弄了我的家庭，我無法原諒這種事。而且要是原諒——我將不再是我。」

「………」

戰場原的父母協議離婚的時間——記得是在去年底。戰場原就是在那個時候，從長年住慣的家搬到這間木造公寓。

之後，戰場原就再也沒有——見過母親。

「……我覺得即使沒有貝木，爸爸媽媽也遲早會離婚，我的家庭早就已經支離破碎了。媽媽之所以出走——我覺得也是因為我。不過阿良良木，即使如此——你會因為結果終究相同，就原諒別人懷抱惡意玩弄自己的家庭嗎？你會因為家庭破碎只是遲早的問題，就原諒別人懷抱惡意玩弄自己的家庭嗎？」

「惡意——」

「惡意是我的專利。」

「不，這我就不知道了。」

貝木散布的「咒語」——使得千石身邊的人際關係被迫變化。

朝著正面的方向變化，抑或是朝著負面的方向變化。

既然是因為這種小事就會瓦解的人際關係，那麼即使沒有「咒語」也遲早會瓦解——以這種方式解釋是很簡單的事。

然而，我不希望把事情說得如此簡單。

難道都要以這種方式解釋？

註定將死的人，就可以先殺掉嗎？

既然會消失——就先行抹滅嗎？

虛偽之物，不應該存在嗎？

是這個意思嗎？

「貝木為了斂財——以我遇見的螃蟹為理由，將我的家庭毀得亂七八糟。如今他肯定做著相同的事情——」

「…………」

「對我來說，阿良良木的事情真的只是次要，或許我說想要保護阿良良木，只是冠冕堂皇的藉口——到最後，我只是憎恨貝木罷了。」

「藉口……」

「所以我傲嬌了。」

戰場原——平靜說著。

面不改色。

「別誤會了，我可不是為了阿良良木這麼做的——就像這樣。」

「我覺得……應該不是這樣。」

我如此說著。

基於某種根據——

基於某種無可奈何的根據。

螃蟹。

戰場原遇見的螃蟹。

被螃蟹附身時發生的事情。

那麼——當時的戰場原，肯定連憎恨貝木泥舟都做不到。因為——螃蟹就是這一類型的怪異。

這肯定就是戰場原的遺憾。

貝木泥舟——那名不祥的男子。

無法在當下憎恨他——這就是遺憾。

戰場原黑儀的遺憾。

就像是阿良良木火憐與阿良良木月火，正抱持著膚淺的正義感行俠仗義——當時的戰場原，無法憎恨貝木。

原本她應該要生氣才對——像個小孩子。

像個失去母親的小孩子。

「不過這麼一來——我只有一件事無法理解。貝木應該是虛偽的騙徒吧？可是聽妳的說法——他好像有發現妳的螃蟹？」

何況，他也能對火憐種下圍獵火蜂。

這麼一來——

就代表貝木，依然擁有貨真價實的本事。

「不清楚。不過，實力比真物還強的偽物，比真物還要棘手——那個時候的我，當然認為他只是在詐騙，不過關於這件事——現在回想起來，或許他只是故意裝作無能，藉以從爸爸那裡騙得更多的錢。」

「……現在他好像也努力騙國中生的零用錢。我妹妹就是因為前去阻止才中招的。」

「是嗎，原來阿良良木的妹妹也是正義超人。」

「就說別用正義超人這種字眼了……」

「既然是女生，所以應該叫做正義女超人？」

「這種自創稱號，聽起來的俗氣程度超過妳的想像。」

「栂之木二中的火炎姊妹……總之，我也有聽過這個傳聞。」

「這麼說來，原來妳早就知道了。」

以戰場原的狀況，與其說她被動地聽過傳聞，我覺得這應是她主動收集到的情報。

「有其兄就有其妹——雖然阿良良木經常說妹妹的壞話，但我如今也可以認同了。因為正義是互不相容的。」

「……那兩個傢伙不是正義這種氣派的玩意，只是在玩正義使者的遊戲——雖然我不知道自己是什麼狀況，但我也不認為自己是正義。我們就像是在爭奪一塊能夠玩正義遊戲的地盤。」

以這個意義來說，就完全不能以「同類相斥」或「自我厭惡」這種文謅謅的方式形容了。

這只是常見的——兄妹打鬧。

「阿良良木，話說在前面，依照我的印象——正義對於貝木的不祥並不管用。講得明白一點，因為阿良良木是正義，所以你對偽善很強，對真正的壞人卻很弱。」

「……就說我不是正義了。」

妹妹們的做法即使不是正義，也是正確的。

至於我——連正確都不算。

即使美麗——卻是錯誤的。

忍就是我犯錯之後的——犧牲者。

我反覆犯錯至今，置身此處。

「但我不能坐視妳成為罪犯。」

「我沒有要犯罪，只是施以懲處。」

「這兩件事在現代社會同義。」

真是的。

如果這個傢伙出生在神話時代，或許會成為了不起的英雄流傳至今吧……她肯定生錯時代了。

或者說，這個世界不應該讓她誕生。

不過……

即使如此，妳得以出生在這個世界與這個時代——我覺得很慶幸。

能夠遇見妳，真是太好了。

我如此認為。

「戰場原，或許妳不知情，但是我愛妳。即使妳成為罪犯被關進監獄，我也會每天去見妳——不過既然這樣，還不如可以永遠和妳在一起。雖然一個不小心，我就會質疑自己為什麼會和妳交往——但我就是喜歡妳，甚至無須任何理由。」

我想要保護的事物當中，當然包括妳。

「如果要去，那就一起去吧。妳要保護我——我也會保護妳。」

「……天啊，這樣超帥的。」

微微顫抖。

不知道是基於何種情緒——面無表情的戰場原，肩膀微微顫抖。

這應該是她內心真正的反應吧。

「如果我是男的，看到你這麼帥氣的模樣，我就會嫉妒到發瘋殺了你。」

「真恐怖！」

「幸好我是女的，可以喜歡你。」

戰場原說完之後——

伸手把堆積如山的鉛筆推埼。

「阿良良木，我明白了，我就聽你的吧。」

「……那麼，你願意帶我去見貝木？」

「對。」

戰場原點了點頭。

「不過，相對的——我有一個願望。」

「願望？」

「如果討厭『願望』這種撒嬌的說法，也可以改成『條件』——讓阿良良木見到貝木的條件。要聽嗎？」

試探的語氣。

不過，對於這種問題，答案只有一個。

「我聽。而且無論是什麼願望，妳說幾個我都會接受。」

「我的願望只有一個，阿良良木。」

戰場原——靜靜說道：

「這次見過貝木之後——我打算做個了斷。如同主人……更正，如同羽川同學剪頭髮一樣。」

「不准在這麼重要的時候講錯話。雖然不是絕對，但我沒辦法當作沒聽到。」

「我並沒有被威脅！」

「妳被威脅？被羽川？」

「無論何時何地，在羽川同學面前就要正坐，這是理所當然吧？」

「無論何時何地？」

「如同羽川同學……」

戰場原無視於我的吐槽，恢復為原本的語氣說道：

「如同羽川同學剪了頭髮——如同她以這種方式揮別往事前進，我打算藉由和貝木對決，與自己的往事訣別。」

往事。

戰場原的過去。

是指國中時代的事情？

還是高一的事情？

還是高二的事情？

還是……

除此之外的其他往事？

「我——也要前進。」

「…………」

妳早就已經面向前方了。

我原本想說這句話——不過這應該是多餘的。

何況，面向前方與前進，果然是兩回事。

「……所以妳的願望是什麼？我要怎麼做，妳才肯帶我一起去？」

「現在還不能說。」

「是說不出口的願望？」

「無論是什麼願望，你都會接受吧？」

「……是沒錯，不過……」

是沒錯，不過很恐怖。

並不是感到怯懦，但是這樣很恐怖。

就像是先在空白的合約蓋章。

何況對方是戰場原！

「和貝木對決之後——無論是什麼結果，到時我都會說出來。」

「那就算現在說出來也一樣吧？」

「現在說出來，就沒辦法當成伏筆了吧？」

「居然是伏筆！」

「對。阿良良木死後，我會後悔著沒能在這時候說出願望，獨自抱持著後悔的心情活下去。」

「是我可能會死的伏筆？」

「對，然後在高潮場面，我會使用一個重要的道具，那就是我生日的時候，阿良良木送我的天文望遠鏡。」

「能讓妳使用天文望遠鏡的事件並不存在！總之我不管伏筆不伏筆，現在就給我說！」

「如果你這麼說，那這件事就當作沒發生過。」

「…………」

到了這種程度，我也只能點頭了。

她的交涉手法還是一樣蠻橫。

「知道了啦──我答應。」

「這樣啊，那就一起去吧。」

戰場原也點了點頭。

一如往常──面無表情說道：

「相互守護吧。」

019

今天早上，戰場原打電話給貝木，不是以顧客的身分，而是以當年受害者的身分要求見面──說穿了就是對決。不過仔細想想，對方是否會接電話就是一場賭注。

總之，這場賭注是戰場原贏了。

後續的對話也是。

至於見面時間──似乎就訂在今天傍晚。貝木幾乎是二話不說，就接受戰場原的所有要求。

進行得如此順利，反而令人覺得詭異。

詭異──就是不祥。

總之……

「約定的時間是下午五點。」

「這樣啊──那我先回家一趟，或許可以從妹妹們那裡聽到更多細節。雖然大妹還在休養，但小妹差不多該起床了。」

「是嗎，那就傍晚再過來吧。」

「嗯……妳千萬不要擅自行動啊。」

「那當然。我至今說過任何一句謊言嗎？」

「…………」

妳只要開口幾乎都是謊言。

簡直可以用測謊機演奏歌謠了。

「我不是說謊……是被謊言弄得很累。」

「因為要思考怎麼說謊是吧……不過仔細想想，我完全聽不懂這句話。」

被謊言弄累是什麼意思？

既然這樣就說實話吧。

「放心吧，畢竟阿良良木這次願意實現我的願望——雖然可能會說謊，但我會遵守約定。」

「這樣啊……哎，那就好。」

「呵，這是交易。」

「…………」

約定和交易，完全是兩回事吧……

戰場原繼續說道：

「何況我終究有點累了。」

「啊，妳熬夜？」

熬夜。

原來這傢伙熬夜削鉛筆。

不，其中有五個小時，是因為被羽川罵而沮喪。

雖然表情依然像是戴了面具毫無變化，但她似乎已經很睏了。

真是個完全看不出內心想法的傢伙。

「阿良良木也一樣，即使曾經昏迷一段時間，不過也算熬夜吧？雖然不是絕對，但貝木可不是能以恍惚精神應付的騙徒——與其向妹妹打聽消息，在家裡好好睡一覺應該比較好吧？」

「總之——在睡眠這方面，我算是很能撐的。這是當過吸血鬼造成的體質。」

「不過，還是給我睡。」

戰場原說道：

「因為今晚——不一定有得睡。」

接受這種毛骨悚然的忠告之後——我踏上歸途。總之，無論與貝木對決的過程會發生什麼事，事前調整好身體狀況或許很重要。

即使會在今後留下何種禍根也一樣。

充分準備，讓自己不會後悔。

雖說如此，不過老實說，我還是想向火憐與月火打聽情報——不對，比起問她們，應該再去找羽川談一次？不然就以牽腳踏車為藉口，去羽川家拜訪一趟——但我至今已經為羽川添夠多麻煩了。

不應該繼續讓她捲入這場事件——然而這種想法，或許只是我對於羽川的過度保護，這已經成為我的習性了。

羽川人很好，而且是無與倫比的大善人，但她絕對不會過度保護任何人——會重視每個人自己應負的責任。

何況那個傢伙，太不在乎自己了。

這方面的個性，如果她能在剪短頭髮——決定向前邁進的時候一起改掉就好了……但是我或許沒資格說這種話。

我要考大學。

我是在六月下定決心的。

高中三年級的六月——以開始準備應考的時間點來看，實在太晚了。一般來說到了這種時候，都必須做出重考一年的覺悟應戰。

即使如此我還是能努力至今，這是多虧了戰場原和羽川兩位幹練的家庭教師——至於她們自己的狀況，成績在全學年之中名列前茅的戰場原，打算就讀保送申請上的大學（順帶一提，我的第一志願就是她保送的大學，雖然說明順序顛倒了，不過換句話說，我就是因為想和戰場原就讀同一所大學才開始唸書），至於全學年第一的羽川則是不想升學。

全學年第一。

不，坦白講，是全世界屈指可數的優秀學生。

老師們寄予厚望的羽川翼——

選擇不考大學做為自己的出路。

現階段知道這件事的人，只有我和神原——戰場原或許有從她本人口中得知，不過至少我沒走漏消息。

我哪敢走漏。

試著想像這件事公開之後的結果吧。私立直江津高中受到震撼的程度，將不是她剪頭髮換隱形眼鏡在書包掛吊飾可以比擬——真的有可能封閉全學年，甚至做出全校停課的處置，一點都不誇張。畢竟羽川的智力，甚至號稱全校學生加起來都比不上——不對，我當然知道智力並不是能用加法計算的數值，我只是想要形容她的優秀，甚至足以凌駕於這種常識。

我可以斷言，我一輩子都不會遇見更勝於羽川的人——不過正因為羽川如此優秀，才沒有選擇升學這條理所當然的道路，這是很有可能的事情。

雖然很有可能，但也太突然了。

那她不上大學要做什麼？如果講出來或許很老套吧，不過她——似乎要去旅行。走遍世界各地的漫長旅程。

以數年為單位安排計畫，這果然是優等生的作風。從旅行的路線到方式，她似乎都已經完美規劃完成。

「那麼，無論我有沒有考上大學，等到高中畢業之後，就沒辦法像現在一樣見到羽川了？」

剛進入暑假的時候——和羽川一起在圖書館唸書的我，向她提出了這個問題。雖然裝出隨口提及的語氣，不過聽起來或許反而像是蓄意詢問吧。

「沒那回事喔？」

羽川如此回答。

而且露出害羞的笑容。

「只要阿良良木呼喚我，我會從全世界任何一個角落趕回來。我和阿良良木不就是這樣的交情嗎？」

她如此說著。

「……那麼，妳也在需要我的時候呼喚我吧。即使那天是聯考當天，我也會趕往全世界任何一個角落。」

「啊哈哈，這種話給我考上再說吧！」

就像這樣——我們結束了這個話題。

雖然結束話題，但如果她當初沒遇見我——並且沒有和怪異有所牽扯，羽川的人生或許會更不相同。我實在不得不思考這種事。

要是她沒得知鬼的存在……

要是她沒得知貓的存在……

她的人生，應該就不會脫軌到這種程度——畢竟她原本唯一的目的，就是依循著人生既定的軌道前進。

她——是真物。

「……嗯，還是算了。」

我在抵達家門的時候做出這個結論。畢竟羽川應該已經把知道的事情全部告訴我，而且假設聽得到更詳細的情報，但要是她得知我會在傍晚和戰場原去找貝木，她或許會要求同行。

我不希望把她捲入到這種程度。

不想波及到她。

如果要去見貝木——其實我很想自己一個人去。

戰場原應該也是基於相同的想法，才想拒絕我陪她同行，但要是真是如此，我的行動就極為矛盾了。

然而，我只能硬是接受這種矛盾。

我就是這樣的人。

「哥哥！」

走進家門之後——剛好位於玄關附近的月火，像是被嚇到一樣發現我返家，並且如此大聲喊著。

「啊……原來妳醒了，早安——」

「火憐不見了！」

月火打斷我的話語——放聲大喊。

悲痛大喊。

「我、我剛才醒來之後，到處都找不到火憐——她的病還沒好啊！」

「小月，冷靜一點——」

我不由得以暱稱稱呼混亂的月火，摟住她的肩膀，將隨時可能衝出去找火憐的她硬是轉過來。

「——有去我房間看過嗎？我剛才讓她在我房間休息。」

「看過了啦！別問我這種廢話！」

月火歇斯底里，宛如隨時會掉下眼淚。

「鞋、鞋子不見了——而且她好像也換過衣服了。」

「…………！」

我不禁覺得，幫她承擔一半的高燒是失敗的決定。雖然稱不上康復——然而實際上，火憐因而得以恢復某種程度的行動能力。

她是假裝鬧到疲憊而睡著，看我出門之後就溜出去了。

可惡，那個麻煩的傢伙！

「我跟爸爸媽媽說這是她照慣例亂跑——但我又不能說真話，哥哥，我該怎麼辦——」

「冷靜下來，知道那個傢伙有可能會去哪裡嗎？」

「不知道……」

月火全身放鬆，垂頭喪氣失魂落魄。

宛如——失去了一半的自己。

「我想她去找那個叫做貝木的人了……可是到頭來，我又不知道那個人在哪裡……」

「……也就是說，小憐知道貝木在哪裡？」

「應該不知道，畢竟被他逃掉一次了。」

「…………」

火憐。

那個做事不經大腦的傢伙。

這樣的話，不就是連她自己都不知道要去哪裡嗎——那個呆子！所以她明明漫無目標，卻因為靜不下心，就一時衝動跑出來嗎！

所以……

所以我才會說妳是——偽物！

「……我去找她，反正她肯定跑不了太遠——她不可能有這種能耐。妳就回家等吧。」

「咦……可是，我也要去找……」

我明白。

妳應該是正準備出門找她的時候撞見我的。

然而……

「如果妳找到小憐，妳有可能反而被她說服。要是事情演變得更加複雜，我將會應付不來。」

「……哥哥真的一點都不相信我們。」

月火露出破涕而笑的表情。

我當然不會相信。

妳們平常的行徑太過分了。

換個說法是——太正確了。

「我不相信妳們，我是擔心妳們。」

「……………」

「不過！我更氣妳們！」

我不是一直都這麼說嗎！

我像是要推開月火般放開她，然後轉身就走——開門走到路上，然後思考。

現在該怎麼做？

要去哪裡？

既然火憐自己都沒有決定目的地，我也只能憑直覺到處亂找——尋找這個最棘手的失蹤人口。

火憐和戰場原不同，沒辦法直接和貝木取得聯絡——即使聯絡得上，貝木也不可能會老實見她。

幸好腳踏車借給羽川了。不然火憐肯定會擅自騎走我的腳踏車。騎車和徒步的行動範圍完全不同——不對，如果她搭公車，那我就束手無策了。妹妹們和我不一樣，可以用月票搭公車。

思考吧。

如果我是火憐，我會怎麼做？

身體狀況還很差，但自己還是有該做的事情要做，當周圍人們想阻止也不能被阻止的時候——

「首先會遠離自己的家——要是被找到就會被帶回家，所以離家是首要條件，接下來才是問題。接下來，接下來——接下來……」

接下來，要怎麼做？

話說回來，我哪知道那種笨蛋腦袋在想什麼！她該不會只是跑去便利商店吧！

雖然我放棄這種可能性……但火憐有可能和羽川聯絡嗎？開開心心使用剛買的手機——說不定在離家之前，就已經暗自以電話聯絡過了？

不，不可能。

對於請羽川幫忙的這件事，火憐與月火她們一直瞞著我，也請羽川不要透露消息，換句話說，她們對這種做法感到內疚。此外，要是在這種狀況聯絡羽川，羽川肯定會通知我，火憐再怎麼樣應該也能推測得到這種事——不過那個傢伙笨到有剩，說不定還沒想到就已經聯絡羽川了……

雖然我可以主動打手機給她，但她應該不可能會接……以GPS定位尋找手機位置的功能，只有家長才能使用。

以這種狀況，不能找爸媽商量。

而且她也可能早就關機——

「……吵死了。」

此時。

就在我繼續以毫無頭緒的腦袋思考，內心完全被焦躁占據的這個時候。

忽然間——影子裡傳出一個聲音。

我的影子裡傳出聲音。

在我如此心想的時候，忍野忍已經站在我身旁了。

在出現之前就已經出現，類似這樣的感覺。

她身穿純白連身裙，很符合小女孩給人的感覺，但也像是超脫了現實。和她住在補習班廢墟時的造型不同，是長度及膝的款式，並沒有搭配內搭褲。

雪白的雙腳套著涼鞋。

這雙涼鞋也是潔淨雪白。

至於安全帽則是如她所說——沒有戴在頭上。

那頭金髮毫不保留展露在外——一覽無遺。

她則是以惺忪的雙眼——凝視著我。

「吵得令吾難以安眠。汝這位大爺明白嗎？現在吾和汝這位大爺經由影子連結，要是汝這位大爺內心動搖，這份情緒會直接傳達給吾，吾自己明明毫無情緒波動，內心狀態卻被設定在硬是得動搖的狀況，老實說這種感覺糟透了。所以汝這位大爺必須為吾著想，儘可能維持穩定之情緒——然而對汝這位大爺而言，這種事應該辦不到吧。」
「……忍，妳知道現狀嗎？」
「大致明白。真是的，妹妹也是冒失魯莽，和汝這位大爺相比毫不遜色——呼啊～……」
忍打了一個大大的呵欠，令我看到她的小虎牙……吸血之牙。
「——喔喔，這麼說來，汝這位大爺也曾經在吾迷路時到處找吾，真懷念。」
「……我可以問妳是否願意幫我嗎？」
「哈哈！」
忍笑了。
笑得宛如吸血鬼。
「很遺憾，現在的吾不可能違抗汝這位大爺——即使主僕關係很複雜，但以實力而言，汝這位大爺在吾之上。吸血鬼之羈絆即為靈魂之羈絆，吾總是如此耳提面命吧？因此只要汝這位大爺一聲命令，即使命令內容多麼令吾抗拒，吾亦只有遵循一途。」
「不是命令。我的立場無權對妳下令。」
「那吾就不會聽從了，蠢貨。」
忍無可奈何說著。
「以現狀而言，吾願意提供協助，但由吾主動提及會有面子問題，吾才會要汝以命令語氣做個表面工夫，汝為何不懂？吾於這種時間點睡眼惺忪現身，怎麼想都是為了協助汝這位大爺吧？」

「……妳也是貨真價實的傲嬌。」

聽過忍的這番話之後——我露出苦笑。

該怎麼說，妳也變得很會玩心機了。

活了五百年的傢伙，在短短五個月之內就融入世俗風格，我覺得這都是忍野進行英才教育的成果，了不起。

那個夏威夷衫大叔，到底做了什麼？

「那麼，這是命令。尋找小憐的去向吧。」

「啊～討厭討厭，吾為何悲哀到非得聽從這種下等人類的命令？不過既然以這種方式發動強權也無可奈何了，哼。真是的，汝這位大爺沒有吾就一事無成，實在可愛得無可救藥。哈哈！」

再度笑了兩聲之後——忍以拇指示意方向。

「汝之妹妹的血，和汝這位大爺的血在構造上相似，因此吾可以藉由味道大致掌握位置。嗯，看來似乎離這裡不遠。」

020

看來果然是打算搭乘公車前往就讀的學校——栂之木第二中學的樣子。阿良良木火憐位於離家最近，平常用來搭車通學的公車站，坐在候車室的長椅。

不，是躺著。

似乎在搭車之前就用盡力氣了。

現在是週日下午——在這種時段，這種偏遠城鎮不會有人搭公車，所以候車室只有火憐一個人，實際上處於包場狀態。

她身穿運動服，橫躺在長椅上。

像是在調整呼吸。

雖然躺著——但似乎沒睡著。

相信忍的說詞全力奔跑，在三分鐘之內趕到這裡的我簡直是笨蛋——不過火憐位於候車室內部，這就某方面來說算是盲點，如果不是忍告訴我，我大概也不會察覺。要是沒有考量到對方身體虛弱，我肯定遠遠看到站牌沒人就去其他地方找了。

「……喲，強吻之狼。」

火憐虛弱地看著我——從長椅坐起上半身。

現在的她，再度流了滿身汗。

或許是在強行鞭策身體之後，我好不容易幫她緩解的高燒又復發了。

先不提圍獵火蜂的症狀，以實際狀況來說，她現在的體溫也不適合外出。即使意識再怎麼清晰——要是身體跟不上，就依然算是恍惚狀態。

「回家吧。」

「少囉唆，你自己回去。」

「要是再耍賴，小心我又吻妳。」

「我已經失去寶貴的東西了……哥哥，看來你沒發現，現在的我已經什麼都不怕了。」

「哼，實際上就難說了，妳還沒理解何謂真正的恐怖。」

「會體驗真正恐怖的人——是哥哥。」

緩緩地，火憐站起來了。

「別阻止我。」

「要不要阻止妳暫且不提……不對，我當然會阻止妳，但妳打算去哪裡？現在的妳，連對方在哪裡都不知道吧？」

「我會現在開始找。我沒辦法靜心坐視。」

火憐以手腕上的髮圈，將原本任憑垂下的長髮熟練綁好。綁成一如往常的馬尾。

她的模樣——比平常還要精實。

「沒辦法靜心坐視，那妳想做什麼？」

「尋找、發現、然後痛毆。」

「妳是紀元前的人嗎？」

「以拳還牙，以拳還眼。」

「妳越講越像個笨蛋了。」

「我對此有多麼不甘心，我應該有說過吧？」

「我也有說過，之後就交給我了。」

「但我沒說過之後要交給哥哥。」

「別逞強了，妳現在應該靜養。」

「這種話連素昧平生的人都講得出來。為什麼哥哥就不會對我說『加油』、『別輸了』或是『修理他』這種話？」

「我哪能說這種不負責任的話。妳和我不一樣，妳是爸媽的希望，難得這麼成材，就不要做這種超越小鬼胡鬧標準的事情。大部分的事情我都可以睜隻眼閉隻眼，所以不要踰矩。」

「哥哥已經再度認真唸書了，所以和我們沒差吧？」

「爸媽連補習班都不讓我去。」

「反正哥哥比我們……」

說到這裡——火憐的身體微微搖晃。

連站都站不穩了嗎？

她幾乎只靠意志力站著。

不——連意志力都要用盡了。

那麼，是什麼東西支撐著她？

使命感？倔強？尊嚴？

還是信念？

「………」

答案是什麼都與我無關。

既然她站都站不穩，我只要背她回家，把她綁在床上讓她跑不掉就行了。

「用談的談不出結果。」

然而，火憐搶在我前面結束了話題。

「反正哥哥不會聽我的話吧？」

「之後我會慢慢聽妳說。會坐在躺著休養的妳旁邊，一邊削蘋果一邊聽妳說。」

「哈！」

舉手握拳，微微屈膝壓低重心的瞬間——

直到前一刻都不斷無力搖晃的火憐身體，像是背脊插入鐵條般——筆挺有力。不是迎擊。

火憐向我釋放的是——主動攻擊的意志。

「仔細想想，好久沒有和哥哥認真打一架了。」

「別高估自己了。我從來沒有認真和妹妹打過。」

相對的，我沒有擺出架式——不過有提高警戒。

「記得妳好像升段了，是這麼說嗎？不過這種玩意——在現在這種場合不知道能派上多少用場。這裡並不是道場，何況妳現在不是處於平常狀態。」

「我的狀態？嗯，確實不是平常狀態。」

火憐點頭同意我的指摘。

「……我現在腦袋昏昏沉沉，全身火燙，衣服簡直隨時都會燃燒，全身無力，好像只要踏出一步就會倒下——眼睛大概缺水吧，連哥哥的樣子都看不清楚，說不定下次眨眼就再也睜不開了。」

「…………」

「換句話說，我處於最佳狀態。」

火憐維持著架式——緩緩向我逼近。

來到伸手可及的距離。

她不知不覺——接近過來了。

「……妳真帥氣，如果妳不是我妹，我大概會愛上妳。」

「如果你不是我哥，我或許就會手下留情了，但我辦不到。」

火憐說完之後——揮拳了。

並非大病初癒，而是大病當頭的她揮出這一拳，我當然不可能看不見。我輕易閃開——並且抓住她的手腕向上扭。

向上扭。

下一瞬間——我的身體浮在半空中。

「！」

甚至來不及驚訝，也發不出聲音，頂多只冒出一個驚歎號——我的背就重重摔在柏油路面。

柏油路面。

對人類來說，這種路面——太硬了。

接著，我終於發出聲音了。

「呃、啊——！」

「真遺憾這裡不是道場，哥哥。如果是在榻榻米上面，就不會這麼痛了。」

火憐如此說著。

「我沒說過嗎？我學習的流派，二段以上就有摔技了。」

「…………！」

真的？

空手道居然有摔技？

在這個世界上，依然有許多我所不知道——而且出乎我預料的事情。

這傢伙動起來毫無問題吧？

「謝啦，哥哥——託福我清醒了。」

這句話並不是代表她洗心革面願意認錯，而是正如字面上的意思，模糊的意識完全清醒了。火憐緩緩伸展自己的身體。

「下一班公車還要等……二十分鐘。哥哥，要幫你叫救護車嗎？」

「……開玩笑，要搭救護車的是妳。」

我說完之後站了起來。

由於剛才那一摔，使得胸腔裡的空氣全部咳了出來，所以呼吸遲遲無法平復。無所謂，不需要等待呼吸平復。

看向前方吧。

看向妹妹吧。

看向——罹病的妹妹吧。

「……不會吧，為什麼還站得起來？明明死掉也不奇怪的說——明明是絕對不能在道場以外的地方使用的招式……」

「妳快點被逐出師門吧。」

「不准妨礙我！」

這次的拳頭，我看不到。

然而，並不是剛才那種為了施展摔技而使用的幌子，拳頭本身的速度沒有變化。

只不過……

只不過，加入了假動作。

光是如此——給人的印象就截然不同。

第一回合，毫不留情。

第二回合——發揮全力。

「咳、唔——咕！」

再度倒在柏油路面之前，火憐的拳頭打中我的身體五次，我連一招都擋不住。

這已經是連環攻擊了。

「話說哥哥，『身體火燙』這句話……不覺得聽起來很下流嗎？」

「並沒有！」

「因為是『身體』加上『旅館』耶？」（註33）

「妳是我學妹嗎！」

「學妹？那是誰？」

「就我所知最變態的傢伙！」

要是神原聽到應該會開心到感動吧。我放聲怒罵，並且在火憐趁我倒地踢過來的時候，抓住她的腳踝——好，我的力量終究在她之上，如果是手腕就算了，但只要我抓住腳踝，她肯定沒辦法使用任何摔技！

然而有件事很重要，那就是火憐有兩隻腳。

火憐居然以被抓住的腳踝為基點抬起另一隻腳，並且以這隻腳踩踏我的側腹。

這一腳很痛。

畢竟這是比我還高的人，以全身體重狠狠踩下來的一腳——甚至令我誤以為內臟全被踩扁了。

即使如此，我還是沒放開手中的腳踝——直到這種宛如惡魔的攻擊命中我三次。

不行，光靠毅力辦不到。

我現在的身體並非吸血鬼，老實說依照身體的感受，火憐的攻擊比奇洛金卡達那時候還痛。

註33　日文「火燙」和「旅館」同音。

「喂，汝這位大爺。」

放開火憐腳踝的時候，地面傳來了這個聲音——不對，不是從地面，是從落在地面上的影子裡。

換句話說，這是忍野忍的聲音。

只有聲音，而且似乎只有我聽得到——火憐對這個聲音毫無反應。

「吾沒說過嗎……如同內心之動搖與焦躁會直接傳達給吾，汝這位大爺之痛楚，亦會不折不扣傳達到吾身上。」

「……麻煩再忍一下。」

我對地面如此說著。

從火憐的角度來看，我是一個會對地面講話的危險人物——或許會以為我重傷到腦袋出問題吧。

「只要一聲令下，吾就會採取行動。」

「不要緊，我不會請妳幫忙。」

「吾已經達到沒有命令亦想行動的程度了。」

「這是命令，不准採取行動。」

「汝這是強人所難。」

「晚點我會摸妳的頭。」

摸頭。

這是發誓絕對服從的儀式。

昨天會幫忍洗頭髮，多少也包含了這樣的意義。

「這樣不夠，吾要求更高一階之儀式。」

「更高一階？」

「嗯，更加強烈表現忠誠心之儀式。」

「哇，原來有這種儀式啊。順便問一下，是什麼樣的儀式？」

「不是摸頭，是摸胸部。」

「為什麼妳沒有在大人外型的時候跟我說！」

我含著眼淚起身——第三回合，甚至沒有對話。

拳頭忽然就迎面而來。

再忍一下。

雖然我對忍這麼說，但這句話的意義非常含糊，具體來說，我要請忍努力忍受下來的——首先是接下來的十記拳頭。

我當然也在忍耐。

忍耐著難以忍耐的攻勢，承受著難以承受的攻勢。

嗯，她真的變強了。

如果是原本的我，將完全無法抗衡。

這令我不禁心想，我之前居然會傲慢地認為不小心會殺了自己的妹妹。一陣子沒有和她打架，沒想到她居然成長到這種程度——超乎我的預料。為什麼短短幾個月就進步成這樣？妳的師父是七龍珠裡的大長老嗎？妳喝了超神水嗎？

實際上，我絕對不是基於「對手是女性」或「對手是妹妹」這種帥氣的理由甘願挨打——但是以現狀來說，我非得以這種藉口才撐得下去，我甚至連反擊的空檔都找不到。這傢伙是怎麼回事？簡直處於完全不同的世界設定，難道是動畫原創角色？

大概是因為身體狀況不太好，所以無法拿捏力道與收手時機，火憐的攻勢簡直永無止息。

雖然永無止息，然而……

看到依然不肯倒下的我——

「……適可而止吧。」

火憐暫時停止動作——如此說著。

「像這樣打哥哥，我的拳頭會比哥哥痛。」

「說什麼蠢話，我被打的身體比較痛。」

真是的。

說真的，要不是吸血鬼現象殘留下來的治癒能力，我就算已經被打死也不奇怪。

「哥哥不可能贏得了我吧？」

「小憐不可能贏得了我吧？」

我感覺全身各處都在流血——這些血，就當成之後餵忍做為賠禮的血吧。

話說，要是不以這種做法提升治癒能力，到時候我真的得住進醫院。

「哥哥，要投降就趁現在。」

「妳這句話也太晚講了。」

「……手會痛，所以接下來我不用打的。」

火憐說完之後——再度發動攻勢。

而且是使用掃腿。

由於預料到她接下來打算以雙腿進攻，所以我向後飛退，成功避開這記掃腿——

然而無法避開接下來的追擊。

她將另一隻腳高高舉起——以腳跟重重打下來。

簡直是跆拳道的下劈腿。

妳的流派太奇怪了！

「唔……！」

我雙手交叉高舉試著防禦——但體格比我好的妹妹使出這一招，我不可能以這種方式擋下來。

或許臂骨反而會被踢斷。

這不是可以對外行人施展的高等踢技吧？雖然我如此心想，而且差點被這一腳的威力打倒，然而不知為何，我並沒有被踢到倒下。

為什麼？

她手下留情？

不對，難道是——

「哼！不錯嘛，哥哥！」

雖然她這麼說……

「但剛才那腳也是假動作！」

火憐剛才下劈的那隻腳，這次從下方以趾尖瞄準我的下巴往上踢——可別小看我了，動作明顯到這種程度的攻擊不可能打得中我。如此心想的我以最小幅度的動作躲開她的趾尖，不過只以這個動作來說，火憐的目的並非攻擊。

火憐就這麼讓另一隻腳接著往上踢——讓全身浮在半空中。

然後以雙手手掌挺直身體，成為倒立的姿勢。

「呼！」

接著火憐——當場旋轉了。

將雙腿張開成直線，看起來宛如竹蜻蜓。

「呃……唔！」

我勉強以手臂擋下這一招，然而我不知道這種防禦到底有什麼意義。與其說是防禦，不如說我的手臂被當成重點破壞的部位。

宛如遭受木製球棒的重擊。

火憐就這麼旋轉了五圈，換句話說我的手被踢了十次。我的手已經麻痺到完全沒感覺了，沒想到倒立的攻擊會有如此威力——

話說回來，我曾經在格鬥遊戲看過這一招！

這不是空手道，是叫做卡波耶拉的巴西戰舞吧！

「可、可惡——」

我忍無可忍，伸手試圖抓住火憐的腳。我原本以為這種宛如雜耍的動作很容易失去平衡，這是我預估錯誤，但我還是必須試圖反擊——

然而，火憐就像是在等我做出這個動作般——放低身體。

放低身體，從倒立姿勢暫時躺在地面，但火憐旋轉的力道沒有減弱，將柏油路面當成冰面，宛如在跳霹靂舞般，以背部為支點繼續旋轉，而且提高轉速再度踢向我的腿。這一招簡直是將雙腳打造成鐮刀般犀利。

旋轉。

利用旋轉。

火憐應該是因為身體狀況不佳，無法完全發揮肌力，所以才會使用這種運用慣性和離心力的策略——而且這個策略似乎非常奏效。

由於我專心防禦上半身，所以幾乎毫無防備的小腿中招之後，我膝蓋一軟就往下跪——這就是火憐的目的。

她再度以手掌撐住柏油路面。

恢復為倒立的姿勢——

然後就這麼——只以手臂的力氣往上彈。

混帳！

不愧是平常就倒立練身體的傢伙！

在我如此思考的空檔，剛才當成鐮刀使用的修長雙腳，火憐這次當成剪刀使用，朝著我的腦袋夾了過來。火憐先以鍛鍊過的大腿逼近——接著立刻彎起另一隻腳，將我的腦袋固定。

運動服的褲襠部位緊貼著我的臉，令我無法呼吸。

然而這只是轉瞬之間的事情。

火憐在半空中張開雙手當成螺旋槳使勁旋轉——以這股力道帶動全身，猛然扭動翻轉。

這股扭力——將我抽離地面。

以蠻力。

使盡力氣——抽離。

摔、摔技？

居然用腳——用腳夾住腦袋施展摔技？

太扯了，這是不可能的——我根本無暇吐這個槽，而且下半身在剛才已經被踢得站不穩，所以我無從抵抗火憐這個完全超乎我預料的動作——眼前的光景大幅晃動。

我的身體，再度飛到半空中。

夾著我腦袋的雙腳在中途鬆開，我好不容易避開倒栽蔥的結果（這肯定也和剛才那招一樣是「不能在道場以外的地方使用的招式」，雖然看起來像是漫畫金肉人裡面超人摔角的招式，不過以套路來說，反而比較像是古代武術？）——但我當然不可能翻身著地，只能從腰部硬生生摔回地面。

一陣劇痛——令我停止動作。

理所當然著地成功的火憐，則是繼續對我施展攻擊——曾經當成鐮刀和剪刀使用的雙腳，這次宛如鞭子柔韌有力。

情急之下，我撿起地上的石頭扔向火憐——而且不是一顆，是雙手共兩顆！

對女國中生扔石頭的男生。

這個人居然是我。

「煩死了！」

然而這種射擊武器，火憐根本不看在眼裡——朝自己身體射來的兩顆石塊，她光是中途修改踢腿軌道，就足以將其踢飛。

不，不是踢飛。

是踢碎。

妳、妳的踢腿——居然能在空中踢碎石頭！

已經不是木製球棒，是金屬球棒了！

「再怎麼樣，妳也鍛鍊過頭了吧？妳這個十二分之一的妹妹公主！」（註34）

「那不就是普通的妹妹了！」

火憐對我的惡言精準吐槽，不過該說她和我的能耐不同嗎，她沒有因為吐槽而離題，緊接著再度朝我的頭部踢來。

很明顯是一記迴旋踢——而且我的腦袋，剛好位於她能輕鬆踢中的高度！

令人驚訝的是——並不是只有一腳而已，太離譜了。

雖然不能以如虎添翼來形容，但火憐就像是違抗地心引力的飛行物體——就這麼在半空中踢出另一隻腳，攻擊位置同樣是頭部。

而且，甚至也不是只有兩腳而已。

註34　日本某雜誌的讀者參與企劃，女性角色為十二名不同特色的妹妹。

火憐只跳躍一次，就能藉由旋轉力道踢我的頭部——三次。

我感覺自己像是從果醬爺爺那裡得到新臉蛋的麵包超人。（各位真的聽得懂這個譬喻嗎？換句話說，我以為自己的腦袋被踢飛了——！）

如果是直立狀態被如此沉重的踢腿命中，我大概挨了第一腳就會二話不說昏倒，何況我是以坐在地面的狀態連續被踢三腳——老實說，這真的不是鬧著玩的。

或許腦漿已經被踢成豆沙了。

絕非誇飾。

「妳是電風扇嗎——該不會只要在妳面前講話，聲音就會像是跟外星人一樣吧？妳這個六分之一的雙戀！」（註35）

「我和月火又不是雙胞胎！」（註36）

「原本其實是這種設定！」

「真的？」

真的。

仔細閱讀至今的章節，或許找得到蛛絲馬跡。

火憐旋轉一圈半之後單腳著地，但她可不會在這時稍做喘息，這次她反方向旋轉

註35　吸入氦氣會暫時令聲音出現變化，而且氦氣比空氣密度低，暗喻火憐在空中的飄浮力。

註36　日本某雜誌的讀者參與企劃，女性角色為六對不同特色的雙胞胎。

再度跳起，企圖攻擊我頭部的另一側。

不過以人體工學來說，這種動作似乎終究是過於勉強，火憐一跳起來，就像是被自己迴旋踢的力道牽引而失去平衡——不對。

我錯了。

這也是——假動作，這也是在利用旋轉的力道。

火憐順著迴旋踢的力道，在我面前完成一次漂亮的後空翻——並且踩在依然坐在地上的我肩膀上。

在我的肩膀著地。

然後就這麼以我當成跳臺——

縱身一躍。

朝我的正上方——

縱身一躍。

「這——妳！」

我反射性抬頭往上看，映入我眼簾的是——

在空中彎曲雙腿，就這麼把全身體重施加在膝蓋上，朝著剛才被當成跳臺的我肩膀踢下來的——火憐。

「開、開什麼玩笑，要是中了這一招，我肩膀不就完蛋了——這可不只是麵包超人

那麼簡單啊，妳這個五分之一的歡樂課程！」（註27）

「那不是妹妹，是媽媽吧！」

說得也是。

我隨口就說出來了。

不過話說回來，這部作品的主打市場真是小眾。

我連忙鞭策著疼痛的腰，手腳並用移動身體爬離現場——她的膝踢攻擊位置過於集中，只要稍微移動，肯定就能閃躲這一招。

過度強大的跳躍力造成反效果了吧！

妳可以試著就這麼踢向柏油路面——只是小石塊就算了，但妳總不可能踢碎柏油路面吧！

會碎掉的反而是妳的膝蓋！

然而，我的視線一角捕捉到難以置信的光景。

我在千鈞一髮之際躲開攻擊之後，火憐再度在空中扭動上半身——在僅僅五十公分的高度，就讓自己一百七十公分的身體螺旋扭轉，雖然稱不上華麗，卻也是以漂亮的動作著地。

和爬著逃跑的我有著天壤之別。

註37　日本某雜誌的讀者參與企劃，女性角色為五位不同特色的媽媽。

即使正在交戰，我也不由得對於火憐這一連串的動作看得忘神——而且我的這種舉動，當然只會提供對方絕佳的攻擊機會。

火憐以飛快的步法繞到我身後，迅速抓住我的手往上扭，並且以雙腳固定我的手——再以她的雙手絞住我的脖子。

頸部十字固定……不對，裸絞？

雖然她以雙腳固定我的手臂是一種獨特改良，不過這也不是空手道招式，完全是柔道的招式吧！

「妳學的武術，該不會其實是柔道……應該說，截拳道嗎——」

「不，是空手道……這招也叫做 choke sleeper X！」

「空手道哪有英文名字的招式！」

大事不妙。

妹妹進入掛羊頭賣狗肉的流派了。

不，事到如今，或許已經和流派完全無關吧。

然而，這下不妙了。

即使擁有吸血鬼的治癒能力，即使能夠承受毆打類型的攻擊，也無法承受柔道絞技的攻擊——直接攻擊呼吸系統，是意外有效的戰法。她最初施展的摔技，也是因為傷到我的肺部，所以需要一段時間才能恢復。

接下來我不用打的——如果這句話的意思，並不是改成以踢腿為主的戰鬥方式，而是改成以摔技與絞技做為基本戰術，對我來說就太不利了！

「我有經驗所以很清楚，如果是脖子被掐，出乎意料可以在很舒服的狀況昏迷過去——哥哥也試一次吧！」

「居然有人掐過妳的脖子！我絕對不能原諒那個傢伙！」

「就是哥哥啊！」

說得也是。

除此之外，大概就是她在道場練習的時候吧。

「多年恩怨就此了斷！」

「妳的目的變了……」

然而，即使火憐再怎麼用力——再怎麼想用力掐緊我的脖子，我也完全不會覺得呼吸困難。

她的身體狀況果然很差。

與瞬間爆發力量造成損傷的打擊招式不同，對於現在的火憐而言，必須持續以手臂使力的絞技，她無法發揮百分之百的效果。

剛才以雙腳夾住我腦袋的摔技，也是在半空中就放開我，這一點也證實了我的推測。

火憐也很快察覺自己失策了。

然而她察覺的這一瞬間，正是我的大好機會。

我抓準時機掙脫火憐的手，站起來轉過身體。

朝著同樣站起來的火憐胸部伸出雙手。

以招式對決的話，我沒有勝算，所以我想盡辦法要抓住她的運動服，讓戰鬥演變成相互扭打的混戰。

「想抓哪裡啊，色狼！」

然而火憐輕鬆避開我的手。

而且出乎意料，朝我的臉部施展頭鎚。

居然用頭鎚！

這是女生該用的招式嗎！

由於近乎反擊的這一記正中鼻梁，我一瞬間神志不清——而且反射性閉上雙眼，看不見火憐的身影。

火憐不可能放過這個機會。

她瞬間迅速進入我的視線死角，先是背對著我，再藉由兩百七十度的旋轉，把全身體重加在拳頭上，反手命中我的太陽穴——這傢伙，居然集中攻擊如此要命的部位！

腦袋受到重創。

這一拳把我打趴在柏油路面。

全身和柏油路面摩擦，我的衣服早已破爛不堪。

但我沒空在意這種小事，要是沒有趕快站起來，就會遭受火憐的追擊——

「果然——拳頭好痛。」

火憐如此說著。

大概是在重整態勢，火憐和我拉開了距離。

「老實說，我不想打了。繼續打下去只能算是暴力。哥哥終究也已經明白了吧？哥哥打不贏我的。」

「哼，說什麼傻話，我放過五次打倒妳的機會，妳為什麼沒有發現？妳才應該差不多要明白了，小憐打不贏我的。」

不對。

單方面被修理到這種程度，無論講出什麼臺詞，聽起來都只像是不服輸。

會贏嗎？會輸嗎？

能贏嗎——能輸嗎？

「正義必勝吧？」

火憐如此說著。

雖然嘴裡這麼說，但應該是因為剛才做出許多激烈動作，火憐的腳步再度變得不穩——不過只要我再度採取行動，她應該又會振作起來吧。

「既然這樣，也可以解釋成打贏就是對的吧，哥哥？只要打倒哥哥——我就可以做我要做的事情吧？」

「這種想法很危險，與正義差多了。」

「啊？」

火憐明顯露出不愉快的表情。

她原本就微微上吊的眼角變得更為銳利——瞪著我。

用力瞪著我。

「說這什麼話，哥哥平常不是一直那麼說嗎——講得一副囂張的樣子。」

「是喔，我說了什麼？」

「妳說我和月火是正確的，可是不強——因為正義必勝，所以不能輸——」

還說我們，是偽物。

「講得那麼囂張，那麼囂張，那麼囂張！所以我為了不讓自己輸——」

「啊啊，這件事嗎？」

我如此說著——走向火憐。

不對，我不行了。

無法隨心所欲行動。

或許火憐將會離開吧——我無力阻止。下一班公車也快到了。

「就是這樣。妳是正確的，但是不強。」

「我很強吧？至少比哥哥強。」

「這就難說了。就我看來，妳很弱。」

「哥哥已經傷痕累累了，居然還說這種話？」

「力量再強也沒有意義，想成為真物需要的是——堅強的意志。」

比方說，羽川最了不起的地方，在於她的意志非常堅強。

「無法原諒貝木的這份情緒，到底有哪裡算是妳自己的意志？妳們總是為了他人而行動，為了某人而行動，其中並沒有妳們自己的意志。」

「……不對，我們是在做我們認為正確的事情，大家的請求，只不過是促使我們行動的理由。」

「別逗我笑了。在別人身上找理由的傢伙，哪有資格自稱正義？把理由推給別人的話要怎麼負責？妳們不是正義，更不是正義使者，是玩著正義使者遊戲的——普通小鬼。」

是虛偽之物。

絕對無法成為真物的——偽物。

「妳們敵視的對象，從來都不是真正的壞人，而是飾演反派的角色——不是嗎？」

「不是！明明什麼都不知道，就不要亂說話！」

火憐高聲怒罵。

不知何時——她放下拳頭了。

就這麼緊握著——放下拳頭。

「翼姊姊肯定就會明白——因為她無所不知！」

「她不是無所不知——只是剛好知道而已。」

我如此說著。

這是羽川的口頭禪。

她總是掛在嘴邊的話語。

就像是——說給自己聽的話語。

「如果沒有覺悟到這麼做並非自我犧牲，只是沉浸在自我滿足之中——那就不准打出正義這種冠冕堂皇的口號，令人反感。」

「……為他人行動有什麼錯？自我犧牲有什麼錯？我們——就算我們是虛偽的，又有什麼錯！怎麼了，這樣有為哥哥添麻煩嗎？」

「妳們一直為我添麻煩，不過……」

我如此說著。

我和火憐之間——已經沒有距離了。

我抓住放下拳頭的火憐。

「我從來沒說過妳們是錯的。」

「…………」

「如果覺悟到將會一輩子與自卑感共處，即使妳們是偽物，和真物也沒有兩樣吧？」

我已經幾乎沒有握力，雖然已經抓住火憐，卻幾乎使不出力氣。即使火憐沒有掙脫的意思，但還是要以防萬一。

所以我緊抱火憐。

她的身體熱到發燙。

而且即使微弱——但確實存在著意志。

沒問題的。

妳們還小，還不懂事，還是小孩子。

所以——今後將會永無止盡變強。

「話說在前面——我非常討厭妳們。但我總是把妳們當成我的驕傲。」

「哥——哥哥。」

「小憐，妳曾經說過妳不甘心，我也確實聽到了。不過——我比妳不甘心太多了。

我無法容許那個玷汙我驕傲的傢伙。」

所以——

所以……

「之後就交給我了。」

我如此說著。

已經不需要繼續交談了。

火憐緊繃的身體，緩緩放鬆。

「……與其說不甘心，不如說我覺得好丟臉。居然要請哥哥幫我收爛攤子。」

「妳這個連自己汗水都沒力氣擦的傢伙說這什麼話？幫妹妹收爛攤子這種事，對於哥哥而言只會是一項榮耀。」

緊抱著。

緊抱著比自己還高，火憐的身體。

我試著對火憐——投以微笑。

「這次我要讓妳見識我帥氣的一面。小心別愛上我，會亂倫的。」

「已經愛上了。」

火憐如此說著。

「哥哥，之後就交給你了。」

接著，她這麼說。

我們就像是一對感情不好的兄妹。

打了一場正確又痛快無比的架。

021

不過，接下來的進展極為乾脆俐落，甚至可以形容成期望落空。這是否應該視為一種幸運就暫且不提了。

「好，我明白了。我就不再誆騙國中生吧，今後我不會繼續宣傳『詛咒』。阿良良木，關於那個充滿活力的小妹妹——你妹的事情也不用擔心，那終究只有類似安慰劑的效果，算是所謂的瞬間催眠吧——從她愛鑽牛角尖的衝動個性來看，她的症狀應該會比常人來得嚴重，不過她虛弱的身體只要三天就能康復——真要說的話，就像是普通的感冒。還有，戰場原，關於令堂的事情，我要正式向妳謝罪。從法律的角度來看，我只是和妳進行諮商，討論妳家人的事情，所以沒有法律可以制裁我的行徑，但是既然已經對妳造成傷害，我也不能對此不聞不問。所以關於之前從令尊那裡拿走的錢，我將會盡力歸還——只不過因為幾乎已經用盡，所以這方面或許得花費不少時間。」

身穿宛如喪服的西裝，不祥的男性。

貝木泥舟如此說著。

戰場原指定與貝木見面的地點——是這座城鎮唯一一間百貨公司的樓頂。在密室見面很麻煩，在人跡罕至的地方也很危險，所以才選擇這個地方——不過這也是吸取火憐教訓所擬定的對策。

七月三十日，傍晚。

後來我背著火憐回家，雖然她應該不會再溜出去了，但是為了以防萬一，我還是以油性簽字筆，在火憐臉上寫下「只要是男生來者不拒」這種不能見人的塗鴉（也順便在月火臉上寫下「胸罩不好穿所以我沒穿」，這是連帶責任），然後與戰場原會合。

就這樣，來到了百貨公司樓頂。

這裡有一座小型遊樂園，旁邊附設一個小小的舞臺。今天是星期日，所以預定會在舞臺舉辦一場挺有規模的英雄秀（英雄戰隊大戰惡黨那種），我們假扮成等待表演開始的觀眾——進行會面。

漆黑的男性，以及兩名高中生。

雖然絕對不是異樣的組合，卻肯定引人注目——而且引人注目反而是好事。

只不過，雖然當時成功擊退，但曾經碰過火憐這根釘子的貝木，如果只是接電話就算了，他是否會願意赴約來到這種地方，就我看來果然是一種賭注——然而戰場原似乎抱持著某種奇妙的確信。

與其說是確信，更像是信賴。

在我們抵達現場之前，貝木泥舟就已經先一步來到百貨公司樓頂，並且獨自喝著罐裝咖啡。然而在認出我們之後——

「嗯……」

他輕呼一聲，將空罐扔進垃圾桶。

「記得——我在臥煙遺孤家門口見過你。是來幫妹妹報仇嗎？你是個很有男子氣概的孩子，在這個時代已經很少見了。」

他以沉重的語氣對我說出這番話，接著他看向戰場原——

「不過戰場原，妳魅力盡失，變成一個平凡的女孩了。」

說出這番話。

臉上絲毫沒有笑意。

聽到這番話，戰場原回答：

「那又怎樣？」

接著她走到貝木的正前方。

面無表情。

「不想再次見到你這種人——這種說法是假的。因為如果不想見，就會連第一次都不想見。但我現在應該要刻意這麼說——貝木先生，我很想見你。」

「我則是不想見妳。已經成為平凡女孩的妳，絕對不是我想見的對象。之前見到的妳宛如闇夜閃閃發亮——不，應該說宛如已經有所領悟，欺騙那樣的妳很有成就感。」

貝木毫不內疚——如此說著。

回想。

他果然會令我回想起忍野——以及奇洛金卡達。

雖然完全是不同類型的人——不過像這樣再度面對面，會覺得雖然沒有任何地方相似，但是有唯一一個共通之處。

他們，都抱持著某種確信。

明知故犯的特質——是共通的。

同樣位於認知一切，理解一切的立場。

靈活運用沉默與饒舌兩項工具。

「是因為你吧——阿良良木。你幫這個女孩解決她心中的煩惱？」

「不對。我只是——幫忙推了她一把。」

「那我也一樣。」

貝木如此說著。

表情不悅——充滿不祥的氣息。

「只不過，我是將她推向懸崖峭壁。」

「即使是現在——你也在對國中生做相同的事情吧？從後面推他們一把——推落深淵。」

從懸崖峭壁推落。

或者是——從吊橋上推落。

「是從妹妹那裡聽到的嗎？對，你說得沒錯。不過鄉下國中生的零用錢真多，讓我短短時間就賺了不少錢。」

旁邊傳來腳步聲。

我知道戰場原在逼近貝木——是打算進入應戰狀態嗎？不，戰場原早就已經進入應戰狀態了。

從抵達百貨公司樓頂的那一刻開始。

或者是，從我口中聽到貝木這個名字的那一刻開始。

或者是——

從貝木欺騙她的那一刻開始，直到現在。

「住手，好好談吧。」

此時，貝木阻止了戰場原。

「我是為了聽你們要說什麼而來，你們應該也是有話要對我說，不是嗎？」

「…………」

「…………」

然後——貝木泥舟確實仔細聆聽我們所說的。

接著他說——好，我明白了。

他承認所有的罪過。

表示會停止所有的罪行——甚至進行補償。

有種期望落空的感覺。

乾淨俐落——而且以我們的立場，這是出乎期待的滿分結果，然而……

這真的出乎我們的期待。

他的回覆與其說意外——更令我們遺憾。

「……真是乾脆。」

戰場原說出這種挖苦的話語——而且我也無法否認，這聽起來像是她不知道該說什麼，總之先說出來充場面的話語。

「你認為我們會相信你的說法？」

「妳應該不會相信吧，戰場原。」

貝木理所當然直接以姓氏稱呼戰場原。

對我也是如此。

「阿良良木，你呢？你相信我的說法嗎？」

「……要我相信騙徒的說詞比較荒唐——不過，到頭來……」

我抱持著謹慎的心情繼續說道：

「如果完全不相信你，對話確實就無法成立。貝木，你說得對，我們是來找你談的。」

「嗯，實在冷靜，一點都不像是小孩子——換句話說就是不可愛。你妹妹做事不經大腦，所以非常可愛。以這個意義來說，你不愧是哥哥。」

聽起來並非挑釁。

但也絕對不是在稱讚。

貝木如此說著。

「至少……」

戰場原以簡短兩個字插入話題，停頓片刻之後繼續說道：

「就我看來，你並沒有在反省。絲毫沒有反省的樣子。」

「這樣啊，這麼說來，我還沒有說過任何謝罪與求饒的話語。兩位，我錯了，真的很抱歉，我極度反省，後悔不已——不，我該道歉的對象或許不是你們，我應該向令尊、向令堂——向我這次欺騙的孩子們道歉。」

「要我相信這種膚淺的道歉？你所說的一切——都是謊言吧？」

「或許如此。」

貝木沒有否認，而是點了點頭。

沉重的語氣聽起來像是在生氣——但我直覺認為並非如此。

這個人——肯定沒有憤怒的情感。

而且，不只是憤怒。

這個人——肯定不會對他人抱持任何情感。

「然而，即使我的話語全都是謊言，那又如何？我是騙徒，所以我每句話都是謊言，反而應該是誠實的表現吧——何況，戰場原。」

「什麼事？」

「只因為話不從心，就單純認定這是欺瞞，妳這種想法太輕率了。即使說出違心之論，但妳為何能斷定這是謊言？是言語在撒謊——還是內心在撒謊？是言語虛偽，還是內心虛偽？這種事情無人能夠理解。」

「……可以不要過度惹惱我嗎？雖然我看起來如此——但我已經很努力在忍耐了。」

戰場原瞬間閉上眼睛。

這段時間——比眨眼來得長。

「要忍著不殺你，很難。」

「似乎如此。而且妳就是在這方面變得平凡，如果是以前的妳就絕對不會忍耐。」

「事到如今，我並不希望你還錢——因為我的家庭不會因而恢復。」

「這樣啊，那就太好了。因為我花錢如流水，幾乎沒什麼積蓄，差點就得為了還妳錢而從事新的詐騙手法了。」

「……給我離開這座城鎮。立刻離開。」

「明白了。」

果然還是乾淨俐落。

貝木接受了這個要求。

俐落得令人不自在——備感詫異。

「怎麼了，阿良良木？為什麼要用這種眼神看我——你不應該用這種眼神看我。即使以結果來看並不嚴重，但我傷害了你的妹妹，你投向我的視線，應該更加充滿仇恨才對。」

「……那個傢伙某方面來說是自作自受，你這種人原本就惹不得，這種事即使沒人告誡也應該要明白。」

「這你就錯了。那個女孩錯在獨自前來見我——如果她想對我逼供，就應該像現在的你們一樣找人助陣，那我應該就會毫不抵抗舉白旗投降——就像我現在這樣。除了這一點，那個女孩大致都是正確的。」
「……………」
「還是說，阿良良木，你要斷定那個女孩是愚蠢的，將那個女孩否定為愚蠢的傢伙？」
「我覺得她是正確的。不過……」
「並不強？」
貝木搶了我的話。
就像是早就想過這種事——就像是早就把這種小事思考過一遍了。
「那個女孩確實不強。但你不應該否定她的溫柔。何況……」
在這個時候，貝木泥舟第一次——露出宛如笑容的表情。
非常不祥，宛如烏鴉的笑容。
接著他說：
「要是沒有那種女孩，騙徒就做不成生意了。」
「你這樣的騙徒……」
戰場原開口了。
和我不一樣，她確實以應該展現的憎恨視線——投向貝木。
「為什麼要對我唯命是從？像我這種角色，你用花言巧語誆騙不就行了……就和以前一樣。即使是你向國中生詐財的這件事，反正也沒有留下任何證據吧？」

「戰場原，妳對我有所誤會。」

貝木如此說著，臉上已經沒有笑容了。

剛才看起來像是露出笑容，或許也只是我的錯覺。

「不，不是誤會，應該說高估。希望自己敵視的對象是大人物，這是很基本的想法，我並非無法理解。不過戰場原，人生並沒有如此戲劇化，妳所敵視的我，只是個不起眼的中年人，在騙徒之中也是極為渺小寒酸的傢伙　原本甚至沒有被妳憎恨的資格。」

貝木如此說著。

「我不是妳的敵人——只是一名令人頭痛的鄰居。難道在妳眼中，我看起來像是怪異之物？」

「怎麼可能。你只是平凡的——虛偽之物。」

戰場原如此斷言。

然而，這樣的偽物折磨著戰場原的心——這也是事實。

「對，妳說得沒錯，我是偽物。即使是現在，我也滿腦子思考要如何逃離你們的包圍，我是個卑劣的傢伙。而且要脫離這個狀況的最有效辦法，應該就是對你們唯命是從了。我唯一的選擇就是討好你們。」

「…………」

那麼到頭來，你為什麼——要來到這裡？

他肯定沒有義務回應戰場原的要求。

「當然，戰場原，我並不是因為對象是妳，才會選擇唯命是從——只要處於這種狀況，我就會服從於任何人。我先把話說在前面——戰場原，直到今天早上接到妳的電話，我都不記得妳這個人。對我來說，妳的家庭只不過是我至今眾多的詐騙對象之一，當時我沒有從妳這裡學到任何教訓，我費了好一番工夫才想起妳。」

貝木說完之後看向戰場原。

「我不是什麼大人物——而且妳也不是什麼大人物。我的人生沒有戲劇性，妳的人生也沒有。我再怎麼賺這種小錢，以社會整體來看也是微乎其微，妳即使抱持再大的決心和我對決，也不會影響到今天的天氣。」

不會有戲劇性的改變。

貝木反覆說著這句話——宛如在進行開導。

「阿良良木，你呢？我想要詢問你，你的人生具有戲劇性嗎？是悲劇？喜劇？歌劇？我一直從你的影子——感受到一種討厭的氣息。」

「…………」

「而且——你似乎幫妹妹承擔一半的被害，這並非理性之舉。明明收不到錢，你然會背負起這種風險。」

他明白嗎？

關於忍的事情——以及我身體的事情。

既然明白的話——為什麼？

「你……到底是哪一邊？」

「嗯？什麼意思？」

「明明自稱是偽物——卻令我妹妹遭遇那種狀況，而且戰場原的事情——其實你也早就明白了吧？神原的事情也是。」

與其說他屬於其中一邊——不如說，兩邊都不是。

「你早就知道——怪異的存在嗎？」

「哼，這個問題無聊得超乎想像，實在掃興——阿良良木，打個比方吧，你相信世界上有鬼嗎？」

貝木愛理不理地如此說著。

就像是非常不想討論這個話題。

「有些人不相信世界上有鬼卻會怕鬼，你應該明白這種人的心理吧？我就是類似這種狀況。雖然我不打算相信靈異事件的存在，但是靈異事件可以用來賺錢。」

「…………」

「我否定怪異與變異的存在——不過世界上有人肯定，那麼這樣的人就很好騙，這就是我這種不學無術的騙徒能混口飯吃的原因。所以我會這樣回答你的問題：我不知道怪異的存在，但我知道有誰知道怪異的存在。只是如此而已。不過正確來說，我應該只是知道有誰自認知道怪異的存在——」

這次，貝木真的笑了。

而且他的笑容——果然像是烏鴉。

剛才覺得看到他的笑容，果然不是我看錯了。

「這個世界金錢至上，我願意為了金錢而死。」

「……講到這種程度，已經算是信念了。」

「無論講到哪種程度，這都是我的信念。信念是堅定不移的，至今被我欺騙的人，都沒有忘記付錢做為受騙的代價，正因為他們堅信，所以才會支付對等的代價——如果懷疑自己曾經相信的事物，當然只能以虛假來形容。」

圍獵火蜂——

此時，貝木忽然提到這四個字。

他向火憐使用的怪異——的名字。

他宣稱並不知情的怪異之名。

「你知道圍獵火蜂的事？」

「……是室町時代的某種怪異吧？一種不明原因的傳染病，被世人解釋為真相不明的怪異——據說當時有不少人因而喪命。」

「正確答案，不過是錯的。」

貝木點頭之後搖了搖頭。

「圍獵火蜂是記載於江戶時代的文獻『東方亂圖鑑』第十五段的怪異奇譚。雖然這本文獻本身就沒沒無聞——不過追根究柢，用不著討論圍獵火蜂是否存在，『東方亂圖鑑』記載的這種疾病，並沒有真正在室町時代爆發過。」

「——咦？」

「如果真的發生過這種事，應該會記載在各種不同的文獻裡——但這種傳染病只有記載於『東方亂圖鑑』，換句話說，這種『不明原因的傳染病』從一開始就不存在。」

「…………」

「因為疾病不存在，所以也沒有人因而喪命，將其解釋為怪異的行為本身當然也沒發生過——也就是說，這段記載是作者隨興創作的，將憑空捏造的事情寫得宛如史實。」

原本——不存在。

名為怪異的原因也不存在。

名為怪異的結果也不存在。

名為怪異的經過也不存在。

全都是——偽物。

「這就是所謂的——偽史。換句話說，圍獵火蜂這種怪異的起源，再怎麼調查也不會是室町時代，而是江戶時代。作者寫下的胡言亂語，居然愚蠢地被後世信以為真。你對這樣的事實有什麼想法？毫無根據，未經證實——光是一個人的謊言，就能創造出這樣的怪異。」

我悄悄——看向自己的影子。

我不認為忍野不知道貝木所說的這件事——換句話說，忍應該也有聽過這件事……不對，忍自己也說過，要將忍野滔滔不絕的閒聊全部記下來是強人所難。

何況，即使早就已經知道這件事——狀況也不會有所改變。

無論圍獵火蜂是否存在又源自何處——依然是圍獵火蜂。

「不只是怪異奇譚，現代的都市傳說也是如此，有些源自於事實，有些源自於謠言。我只是以騙徒的身分以後者維生罷了。」

安慰劑效果。

瞬間催眠。

以這種方式來解釋？

「關於我妹……」

「嗯？」

「就是……關於被圍獵火蜂螫過的——我的妹妹，真的不用進行任何處置就會痊癒？」

「那當然。圍獵火蜂不存在——怪異並不存在，那麼怪異造成的傷害也不應該存在，只是因為你們認為怪異是存在的，才會覺得似乎存在於那裡。我就明講吧，別要求我配合你們的觀點，這樣只會令我不堪其擾。」

貝木如此說著。

你有什麼資格講這種話？

這番話——令我確信這個傢伙，是偽物。

如戰場原所說，如他自己所說。

是註定要一輩子面對自卑感的——

高傲的偽物。

「何況你已經幫忙承擔一半——或許不用三天就可以完全康復。雖然不知道你用了什麼方法，不過你很了不起。但也僅止於此，阿良良木，你和我應該無法相容——不是水和油的程度，是火和油。」

「……誰是火，誰是油？」

「慢著，我們兩人好像都沒有火的感覺——那就改以鋤和水來形容吧。以這種方式來說，我是鋤。」（註38）

「我——是水？」

那麼，火肯定就是用來形容——火憐與月火。

火與火。

相疊就成為——炎。

火炎姊妹。

「阿良良木，你知道將棋嗎？」

「將棋？」

忽然換成這個話題，使得我完全跟不上，只能複誦他的話語。

將棋？

「基本該知道的都知道……不過和現在這件事有什麼關係？」

「沒有關係。只是隨口說說，陪我聊一下吧。戰場原，妳呢？妳知道將棋嗎？」

「不知道。」

雖然戰場原簡短回答，不過這只是謊言。

我不認為她不知道。

註38　元素名，碰到水會產生劇烈化學反應。

反而──像是很擅長的樣子。

「那是一種單純的遊戲，原本沒什麼深度。」

貝木宛如早已看透，毫不在乎繼續說道，

「棋子的數量是既定的，棋子的走法是既定的，棋盤也是固定的，一切要素都受限，換句話說，可能性從一開始就侷限在一個極致之內──即使想複雜也無從著手，因此以遊戲來說等級很低。然而即使如此，一流的棋士全都是天才。庸才也應該能達到巔峰的遊戲，卻只有天才能達到巔峰。知道為什麼嗎？」

「……不知道。為什麼？」

「因為將棋是比賽速度的遊戲。棋士對奕的時候，旁邊肯定會有時鐘吧？就是這麼回事，因為這是有時間限制的遊戲，所以規則越單純越刺激，要如何才能縮短思考時間──說穿了，所謂的聰明就是速度。即使是多麼高明的名人棋步，只要時間充足，任何人都想得出來……所以最重要的是爭取時間。」

「…………」

「不只是將棋，人生也是有限的，要如何縮短思考時間──換言之，如何迅速思考才是重點。我就以長老的身分，給你們兩人一個忠告吧。」

「不用了，你沒辦法給我們什麼忠告。」

雖然戰場原劈頭如此回答，但貝木完全不以為意。

「別這麼說，不要太鑽牛角尖。以我的角度來看，沉溺於己身思考的人，和做事不經大腦的傢伙一樣好騙。適度思考，並且適度行動吧。這就是——你們經過這次事件應得的教訓。」

他如此說著。

「……手機。」

戰場原一副彼此彼此的樣子，沒有正面回應貝木這番話，只有伸出手以手心向上如此說著。

「手機給我。」

「嗯。」

貝木聽話地從西裝取出黑色手機，放在戰場原的手上。戰場原將這支折疊式手機使力——朝反方向折疊破壞。

扔到水泥地上。

像是給予最後一擊——踩下去。

「真過分。」

然而貝木的語氣很冷靜。

毫無動搖。

「這支手機裡，有很多今後工作的必備情報。」

「今後進行詐騙的必備情報——對吧？」

「一點都沒錯。但是這麼一來，因為顧客涌訊錄報銷，我就不能對國中孩子們提供事後補償了。」

「我並沒有要求你對陌生國中生們進行事後補償。阿良良木。」

戰場原斜眼瞥了我一眼。

以毫無情感的眼神。

「我現在要說一句全世界最殘酷的話。」

「啊？」

「——被騙的人也有錯。」

戰場原向貝木——向一名騙徒，如此說著。

對於曾經欺騙自己的對象——如此斷言。

「我不是正義使者。」

接著——

戰場原以非常冰冷的語氣說道：

「是邪惡分子的敵人。」

「…………」

「何況，反正你也沒辦法對受害者進行事後補償，即使想這麼做，到最後也只會以更加齷齪的手法詐騙。」

「我應該會繼續騙下去吧。我是騙徒——補償這兩個字也是謊言。雖然你們應該不想理解——不過對我來說，賺錢手法沒有好壞之分。」

「你這種個性……」

戰場原說到一半停頓下來。

並且沒有繼續說下去。

就只是移動身體——讓路給貝木離開。

交談到此結束。

似乎是這樣的意思。

就此結束——已經結束了。

一切都結束了。

「感激不盡。我原本是抱持著沒命的覺悟赴約，但我還是不喜歡疼痛。」

貝木一副納悶的模樣如此說著。

對再也不肯正眼瞧他的戰場原如此說著。

「戰場原，如果妳有話想說，講多少我都會洗耳恭聽。長年累積至今的想法——應該不少吧？」

貝木宛如逼問般——對戰場原說道：

「妳剛才說我這種個性……怎麼樣？」

「………」

「不肯回答嗎？」

貝木極為失望般說著。

「戰場原，妳真的成長為無趣的女人了。」

「………」

「以前的妳即使稱不上戲劇化，但也是無人能比，真的是很有詐騙價值，以騙徒來說必須呵護的素材。但現在的妳真的很無聊，變得滿是贅肉沉甸甸的。」

「………」

「預先播下的種子居然爛掉了。早知如此，我真希望就這麼忘記妳。這麼一來在我模糊的記憶裡，妳將會永遠閃耀。」

「…………少囉唆。」

戰場原宛如呻吟般——說著。

依然面無表情——卻移回視線，用力瞪著貝木。

「你可以盡情數落以前的我，但是不准侮辱現在的我——阿良良木說他喜歡我，喜歡現在的我，所以我欣賞現在的我。如果有任何話語否定現在的我，我絕對不會當作沒聽到。」

「哎呀，原來你們是這種關係？」

對於這件事實，貝木似乎真的感到驚訝——面無表情的程度與戰場原不分高下的他，打從心底露出意外的表情。

接著……

「是嗎是嗎，原來是這麼回事。那我就不再多說了。我可不想被馬踢死。」（註39）

他說完之後——從我和戰場原之間穿過。

背對著我們。

「如果你們認為這樣就好，那我就不補償了，因為我也不想刻意去做無法賺錢的事情。我就無聲無息離開這座城鎮吧，明天我就不會在這裡了。戰場原，這樣就行吧？」

「……回答我一個問題就好。」

戰場原從他的身後，靜靜提出這個問題。

「為什麼要回到這座城鎮？這裡是你曾經離開的地方吧？」

「我剛才說過，我已經忘記上次前來的事情了。接到妳的電話，我才首度回想起自己曾經在這裡工作過——只是這種程度而已。」

「……只是這種程度？」

「吸血鬼。」

註39　源自日本諺語「妨礙他人戀情會被馬踢死」。

忽然間。

貝木說出一個令我驚愕的名詞。

「因為我聽到一個荒唐傳聞，足以稱為怪異之王的吸血鬼出現在這座城鎮——真要說原因的話，就是這樣了。在這種地方，與靈異現象有關的手法會執行得很順利，因為這裡會成為怪異的聚集處——但我個人不相信怪異就是了。」

「…………」

我再度——看向自己的影子。

毫無反應。

現在還是傍晚時分——她應該在睡覺。

或者是即使聽到也不做反應。

吸血鬼。

怪異之王——怪異殺手。

鐵血、熱血、冷血的——吸血鬼。

「對了，戰場原。」

即使表明已經無話可說，貝木依然在最後如此說著——而且依然背對著我們沒有轉身。

「告訴妳一件好消息吧。」

「不需要。」

「曾經想玷汙妳的那個人，好像被車子撞死了。在和妳完全無關的地點，基於和妳完全無關的原因——毫無戲劇性就死掉了。」

貝木以不足為提的語氣踏步向前——平淡說著。

「令妳煩惱的往事，就只有這種程度罷了，連訣別的價值都沒有。曾經傷害妳的人，不會在將來成為更大的阻礙出現在妳面前，離開妳身邊的母親，也不會在將來悔改並回到妳身邊。往事在離妳而去的時候就已經結束。妳應該在這次的事情得到一個教訓——不應該期待人生發生戲劇化的轉折。」

「……反正這也是謊言吧？」

戰場原——以平穩卻微弱的聲音——好不容易回了這句話。

「今天早上才想起我的人，不可能知道曾經想強暴我的人發生什麼事。我母親的事情也是——你怎麼可能知道？要挖苦也請適可而止——擾亂我的情緒有這麼好玩嗎？」

「怎麼可能，這麼做連一毛錢都賺不到。不過戰場原，不要只以同一個方向解釋事情——說不定，我剛才說早已忘記妳的這番話才是謊言吧？」

「……騙人，這是謊言。」

戰場原如此說著。

她所認定的謊言——指的是哪件事？

貝木——貝木泥舟沒有多加確認。

「無論是不是謊言，這個世界上本來就沒有真相。別擔心，妳曾經愛上我的這件事並不算是花心——即使妳想忠於現在的男朋友，也不要過於忠誠而反過來憎恨我，這樣只會造成我的困擾。我再說一遍，往事終究是往事，不值得超越——甚至不值得追趕。像妳這樣的女人，就不要被無聊的想法束縛，努力和這個男人幸福度日吧。」

永別了。

與絕對不會道別的忍野不同，貝木泥舟在最後毫無誠意，像是粗魯扔下這三個字般道別——並且從我和戰場原面前消失。

我。

以及戰場原。

好一段時間——動彈不得。

如願以償。

最好的結果。

即使如此——為什麼會有這種無力感？

不是敗北感，而是空虛感。

很遺憾，像我這副模樣——雖然不是絕對，但應該沒有帥氣到能讓火憐愛上我。

即使如此，先不提我的懊悔。

感覺至少她的懊悔——宣洩而盡了。

這樣——姑且算是及格吧。

「……妳曾經愛上那個傢伙？」

我自己也覺得這不適合當成打破沉默的第一句話——但我實在無法不去在意這件事，所以向戰場原提出這個問題。

或許這樣很不像個男人。

但我還是忍不住如此詢問。

「這是怎樣？阿良良木是在確認現任女朋友的貞節嗎？」

果然，戰場原回以一個尖酸刻薄的反應。

聽她這麼回答，我也無話可說。

雖然我沒有這個意思，不過在這種場合，即使會被她如此認定，也只能甘願承受吧。

不過戰場原沒有窮追不捨繼續逼問。

「當然不可能。」

她如此回答。

「太離譜了，只是那個傢伙自己誤會，他也太看得起自己了，真噁心。」

戰場原以極為冰冷的聲音如此說著。

面無表情的臉上，透露出些許煩躁。

「不過——以當時的我來說，要是有人願意提供協助，無論對方是什麼樣的人，在我眼中應該都像是王子吧。我無法否認曾經對那名騙徒示好。」

何況，他是第一人——

她如此補充說著。

確實。

既然是比任何人都充滿放棄的念頭，比任何人都不肯死心的戰場原——放棄，死心。

如果是不願放棄，不肯死心的戰場原……

「我曾經說過，所以我並不打算老話重提——但如果拯救我的是阿良良木以外的人——或許我會喜歡上那個人。」

戰場原不經意如此輕聲說著。

並且不給我說話的空檔。

「只要這麼想——就令我作嘔。」

她繼續說道：

「拯救我的人是阿良良木——我真的感到很慶幸。」

「…………」

我很想說些什麼，但是找不到話語，最後只能和平常那樣說道：

「不過以忍野的說法，是妳救了妳自己。」

為什麼我只說得出這種話？

混帳。

要是在這種時候能回以一句帥氣的臺詞，我應該就能獨當一面了。

好丟臉。

聽到我這番話，戰場原沒有明顯的回應，只是輕聲說著「或許吧」並點了點頭。

「看過貝木，就覺得可以體會妳討厭忍野的原因了。」

「我討厭忍野先生，不過對於貝木──是憎恨。兩者截然不同。」

戰場原說完聳了聳肩。

「回去吧，太陽下山了──我甚至覺得浪費了太多時間。不過即使如此，我還是很慶幸阿良良木沒有以其他方式遇見那個人。這是我的結論。」

「……確實如此。」

關於這一點，戰場原說得沒錯。

即使綁架監禁的做法太過火，但她先行採取行動真的幫了大忙──我和貝木可不是無法相容這麼簡單。

是水火不容。

與其說是敵人——更像是天敵。

「下次遇見的時候，即使演變成廝殺場面也不奇怪。」

雖然這句話不適合說給戰場原聽，不過以我個人而言，我沒有想太多就冒出這個唯一的想法。

這就是我們對於貝木泥舟這個人，毫不掩飾的感想。

換句話說，我在這次的事情得到一個教訓——我阿良良木曆，這輩子再也不可以見到貝木泥舟這個人。

「雖然沒發生什麼風波，不過這應該是最完美的收場了。」

「風波？你這麼唯恐天下不亂？」

戰場原以冰冷的語氣說著

妳明明肯定也如此認為——甚至更勝於我。

「阿良良木，即使形式不同，那也是擁有信念的正義——如果有這種想法就輸了，你要小心。」

「……我會小心。」

「回去吧。」

戰場原再度如此說著。

若無其事說著。

「啊啊、對了，戰場原，在回去之前，先把之前提到的願望告訴我吧——不可以扔著伏筆不回收。老實說我擔心得無以復加，我到底會被妳怎麼處置？」

「沒什麼，不是什麼大事。用不著那個騙徒強調，這種事情或許不值得訣別，但我現在已經將往事做個了斷了。我自認如此。」

「了斷嗎……」

這是所有人，都必須做的事情。

包括戰場原、羽川——以及我。

或許，也包括忍。

「稱讚我。」

「……這就是當作代價的願望？」

「不是。何況被阿良良木這種人稱讚也沒什麼好高興的。只不過阿良良木似乎忘了這個理所當然要履行的義務，我只是提醒你一聲。」

「…………」

這個女人，真的是以鐵之類的材料打造而成的嗎？

「鐵？這怎麼可能——我是柔軟又可愛的女孩，被那種男人恣意數落到這種程度，我現在內心也很受傷，甚至已經快要站不穩了。」

「騙人。妳是騙徒嗎？」

我如此吐槽之後……

「我是說真的。所以……」

她如此說著。

戰場原——一如往常。

真的是一如往常面無表情，不對，雖然面無表情卻帶著些許怒意，她就這麼以非常平穩的語氣——說出她對我的願望。

「今晚，請對我溫柔一點。」

022

接下來是後續，應該說是結尾。

隔天與平常相反，是由我叫醒火憐與月火兩個妹妹。她們在雙層床的上層一絲不掛相擁而眠。人的體溫是感冒特效藥的這種說法，就某方面來說也是一種都市傳說，但負責叫她們起床的我，看到這一幕只會令我退避三舍。

妳們感情也太好了。

不過以怪異治怪異，以都市傳說治都市傳說，按照忍的說法則是以詛咒治詛咒——結果，用不著貝木所說的三天，火憐這天早上就恢復健康。

甚至是活力充沛過頭了。

大概因為平常就是健康好寶寶吧，對於火憐而言，生病令她累積了可觀的壓力。

「啊洽～！」

她毫無意義放聲大喊。

妳到底是在哪種道場習武？

我改天去觀摩一下。

這麼說來，對於火憐拖著重病身體溜出家門這件事，月火發了不小的脾氣（不是因為溜出去，是因為她瞞著自己溜出去而生氣），不過到底是經過什麼樣的波折，成為早上那幅百合姊妹的光景，可說是不解之謎。

總之，她們肯定也打了一場正確的架吧。

吃過早餐之後，我目送爸媽出門上班，然後把火憐與月火叫到我房間，大致說明昨天的事情。

貝木已經不在這座城鎮了。

因此不會有其他人受害。

我說了這兩件事。

關於怪異本身，我相當煩惱是否該說出來，不過這次我決定閉口不提。火憐受到的狀況，只要用安慰劑效果與瞬間催眠就足以說明，而且要是這時候就講到忍的事情會很棘手。間接來說，忍將會因此被火憐修理一頓，現在絕對不是介紹她們認識的好時機。

不過，不久之後應該就會介紹吧。

我抱持著這種不可思議的確信。

要我對她們兩人保密——

我肯定辦不到。

七月三十一日，星期一——由於是單數日，所以今天的家庭教師是羽川。羽川會對前天的臨時取消做出何種補償，我內心抱持著期待——不過就某方面來說，也抱持著恐懼。

這麼說來，今天得請羽川還我腳踏車才行。我思考著這樣的事情，並準備前往圖書館的時候……

「哥哥，我要出去一下。」

「哥哥，我要出去很久。」

火憐與月火如此說著，和我擦身而去。

火憐穿著學校運動服，月火穿著學校制服。

「百合姊妹，妳們要去哪裡？」

「即使騙徒走了，『咒語』也不會立刻消失吧？惡化的人際關係並不會因而恢復吧？

只是不會有更多人受害，但至今受害的人並沒有得救吧？」

火憐一邊穿鞋一邊說著。

月火已經先到門外了。

「是沒錯啦，他也說手機壞了，所以沒辦法進行事後補償——但我覺得他根本沒這個打算就是了。」

「嗯，所以這種收拾善後的工作，也是我們想做的事情。」

月火以爽朗的笑容如此斷言。

這番話毫無迷惘。

「……正義使者的遊戲也該適可而止了。」

我一如往常這麼說之後……

「哥哥，這不是遊戲，我們是正義使者。」

「哥哥，我們不是正義使者，我們就是正義。」

「「我們出門了！」」

隨著絲毫沒有學到教訓的這番話，我的驕傲——

我引以為傲的妹妹們——

因為是偽物，所以肯定最近似真物的她們——

火炎姊妹宛如點燃的煙火，華麗出擊。

後記

最近忽然有一種想法，人類絕對不是只有一種層面，應該是多元的生物，正因如此而極為錯綜複雜分歧無數，同一個人在自己眼中與他人眼中的形象，簡直就像是不同的人，這種狀況實在令人困擾。不，進一步來說，連自己所理解的自己，也和他人所理解的自己完全不同吧。而且他人眼中的自己也沒有統一的形象，而是各人抱持著各人的看法，所以各人眼中的自己肯定都是不同人。這種場合的「不同人」已經等同於「他人」了，所以也難怪年輕人會覺得「那我自己到底是什麼樣的存在？」而展開探索自我的旅程。如果只以誤解來解釋得或許很簡單，但是不同人會使用不同看法是理所當然的事情，我們不可能概括否認這種現象。某人眼中的偽物是某人眼中的真物，某人眼中的真物是某人眼中的偽物，這種事在宇宙稀鬆平常，仔細想想，到頭來把如此普遍的事情拿到檯面上討論，或許就是一種錯誤。而且真要說的話，人類這種生物會因為對象不同而改變態度，所以不同對象會做出不同評價是理所當然至極的事情，那麼能夠對自己做出最正確評價的人，或許還是只有自己。不過所謂的「理解自己」，就包含「自知之明」的意思吧？

就這樣，「化物語」的後傳「偽物語」，首先為各位呈獻上集。在本傳「化物語」或前傳「傷物語」引發小部分討論的阿良良木姊妹，在眾所期待之下終於登場了。接下來要說一段不為人知的祕密，原本這部小說不會見光，實際上即使作者已經寫完，也一直瞞著所有人好一陣子，打算就這麼不予付梓埋葬於黑暗之中。換句話說，我企圖獨占這部小說，不過就像這樣，本書是我用百分之兩百的興趣寫出來的作品。沒有奇怪的制約或限制，打從心底自由撰寫小說，可說是非常快樂的一件事。或許有人會懷疑「職業作家可以這麼做嗎？」不過以正面意義來說，我個人希望永遠保有這種業餘精神，「第六話：火憐・蜂」由此誕生，成為「偽物語（上）」。

在這次，負責插畫的VOFAN老師再度為本書增色許多，老師繪製的阿良良木火憐實在是出色迷人，身為作者只能由衷表達我內心最誠摯的感謝。願意配合我的任性，讓我寫出這種充滿愚蠢鬥嘴作品的各位讀者，我同樣由衷表達謝意。

那麼就在未來的某一天，在另一部後傳「偽物語（下）」阿良良木月火的故事裡再會吧——不過得等到我哪天願意公開就是了。

西尾維新

作者介紹

西尾維新 (NISIO ISIN)

1981 年出生，以第 23 屆梅菲斯特獎得獎作品《斬首循環》開始的「戲言」系列於 2005 年完結，近期作品有「物語」系列、「零崎人識」系列、「刀語」系列等等。

Illustration

VOFAN

1980 年出生，代表作品為詩畫集「Colorful Dreams」，在臺灣版《電玩通》擔任封面繪製，2005 年由「FAUST Vol.6」在日本出道，也在 2008 年的「FAUST Vol.7」發表新作，2006 年起為本作品「物語」系列繪製封面與插圖。

譯者

哈泥蛙

專職譯者。想買本系列的整套動畫 BD 收藏，但家裡沒有 BD 播放機，也沒有高畫質液晶電視。所以要為了收藏動畫而添購播放機和電視？請讓我考慮一下。

書盒子

偽物語（上）

（原名：偽物語（上））

作者／西尾維新　插畫／VOFAN　譯者／張鈞堯
執行長／陳君平　榮譽發行人／黃鎮隆
協理／洪琇菁　國際版權／黃令歡、梁名儀
執行編輯／呂尚燁　美術主編／李政儀
企劃宣傳／陳品萱
出版／城邦文化事業股份有限公司　尖端出版
台北市中山區民生東路二段一四一號十樓
電話：（〇二）二五〇〇七六〇〇　傳真：（〇二）二五〇〇二六八三
E-mail：7novels@mail2.spp.com.tw
發行／英屬蓋曼群島商家庭傳媒股份有限公司城邦分公司　尖端出版
台北市中山區民生東路二段一四一號十樓
電話：（〇二）二五〇〇—七六〇〇（代表號）
傳真：（〇二）二五〇〇—一九七九
中彰投以北經銷（含宜花東）／楨彥有限公司
電話：（〇二）八九一九—三三六九
傳真：（〇二）八九一四—五五二四
雲嘉經銷／智豐圖書股份有限公司　嘉義公司
電話：（〇五）二三三—三八五二
傳真：（〇五）二三三—三八六三
南部經銷／智豐圖書股份有限公司　高雄公司
電話：（〇七）三七三—〇〇七九
傳真：（〇七）三七三—〇〇八七
一代匯集／香港九龍旺角塘尾道六十四號龍駒企業大廈十樓B&D室
電話：（八五二）二七八三—八一〇二
傳真：（八五二）二七八二—一五二九
馬新經銷／城邦（馬新）出版集團　Cite(M)Sdn.Bhd.
E-mail：Cite@cite.com.my
法律顧問／王子文律師　元禾法律事務所
台北市羅斯福路三段三十七號十五樓
二〇一二年一月一版一刷
二〇二三年九月一版八刷

版權所有・翻印必究
■本書若有破損、缺頁請寄回當地出版社更換■

《NISEMONOGATARI(JOU)》
© NISIO ISIN 2008
All rights reserved.
Original Japanese edition published by KODANSHA LTD.
Complex Chinese character translation rights arranged with KODANSHA LTD.

本書由日本講談社授權城邦文化事業股份有限公司尖端出版繁體中文版，版權所有，
未經日本講談社書面同意，不得以任何方式作全面或局部翻印，仿製或轉載。
本作品於2008年於講談社BOX系列出版。

■中文版■

郵購注意事項：
1. 填妥劃撥單資料：帳號：50003021戶名：英屬蓋曼群島商家庭傳媒(股)公司城邦分公司。2. 通信欄內註明訂購書名與冊數。3. 劃撥金額低於500元，請加附掛號郵資50元。如劃撥日起 10～14日，仍未收到書時，請洽劃撥組。劃撥專線TEL：(03) 312-4212 ・ FAX：(03) 322-4621。E-mail：marketing@spp.com.tw

國家圖書館出版品預行編目資料

偽物語 / 西尾維新 著; 張鈞堯 譯.
—1版.—臺北市：尖端出版, 2012.1
面 ; 公分.—(書盒子)
譯自:偽物語
ISBN 978-957-10-4718-8(上冊：平裝)
ISBN 978-957-10-4719-5(下冊：平裝)

861.57 100022124